姑苏密码

一只鱼的传说 著

江苏凤凰文艺出版社
JIANGSU PHOENIX LITERATURE AND
ART PUBLISHING

图书在版编目（CIP）数据

姑苏密码 / 一只鱼的传说著 . — 南京：江苏凤凰文艺出版社，2021.7
ISBN 978-7-5594-5070-8

Ⅰ . ①姑… Ⅱ . ①一… Ⅲ . ①长篇小说 – 中国 – 当代 Ⅳ . ① I247.5

中国版本图书馆 CIP 数据核字（2021）第 115078 号

姑苏密码

一只鱼的传说 著

责任编辑	王昕宁
装帧设计	马顾本
责任印制	刘　巍
出版发行	江苏凤凰文艺出版社
	南京市中央路 165 号，邮编：210009
网　　址	http://www.jswenyi.com
印　　刷	三河市中晟雅豪印务有限公司
开　　本	889 毫米 ×1194 毫米 1/32
印　　张	9.75
字　　数	200 千字
版　　次	2021 年 7 月第 1 版
印　　次	2021 年 7 月第 1 次印刷
书　　号	ISBN 978-7-5594-5070-8
定　　价	48.00 元

目　录　CONTENTS

引子一　太湖神秘事件

先讲一个发生在太湖边上的神秘故事。

在二十世纪七十年代，苏州流传着一个“太湖怪声”的传说：在太湖某片水域，每到半夜，水下会突然传来各种怪声。有人半夜划船过去，用录音机录了音，回来整理了一下，发现那些声音像一群人在窃窃私语，还夹杂着一些古怪的歌声，一时间传得沸沸扬扬。

这件事在当年影响很大，你现在去苏州平龙山一带，有些当地的老人还记得。

不过，二十世纪七八十年代流行气功热，什么气功大师、特异功能、外星人、水怪、毛孩之类的，到处都是，真真假假，假假真真，当不得真了。我之所以对它感兴趣，是因为听一个亲历过这事的老渔民亲口给我讲过。

这个渔民身份很特殊，他就是用录音机录下怪声的那个人。这个渔民叫吴德叔，当年在太湖录怪声时还是个小伙子，传统的渔民出身，以船为家，吃住都在船上。渔民也像一个小江湖，有渔帮、渔会，有一套自己的规矩和禁忌，很神秘。

1958 年成立人民公社，渔民也改编进了渔业生产合作社，改名叫“渔业大队”，设了四个渔业生产作业组，他当时被分在吴县（现在的苏州吴中区、相城区及虎丘区部分）管辖的西南太湖。

当时的西南太湖有几个小岛，包括现在很火的东山岛、西山岛。太湖西边有座小山，叫平龙山。平龙山下的一片水域，就是当年出现怪声的地方。

吴德叔说，自己当年是被骗了。当时生产队的一个小队长找到他，说组织上交给他一个任务，让他深夜划着小船去平龙山下的水域录一些东西。

平龙山下的水域晚上有怪声，他早就听说过，不过并没有太在意。他认为那些古怪神秘的声音不过是风声罢了。风穿过石洞，穿过芦苇，穿过水浪，声音都是千奇百怪的，什么声音都有可能发出来，那种鬼哭狼嚎的声音并不稀奇。

小队长交给他一个很高级的国外录音机，还是防水的，让他把录音机固定在船头，并嘱咐他从下水那一刻开始，不管发生什么事，录音机都不能停。还让他对此事保密，不要告诉别人。

吴德叔晚上去了几次，没听到任何声音，后来那声音才慢慢出现。他记得那晚月亮很圆，自己把小船划到水里没多久，就听到了那个声音。刚开始，他还真是有些害怕。

吴德叔问，有没有听过猫叫春？还是几百只猫一起叫，那种声嘶力竭的惨叫，夹杂着几声特别尖锐的呼啸声，真像冤鬼索命一样恐怖。他当时听到的，就是这种声音。

当时吴德叔吓得差点儿把船桨掉到水里，后来听了一会儿，那声音渐渐变了。后面的声音很奇怪，不光像哭声，更像好多人在水下窃窃私语，在密谋着什么，声音很杂乱，后来越来越大，像集市上好多人的吵闹声、呼喊声、大笑声混杂在一起，但现实是眼前只有一片黑黢黢的水域，所以感觉特别怪异。

接着，水底开始传来机器的“嘟嘟”声，急促且刺耳，有点儿像汽车的喇叭声，但比喇叭声更尖锐，而且越来越响，堵住耳朵也能听见，顺着骨头缝往脑子里钻，像打桩机在脑袋里“哐哐”打夯，震得他差点儿吐出来。

吴德叔好多次想走，但想到小队长吩咐，务必要录满三个小时，又想到承诺给他的工分，他忍了又忍，硬是坚持下来了。后来，不知过了多久，湖上突然起了浪。

太湖的平均深度很浅，还不到两米，但有些水域又极深，甚至达五六十米，就像湖底出现了一个个深井，而且经常会有一些怪异的现象，比如无风起浪。明明一丝风也没有，突然就涌起了大浪，滔天巨浪，能瞬间把小船打进水里。

有时又会涌起浓雾，刚才还清清爽爽的湖面，突然就被浓雾笼罩了，打着灯笼都看不到前方。过段时间，就像有人拉开了窗帘，浓雾瞬间散开，月光洒了下来。

有老渔民说，太湖水底有巨怪，这些浪花是它在水底下折腾起来的，那雾气就是巨怪鼻子里喷出的白气。但到底是怎么回事，也没人说得清楚。总之，在太湖上讨生活的渔民，最怕的就是无风起浪，以及突然出现的浓雾。结果，这两种都让吴德叔给遇上了。

湖面瞬间笼罩上浓厚的雾气，船上那盏煤油灯完全不起作用了。湖面上波浪滔天，浪花一个接着一个，几乎要把小船给抛起来。

吴德叔第一时间用雨布将录音机包裹好，塞进船舱暗门里，接着用缆绳把自己牢牢绑在船上。他知道，遇到这种极端天气，人根本起不到什么作用，只能把自己绑在船上随波逐流，至于能不能活下来，就看龙王爷收不收他了。

小船仿佛无根的浮萍，在太湖上颠簸着、跳跃着，被浪头越抛越远，也不知漂了多久，反正吴德叔吐了好几次，最后在颠簸中昏昏沉沉地睡了过去。

等醒来时，吴德叔发现浓雾早散去了，天边已经发白。在他前面不远处是一个小岛，岛上挂着几盏灯笼。

有灯笼就有人！

虽然船桨早丢了，但他兴奋地用手划着水，拼命朝小岛划去。

划着划着，小岛终于近了，当他看清小岛的瞬间，猛然停了下来。因为在小岛沿岸密密麻麻地站着好多人，他们穿着各式各样的衣服，面无表情地看着他。

确切地说，这些人眼睛里根本没有他，他们的眼神穿过他，看向他的身后。身后有什么？吴德叔想回头，但又不敢回头，同时心里也暗暗嘀咕，没听说太湖岛上有住人的村子，而且这些人的穿着也不对啊，该不会是遇到鬼村了吧？

太阳渐渐升起，船舷漫上了一层淡淡的霞光。吴德叔终于放心了，鬼怕阳光，现在日头都出来了，他还怕个屁？扭过头，他看见太湖上冉冉升起了一个红煤球大小的圆球，这就是太阳了。他一阵欢欣鼓舞，想着太阳出来了，他终于要得救了！

吴德叔想高声呼喊几声，但张开嘴后嗓子干干的，没喊出声。他觉得有些不对，又想不到哪里出了问题，终于，他明白了——是岛上的人。

那些人惊恐地看着太阳，或者说看着他身后，不断往后退。他忍不住又一次转头，终于发现了问题；原来，有一轮红彤彤的太阳升起来了，可水里还有一个！

这世上怎么会出现两个太阳？但千真万确的是，水下的确还有一个太阳！

伴随着第二个太阳的出现，吴德叔发现太湖仿佛沸腾了，往外“咕嘟咕嘟”地冒着大水泡，各种鱼儿从水下疯狂地蹿出，甚至朝船上、人身上撞去，撞得整条船砰砰作响。吴德叔吓得赶紧撑船靠岸，却发现岛上的居民突然消失了，面前只有黑黢黢的礁石。

吴德叔犹豫再三，要不要上岸，这时身后有什么东西碰了碰他，他回过头，发现身后一个似人似怪的东西冷冷盯着他，然后朝他说了一句话。声音非常急促，像是催他快走，又像在追问他什么，不过他没有听清楚，因为当时一个大浪打来，把他和船都打倒在了水里。

吴德叔看到的最后一幕，是太湖下的一片璀璨，一轮太阳从水下冉冉升起。

……

关于吴德叔当年到底在太湖里遇到了什么，那个似人似怪的东西又是什么，太湖底下出现的第二个太阳又是怎么回事，现在已经无法考证了。

经历了这件事后，吴德叔疯了。当大家找到他时，发现他赤裸着身子，在太湖边上拼命号叫着、奔跑着，嘴里喊着大家听不懂的话。

他身上像被电烙铁烙过，留下了许多形状怪异的伤痕，这些伤痕有棱有角的，像被烧红的精密机械的零件烫伤了。

吴德叔是个孤儿，没有家人，事后政府把他送进了精神病院，他在里面待了很多年，后来虽然病好了，但开始怕水，尤其是太湖，所以政府就安排他去建筑工地看门，偶尔也帮着干点儿活。

从此，他成了一个沉默寡言的老人，每天看门、拉车、搬砖、喝酒，过着波澜不惊的生活。不管天多热，他始终穿着长袖衣服。只是偶尔冲凉时，他身上那些丑陋怪异的伤痕会把人吓一跳。

后来改革开放，原国营建筑公司被一民营公司收购了。那家民营公司老板和他聊了聊，觉得他是个老实人，就让他去了自己家，帮着做做饭，带带孩子。

这个收购国营建筑公司的老板，就是我的父亲，而吴德叔带的那个孩子，就是我。

我父亲是改革开放后的第一批民营企业家，他靠做建筑起家，先做旧城改造，后做古建筑修复，算是中国第一批房地产商人。

我当时还小，也就六七岁，精力旺盛得像只野猴子，每天在外面疯跑，直到筋疲力尽了，才让吴爷爷背着我回家。至今我还记得，在无数个下午，太阳温暖地照在我身上，周围弥漫着泥土和青草的清香，以及远处太湖潮湿的气味。吴爷爷背着我，顺着长满野花和小草的小路，慢慢走回去。

我又累又困，懒洋洋地枕在他肩膀上，看他肩膀上的伤痕。那伤痕密密麻麻地环绕在他背上，形状很规则，还泛着蓝黑色的金属光泽，看着非常怪异。我当时很好奇，他就给我讲了太湖怪声的事情，还让我帮他保密。

吴爷爷很怕打雷，每次打雷时，他都要关紧门窗，甚至连门下的缝隙都要堵得严严实实，整个人蜷缩在被窝里，生怕雷电顺着床底蔓延过来，把他抓走。不过，除此之外，也没有什么其他特别的。

开始的时候，吴爷爷还经常被各种研究机构叫走，做一些调查实验，后来改革开放带来了新思潮，各种商业蓬勃发展起来，就再没人关注这种事了。

日子一天天过去，孩子见风见长，很快长大了，吴德叔也老了，而关于太湖的神秘故事，并没有结束。

引子二　太湖古庙

在吴爷爷给我讲完上面那个故事后，我很快又经历了关于太湖的另一件怪事。

我们家是做房地产起家的，当时还没有商品房，房产商主要做旧城改造以及古建筑修复，中国好多大名鼎鼎的景区，我们家都参与修复过。

当时我们家有一个世交，师从某建筑学泰斗，是个很传奇的建筑大师，我叫他孙伯伯，也因为他，我们家才能参与各种文物古建筑的修复。下面这个故事，就是源自一起古建筑修复事件。

苏州有很多古寺、古观，好多被毁坏了，政府就让我们家勘察这些古建筑，做些文物抢救工作。当时，家里接到一个比较神秘的工程，挖掘修复太湖里的一座古庙。

按说，修复古庙没什么神秘的，但这个古庙的特殊之处在于，它在水下。

据古籍记载，在太湖深处有一小岛，上面有一座古庙。后来随着地质变动，太湖变迁，小岛被淹没在水下，所以古庙也跟着沉了下去，现在这个机构想把这座古庙原址修复。

我父亲觉得这事简直是无理取闹，古庙都沉到水底了，怎么原址修复？但这个机构的决心非常大，他们也知道这几乎是不可能完成的任务。不过他们想了解下，如果在不考虑金钱和政策的前提下，有没有可能完成这个任务？

孙伯伯想了想说：“现在的核心问题在于古庙处于水下，如果不考虑费用和政策的话，首先要在太湖里圈出这个小岛，然后在小岛周围搭上土堰，把水抽干，让古庙浮出水面，只要它浮出水面，那就和陆上修复没区别了。”

对方点点头：“有道理，有道理！”

我父亲说：“还要考虑这座古庙在水下浸泡太久了，建筑物可能早就垮掉、朽烂了，所以需要时间寻找当时的建筑材料，这些费用要考虑进去。”

对方说：“这个不用担心，这座古庙用的材料非常特殊，它不会垮掉。”

我父亲点点头，没什么意见了。

对方站起身：“感谢两位，那就这样决定了！我们这几天会拿到批文和费用，后面就辛苦大家了。”

大家都笑了，这可是太湖啊！横跨二省四市的存在，你说填了就填了？不过嘛，大家都是生意人，也不会当面说，我父亲也说了些客气话，说你们只要能拿到批文，价钱也合适，那我们就可以做。

没想到，三天后他们就拿到了批文。不仅拿到了批文，还找“上面”要了一支连队驻扎在湖边，说是保护施工人员。

开始，大家还以为他们是小题大做，不就是发掘一个水下古庙嘛，只要抽干了水，这水下就相当于地面，还不是手到擒来！后来他们才发现，这些人并不是保护他们的，而是监视水下的东西的。

这水下到底有什么呢？很难讲。即便到了今天，我也说不清当年到底发生了什么。我只能说，如果世上真的有神迹存在，那太湖里的东西，肯定要算一个。

我当时也就六七岁，正是不知天高地厚的年龄。当时吴爷爷刚去我们家，他很怕太湖，成天给我讲太湖里的鬼故事，什么水怪拉人、水猴子吸人脑子、大蛇妖娶亲等，可这些故事非但没有吓退我，反而让我对太湖的兴趣更大了。

我千方百计地想去太湖，看看湖里到底有没有娶亲的大蛇妖、拉人的水鬼和吸人脑子的水猴子，所以当听说父亲要在太湖里搞工程，我兴奋得简直要疯了，死活要跟着去。

父亲觉得无所谓。我们家的教育一向是对男孩子简单粗暴，早点儿接受社会毒打也好，免得走上社会后被人欺负。

不同意我过去的，主要是孙伯伯。他觉得湖里太危险，我又太调皮，怕看不住，不准我去。

孙伯伯是个很严肃的人，大家都很怕他。我父亲年轻时是个无法无天的人，唯独对孙伯伯很客气。

孙伯伯很喜欢我，他勘察古庙时经常带我去，还给我讲了许多关于古庙的故事，所以在我的百般央求下，再加上后来打好河堰、抽干了水，湖里相当于一块水上陆地了，他才同意了我上岛。

为防万一，孙伯伯找了个大孩子陪我。那孩子大我两岁，孙伯伯命令他一定要照顾好我，哪怕前面是枪林弹雨，他也要挡在我前面！后来又来了一个女孩儿，据说是委托我们修复古庙的负责人的女儿，大家年纪相仿，在这荒芜神秘的小岛上撒了欢，钓鱼、摸虾、掏鸟蛋，好多锅盖大的乌龟爬到岛上晒太阳，它们都不怕人。

现在想想，这也是我童年里难得的一段美好时光。

不过孙伯伯当时的压力很大，因为他在修复古庙时，发现这座古庙有问题。

印度佛教传到中国，是在东汉时期，当时在洛阳修建了中国第一座寺院白马寺。两晋时期，中国才开始大规模修建古寺。但这座寺院不是，它修建的时间要早得多，它不仅比中国最早的白马寺早几百年，甚至比拥有两千多年历史的苏州城还要早。

孙伯伯从《越绝书》里查到了关于它的记载。《越绝书》被誉为“地方志鼻祖”，是春秋时期讲述吴越地方杂史的，竟然提到了这座建筑，还说它不是寺院，而是一座宫庙。

宫庙是什么呢？就是在古代人类和神交流的地方，类似一个祭坛。在太湖一座沉入水下的小岛上，为什么会建一座宫庙？古籍上没有记载，只模糊说了一句：“先有太湖宫庙，后有阖闾大城。”这句话就更加神秘了。

孙伯伯很重视，他马上停止了发掘，并把这件事汇报了上去。但上面很快传来命令，让他封锁这个消息，全力修复古庙。而且上面很快派来了更多的人，开始逐步接管这个项目。

开始是各种科研人员、文史专家，后面还有生物学家、生化学家、物理学家。他们搬来了各种仪器，开始检测水质和河底的淤泥成分，以及测试各种他看不懂的东西。

再后来，气氛越来越严肃了，古庙外拉上了巨大的厚厚篷布，严禁闲人靠近，连孙伯伯都不能进入核心区域，只有一些年轻人可以跟着去做一些专业辅助工作。

孙伯伯也明白，这个项目事实上已经被接管了，唯一没有让他们退出的原因，只是掩人耳目罢了。

他们到底要做什么呢？孙伯伯搞不懂。不过他还是挺失落的，毕竟作为古建筑修复权威，突然被撇在一边，还是很不习惯的。孙伯伯经常去基地旁，但又进不去，只好陪着我们几个小孩子玩。

他帮我们在湖边搭了一个很高大的棚子，棚子有四只细长的脚（有点儿像湘西的吊脚楼），楼上凉风习习，我们躺在上面，看着天上繁星点点，脚下是浩荡的太湖，有一搭没一搭地闲聊。

孙伯伯长长地叹了口气，点了根烟，眯着眼看向远方，那里是苍茫的青山、浩荡的大水，远处有一艘渔船驶过，船家喊起清冽的号子。

那个小女孩就问他怎么了？孙伯伯叹气说：“我们可能闯了弥天大祸了。”

我赶紧问：“什么大祸？”孙伯伯却不说话了，只是对着太湖发呆。那个小女孩，也对着太湖发呆。我拽拽她的辫子，问她：“为什么老学大人发呆？”然后指给她，“看，有只蝴蝶在湖面上飞，多美！”

她淡淡地说：“蝴蝶再美，也飞不过沧海。”

我当时还小，听不懂这句话，就告诉她："蝴蝶飞不过沧海，肯定是太累啦！我们可以采一些花，丢在太湖里，让它多歇歇，就能飞过去了！"

她说："那要好多好多花才行啊！"

我挺起胸脯说："那我就给你采好多好多花，把整个太湖铺满！"她就笑，笑得眼泪都流下来了。

咳，小女孩真是麻烦！

偶尔，孙伯伯的学生也会给他带来一些关于古庙的消息。这座古庙下有一个地宫，用特殊的矿石修建而成，据说手表到了这里，会停止转动，其他仪器也会失灵，在这里待久了还会恶心呕吐。

还有许多拍摄的壁画照片，这些壁画被湖水侵蚀严重，看着很模糊，而且内容很晦涩，大概就是一帮人围着太湖祭祀的画面，比较怪异的是，壁画里显示出太湖底下又升起了一个太阳。

有一天，有人匆忙来找孙伯伯，说地宫里出了大事。我们三个孩子也跟着孙伯伯偷偷溜了进去。

地宫很大，由一种古怪的黑色长条石砌成，这种条石很怪，灯光照在上面，光线仿佛都被它吸收了，即便里面吊了好多类似矿井下的安全灯，还是昏暗的，看着有些阴森恐怖。地宫很深，一路盘旋向下，而且越往下越冷，冻得我们浑身直起鸡皮疙瘩，边走边摩挲着胳膊。

后来，终于到了地方了。前方拉着警戒线，好多人在等孙伯伯，赶紧把他请了过去，低声跟他解释着什么。孙伯伯眉头紧锁，边听边点头。

不过他们全都在警戒线外，没人敢踏进去一步。我很好奇，想看看里面是什么，但又不敢进去。后来，那大孩子出了个主意，让我骑他脖子上，看看前面到底是什么。

我指挥着他“起起起”，终于看到了一点儿，但还是看不清，就让他抬高些，结果他撑不住，一个踉跄把我从他头上摔了下去，我顺着台阶滚了下去，竟然越过警戒线，朝禁区滚了过去。

我被摔得七荤八素，迷蒙中看到前面有一道巨大的深渊，往外幽幽地冒着寒气，里面不停地闪烁着光芒。

迷迷糊糊的，就听见孙伯伯大喊：“拉住他，快拉住他！”我看到好多人涌过来，又看见两个孩子钻过警戒线朝我扑过来。然后我的身子猛然一轻，就掉了下去。

在落下去的一瞬间，我就听见深洞里传来一声巨兽狂暴的咆哮声，许多人窃窃私语的怪声，还有一些“嘟嘟”的响声。

在最后一瞬间，我看到两个朝我疯狂扑来的孩子，然后就陷入了彻底的黑暗中。

第一章　苏州绝密档案

关于我掉进深渊后发生了什么，又是怎么从里面出来的，我就完全不知道了。

当我醒来后，已经躺在了医院里，别说对地宫的记忆了，就连之前的记忆我都混淆不清了，而且我们家也发生了巨变，先是修建的一个工程出了事故，赔了很多钱，接着父亲被卷进了一起规模惊人的国际诈骗案，搞得家里破产了。

再后来，父母也离婚了，母亲带着我和姐姐远走他乡，和父亲那边彻底断了联系，所以关于那座古庙后来到底发生了什么，我就不知道了。

我母亲也对这件事讳莫如深，甚至言之凿凿地告诉我，这些都是我自己的臆想，根本就不存在什么古庙。我自己也偷偷去太湖旁看了几次，并没有发现什么古庙和围湖搭建的小岛，只是一片茫茫的大水。所以到了后来，我也搞不清当年的事情到底是自己的幻想，还是确有其事。

再后来，我个人也经历了大学退学，北京流浪，又去深圳做了 5 年网游，最后去上海一家上市公司做了高管。

当时我还很年轻，也是公司最年轻的高管，还写过几本畅销书，香车美女，快意恩仇，谁还会记得当年那些小事，关于太湖的种种神秘故事，早就被我抛到了脑后。

只是偶尔喝多了，午夜梦回时，我才会模糊地想起，在好多个夏夜，我们在老树下点起篝火，篝火噼里啪啦地响着，小虫和青蛙率性地叫着，空气中弥漫着艾草以及泥土和青草的香气，吴爷爷摇着蒲扇，慢悠悠给我讲太湖里的故事，水怪、毛人，以及湖里升起的神秘太阳。

我还记得，他每次都会用一句意味深长的话结尾：太湖底下的东西，要压不住了！

而我，怎么也没想到，在20多年后，会用一种那样怪异的方式重返苏州，而关于太湖或者说关于苏州的故事，才刚刚开始。

事情要从一年前说起。

当时，我还在上海那家上市公司做高管，后来和老板吵架，直接拍桌子辞职了。辞职后，也没什么好去处，就想着先休息一段时间，然后我的老领导党勇就拼命忽悠我，建议我创业。

他掰着手指头给我分析，说我年轻，履历也好，做过顶级网游，也做过上市公司高管，还写过书，会讲故事，简直太适合创业了，“广阔资本，大有作为，请给广大投资方一个机会吧！”

我想想也是啊，说不准哪天时来运转呢，于是就包装了一个“互联网+文学”的概念，想着管他三七二十一，先忽悠笔投资再说。

我们准备忽悠的人，是个富二代，他刚去一家大公司做

CEO，野心勃勃，想做一番事业，正在找团队投资。

这哥们儿姓孙，名少少（shǎo），这个名字挺奇怪的，有点儿跟拼多多打擂台的意思。他是著名的江南阔少，属于那种特别有钱又特别潇洒的，经常上花边新闻，所以大家都不叫他孙少少，而叫他孙少（shào）。

孙少是个典型的公子哥，他自己住在外滩一套400多平方米的豪宅里，屋子装修成了亚马逊丛林风格，在巨大的客厅里造了一个大水池，养了三条鳄鱼、九只黑猫，还有几只巨大的金钢鹦鹉，墙上挂着世界各地的怪异图腾，简直就像个魔窟，需要六大门派联手围剿的那种。

骗这种公子哥的钱，简直就是杀富济贫，于是我们就和他约在了陆家嘴某家酒吧，想和他好好谈谈。

坐在58层的顶层餐厅酒吧，我喝着酒，和党生（党勇先生）随便聊着，看着身边的东方明珠，黄浦江在脚下流过，有种穿越时空的恍惚感。我总觉得黄浦江里会钻出来一只怪物，顺着东方明珠往上爬，估计还是童年记忆在作祟。

孙少很快过来了，还是那副懒洋洋的样子，跟我们打了个招呼。

我打趣说："咦！做了大公司CEO，就是不一样了，这次都没带姑娘出来啊！"

党生说："毕竟是大企业掌舵人了，还是要注意点儿形象嘛！"

孙少打了个响指，立刻过来两个姑娘，一左一右护在他身后。他欠了欠身子，优雅地说："作为大企业掌舵人，我觉得个人配置也需要同步升级一下，所以我现在出门都带两个保镖了。”

孙少很潇洒，关于投资的事情，他就问了一个问题：“你信命吗？”

我说：“不信。”

他一拍桌子：“好，就投你了！”

党生：“那我先撤了，你们好好聊，多加深一些感情，以后都是一个战壕的兄弟啦！”

我们随便聊了几句，长夜漫漫，有个姑娘就建议，大家轮流讲鬼故事，谁讲得不够恐怖，就罚酒。说到这个话题，也不是我吹，全中国都没几个比我讲得好，所以孙少很快就挂了，一口气喝了十几杯，差点儿吐出来。

他特别恼火，解开领口说：“你别得意，我刚才在冷却技能，马上就要放大招了！”他两只手撑在桌子上，气势汹汹地看着我，想了想，就扭头跟旁边一个比较乖巧的姑娘说，“怎么突然觉得有点儿冷了？你去房间给我拿个外套吧。”

姑娘点点头，出去了。另一个妖媚的姑娘躺在他怀里，说：“小蹄子终于走了，我可不会走！”

孙少歪着头思考：“我下午给你买了个包包，放房间里了，会不会被人拿走？”话音未落，那个姑娘“唰”的一下起身消失了。

他松了松领口，把抽了一半的烟摁灭了（我后来发现他有个习惯，烟只抽半根），跟我说：“清场成功！咱们重新来，让你知道我的厉害！”

我不屑一顾："小样儿！你尽管放马过来！接不住，算我输！"然后，他讲了一个他爷爷当年亲历的神秘事件。

孙少的爷爷当年是燕京大学的学生，"一二·九"运动后，觉得念书没用，便投笔从戎，徒步去了延安，参加了革命。这属于第一批奔赴延安的进步青年，被称为延安的黄金一代。中华人民共和国成立后，这批人大多担任了比较重要的工作岗位。孙少的爷爷担任的是个很特殊的职务，说起来有点儿不可思议，即负责接管国家绝密档案。

这里所说的绝密档案，指的是非常规档案，是国家历代政权秘密封存的、真实记录了发生在中国各地的超自然事件档案。孙少说，这些档案并不归地方保管，全部由"上面"派下来的特派员严密看管，属于国家机密，还属于级别很高的那种。

这些档案资料已经很古老了，历朝历代都有，而且每个城市都不一样，有些城市只有薄薄的一层，有些城市就很多，应该和城市的历史有关系，比如西安、南京、洛阳的资料就很多，有些新兴城市，比如深圳的资料就很少。不过，档案最多的，还是苏州。

孙少的爷爷开始知道自己负责接收档案时，还挺失落，想着别人都进京给领导当秘书了，或者主政地方，怎么到他这里负责接收档案？后来他才知道，这批档案不简单。

组织上告诉他，让他负责接收这批档案，上级领导考虑了很久。首先，因为他根正苗红，是参加过延安革命的黄金一代的后人，意志绝对坚定，不会轻易被一些牛鬼蛇神的东西冲垮世界观。

其次，因为有文化，尤其是有文学素养，能看懂这些档案。毕竟这些档案横跨了多个朝代，好多都是古文，对文学素养要求比较高。

上级领导再次重申了这批档案的重要性，说中华人民共和国成立后第一时间接管的不是警政武装，也不是银行、工厂，而是这些档案。然后，组织上给了他一个特殊通行证和一个名单，让他按名单挨个接管档案，而名单上最后一个城市，就是苏州。

去苏州前，他也有些心理准备，毕竟像这种千年古城，又留下各种传说的地方，肯定怪事不会少。而且按照中国人的习惯，压轴的都在最后，所以苏州肯定不简单。但他没想到，苏州会那么神秘、可怕。

首先，苏州的档案室就和其他地方不一样。大部分城市的档案室是和军政部门设在一起的，有的甚至就在部队大院里，总之是重兵把守、戒备森严的地方。而苏州的档案室，在一个极神秘的荒村里。

要进入这个荒村，需先开车，后坐船，在到达一个荒山后，还要在大晚上提着灯笼从山上走下去。

孙少的爷爷孙特派员第一次进入荒村，是和当时的区长及一个老猎人一起去的。为了进入这个荒村，他等了足足一个礼拜，因为这个荒村非常神秘，只有在下过雨后的夜晚才能通过"阎王点灯"进去。

"阎王点灯"是什么意思，他在那个晚上终于见识到了。

那晚，孙特派员和区长、老猎人爬到山顶，黑黢黢的大山，根本没有下去的路。月光从天上斜斜地射下来，升腾的白色浓雾在山间翻滚，显得深不可测。往下看，神秘又诡异，据说档案馆就在山下的荒村里。

他们等了好半天，山上突然出现了几点绿莹莹的鬼火，鬼火在山间游动，看起来非常鬼魅。

老猎人低声说："阎王点灯了！"

胖胖的区长哆嗦起来："这……这是什么？"

孙特派员慢慢走过去，伸手轻轻一握，就把一个绿莹莹的光点抓在了手里，慢慢展开手掌后，他笑了："竟然是萤火虫。"无数只萤火虫从山脚下飞出来，连成了一行绿莹莹的光带，朝着山下延伸，最后形成了一条路。他赞叹着，"好漂亮的一条光路，果然不虚此行。"

老猎人闷声说："我们都叫他'阎王点灯'。"

孙特派员说："萤火虫组成的路，应该叫'神仙点灯'才对，怎么叫'阎王点灯'呢？"

老猎人说："兵荒马乱时，也有土匪啥的去这个荒村避难，然后就不见了。"

孙特派员紧紧盯着他："不见了？这是什么意思？"

老猎人摇摇头："就是消失了。"

孙特派员问区长："政府是如何管理这里的呢？"

区长说："这里，我们没资格过问，都是'上面'的人直接管理，包括物资什么的，也都是他们直接协调。我们也就给他们带带路，所以里面的事情，我们也不清楚。""孙特派员，前面就是禁区了，我们没资格进去，就送你到这里吧！"

孙特派员点点头，自己顺着萤火虫组成的小路往下走。他发现，这其实是条溪水冲刷出来的小路，隐藏在山涧里，七拐八绕的，白天还真看不出来。因为萤火虫喜欢栖息在潮湿的溪水旁，所以成千上万只萤火虫趴在水涧处，就形成了特殊的路引，想想也挺神奇的。

山路崎岖，他身体不错，花了两个多小时，终于到了山脚下。他喘了口气，转过身去，看到隐约的大山轮廓，漫山遍野绿莹莹的萤火虫，组成了一个神秘怪异的图案，像古朴的“大”字，又像一组神秘的密码，鬼魅又神圣。

这时候已是深夜，万籁俱寂，一片幽静，他呼吸着大山深处冷冽的空气，觉得这一切美丽极了，也神秘极了。

他提着灯笼慢慢往里走。村子没多大，死气沉沉的，别说灯光，甚至连一声狗叫、虫鸣都没有，仿佛是一个死掉的村子。孙特派员心想：管理这个档案馆的，究竟是一个什么样的人呢？

他很快找到了档案馆。原以为藏在深山里的档案馆肯定会特别神秘，也许是座古庙，甚至是座防空洞，但他怎么也没想到，竟然是这样一个建筑。

小路尽头，有两点灯光，远远看去，是两盏红灯笼，灯笼处是一座恬静秀气的江南庭院！他摘下眼镜，揉了揉眼，再仔细看看——没错！

那长长的、矮矮的黑檐白墙，两扇精巧的朱漆小门，两盏红灯笼随风轻轻晃动，真是一座白墙黑瓦的苏式建筑！但在这个荒蛮、诡异的荒村里，怎么会有这么一个温婉的苏式建筑？

他突然有些紧张，略定了定神，推了推眼镜，才慢慢推开小门。小门应声而开，他用灯笼左右照着，长廊、假山、水塘，的的确确是苏式庭院!

院子很大，看不出来有几“进”，他走到了后院。后院有间屋子亮着灯，他用灯笼仔细照了照，门上挂着一个牌子：苏州档案馆。

他松了一口气，折腾了大半夜，总算能见到一个活人了。他整了整衣服，轻轻咳嗽了一声，走了进去。进去之前，他已经有了心理准备，这里虽然是国家严密监控的档案室，但因为涉及了许多玄学秘密，所以国家也会邀请一些高人参与保护，尤其一些比较特殊的城市，譬如北京、杭州、西安等，都由隐世的高人亲自看守。

这些人并不都是仙风道骨，好多是邋里邋遢的老头，成天抱着酒葫芦喝酒，有些则是痴痴呆呆的中年人，问什么都摇头，这些人看着不起眼，但说起身份来，可能都是某行业师祖级的人物，绝不可小觑。

尤其像苏州这种压轴的地方，坐镇的高人肯定不一般。但他推开门后，却被这个高人惊呆了。

屋子很大，装修得富丽堂皇，地板上铺着猩红色的地毯，墙壁上镶嵌着各种黄铜雕塑，屋顶悬挂着一个巨大的有点夸张的水晶吊灯，四面墙上都做成了酒柜，摆放着各种洋酒。

屋子里有一个很大的真皮沙发，有个年轻人躺在上面，穿着一身西式的猎装，叼着一根雪茄，手里轻轻摇着一个高脚杯，里面盛满了血红色的红酒，听着爵士乐，眯着眼看着他。在他身后，还有几个穿着雪白制服的姑娘，垂手而立，伺候着他。

孙特派员吓了一跳，以为自己走错了地方，怎么到了旧上海的夜总会？他赶紧退了出去，又用马灯照了照，没错，牌子上确实写着档案室！

可这个年轻人又是怎么回事？这里到底是档案室，还是十里洋场的歌舞厅？他硬是忍着怒气敲了下门，叫了声：“——同志！”

那个年轻人躺在沙发上，只是手微微动了一下，做了个手势，意思是让他噤声。他的怒气更强了，但硬是压住了，在那等着他。

那年轻人轻轻晃着头，手指有规律地晃动着，竟然是在听音乐！他彻底暴怒了，使劲一拍桌子，叫了声：“同志！这里是不是苏州档案馆？！”

那个年轻人还是头都不抬，只是伸出一根手指，他身后的姑娘走过去，用手掌在孙特派员脖子上砍了一下，他就倒了下去。

第二天醒来，已经是早晨了。他爬起来，发现自己睡在一个鸡窝里，身旁一只老母鸡，充满戒心地看着他。他“呼”一下站了起来，气冲冲地走过去，要找年轻人算账！

那个年轻人穿着一身西装，戴着一顶时髦的帽子，怀里戴着一块怀表，半截金链子露出来，手里转着一支钢笔，饶有趣味地看着他。

他微微皱了皱眉，想发怒，又不知怎么发。这时，他发现桌子上放着一个很大的烟斗，烟嘴是一种黑色的玉石，看起来特别精致，更关键的是，这只烟斗还是点着了的。

他的怒火“腾”一下蹿起来了！因为档案馆最忌讳的就是烟火，是绝对不能吸烟的！而且那个年轻人的眼神，让他特别不舒服，跷着腿，一脸戏谑地看着他，仿佛在看一个笑话。

他再朝其他地方看看，发现屋子里到处是各种档案，像被丢弃的破烂。他使劲拍了拍桌子：“你怎么敢……你怎么敢这样对待档案？”

那个人慢慢抬起头，还是用一种嘲弄的表情说：“哦，那应该怎么对待？”

他气得胸膛剧烈起伏：“你应该……应该……好好保护它们！”

那个人继续问：“哦，那要如何保护呢？”

他指着满墙的酒柜：“应该把它们放在书架上！”

那个人慢悠悠地说：“那我的酒往哪里放呢？”

他大怒，想过去把那一墙酒全部砸个稀巴烂，但看到他身后的女人，还是忍住了。他咆哮起来，说自己是国家派来的特派员，是专门负责档案馆的！

年轻人微微一笑：“那又怎么样？”

他使劲拍着桌子：“那又怎么样？这个村子，这个院子，包括你，都是国家的！你有义务，也必须保护这些档案！”

年轻人摇摇头：“我为什么要保护档案？”

他大怒：“档案你都不保护，你还想保护什么？”

年轻人就笑了：“我保护人间啊！”然后，他皱起了鼻子，

“先去洗个澡吧，神清气爽才好谈事啊！”说完，他就叼着烟斗，慢慢走出去了。

孙特派员狠狠地掏出手枪，使劲拍在桌子上，没想到手枪突然走火，而且手枪的枪口正对着那个年轻人，“轰”一声射出了一颗子弹。

他吓了一跳，想要喊那个年轻人，却已经来不及了。就在这一瞬间，原本懒洋洋往外走的年轻人，猛然伸出左手的两根手指，稳稳夹住了一个什么东西。

孙特派员大吃一惊：“你……你……怎么能夹住子弹？”他赶紧跑过去，想看看到底是怎么回事。

年轻人伸出了空荡荡的手指，冲他晃了一下：“没夹住。”然后摇着身子继续往外走。

孙特派员这才松了一口气，也安慰自己，刚才肯定是看花了眼，人哪能夹住子弹。他想追上那个人，问问档案室到底是怎么回事，刚走了一步，有东西硌了脚，低头一看，是枚子弹壳。

他有些恍惚，这是刚才走火射出的子弹壳吗？难道刚才那个人真抓住了子弹？他神情恍惚地往外走，才发现这个院子很大，而且也有不少人。

有些人在修剪花草，有些人在采摘水果，有些人在打扫马厩，真像一个旧式的大家族。他又开始恍惚起来，想着外面都解放了，这里怎么还是封建时代？

他拉住花农，想给他讲讲现在的政策，打土豪，分田地，人民翻身做主人了，咱们不用再忍受这种剥削和压迫了！但不管他怎么样，对方对他都是充耳不闻，仿佛他不存在一样。

他觉得这里越来越古怪了，想着还是出去找人打听打听，这里到底是怎么回事。出去看了看，却发现别说人，连一只鸟儿、一只虫子都没有，完全像个死村子。

想走，却发现根本无路可退，他坐在山脚下，一直等到晚上，也没有发现萤火虫出来。孙特派员失落地走了回去，坐在院子里的石凳上，有人给他端了一锅面。他猛然想起那个年轻人，就端着面去找他。

那个人喝着红酒，拿着刀叉，优雅地吃着精致的西餐，听着优美的爵士乐。他看着自己那个黑漆漆的锅，里面是烧得一塌糊涂的面条，忍不住问："为什么我只有面吃？"

年轻人看了看，用餐刀切了指甲大小的一块牛肉，放在了他碗里，说："这下子公平了。"

孙特派员重重地放下面，开始正式和他谈判："如何出去？"

年轻人说："等下雨。"

他明白了，雨后才有萤火虫，看来只要等雨后就能出去了。孙特派员终于松了一口气。

不过，那个年轻人抬头看了看天，说："老夫夜观天象，最近一个月都没有雨。"

孙特派员冲了进去，开始到处翻找，想找一个可以通讯的东西，但什么都没有找到。他彻底崩溃了，抱着头蹲在地上，想着叫天天不应、叫地地不灵，这到底是什么鬼地方啊？

既然出不去，他就决定开始工作了。他问年轻人，档案在哪里，他要趁这段时间赶紧整理好。

年轻人推开旁边一扇门，露出了里面满满一屋子的档案，还有地上散落的一些，说："这里，这里，还有这里，都是。"

孙特派员有些不以为然："就只有这些吗？"

年轻人点点头："对，就这些。"

孙特派员满不在乎地说："那也没多少嘛！"

年轻人意味深长地看了他一眼："这些只是目录。"

"……那档案呢？"

"你看见这个村子了吗？每一间房子里，都堆满了档案。"年轻人拍拍他的肩膀，"好好加油！"

孙特派员怎么也想不到，他最后竟然在这里足足待了3年。他用了3年时间将所有档案重新整理了一遍，也发现了档案里隐藏的秘密。因为这个秘密，他选择了留下。

3年后，他走了。临走前，那个年轻人送了他一块木牌子。木牌子大约有半个手掌大小，上面雕刻着古怪的花纹，看着非常精致。

年轻人对他说："你是山头火的命，年轻时做事太激进，伤了脏腑，刚极易折，恐怕活不到50岁。让你在这边待3年，用太湖水滋润心脾，滋补身体，可以多活一些日子。"

孙特派员这时已经和年轻人积累了深厚的友谊，也知道他的确是个高人，见他这么郑重，知道这东西定然不凡，于是躬身拜谢。

年轻人摇摇头："这东西不是给你的，是给你孙子的。"

孙特派员更加吃惊了，说自己现在连老婆都没有，孙子又从何谈起？年轻人就摆摆手，说你不懂的，以后会明白。然后他顿了顿，说："这件事，算我欠他的。"

孙特派员更加吃惊了，因为3年来，这个年轻人表现得一直很高傲，对于好多大名鼎鼎的人物都不屑一顾，而且锦衣玉食，夜夜笙歌，从不把其他人放在眼里，却对他这个孙子这么看重，看来的确有问题。

他就小心翼翼地问："关于自己后人的事，能否多指点几句？"

年轻人笑了："我的意思，和你想的不一样。"

孙特派员问："那到底是什么意思？"

年轻人说："好多意思说得太清楚，就没意思了。"说话间，那漫天飞舞的萤火虫又一次出现了，在山上形成一条天路，绚烂而神秘，仿佛在给他送行。年轻人懒洋洋地说："快走吧！"

孙特派员有些激动，说了声："同志，再见啦！"

年轻人淡淡地说："你我今生缘分已尽，以后不会再见了。"

孙特派员被他噎了一下，想说点儿什么，却又不知如何开口，只好点点头离开了。走到半山腰，他发现年轻人还站在山脚下，仰望着漫天萤火，一动不动。他突然感动了，拼命挥着手，大声喊着再见。

年轻人就笑，冲他喊了最后一句话。但那句话孙特派员并没有听清楚，好像是："快走吧，他/她/它要出来了。"

再后来，孙特派员被调到了北京某部门，一直升到部长，他也通过各种力量去调查那个荒村及背后的那个神秘年轻人，不过什么也没查到。

后来，孙特派员又去了几次苏州，却再也没有找到那个神秘的小岛。

荒村，彻底成了一个秘密。但孙特派员始终记得那年轻人说的，那个木牌子是留给他孙子的，以及年轻人欠他孙子一个人情。

孙特派员唯一的孙子，就是孙少。

孙少感慨地说，老爷子在荒村耽误了三年，后来仕途止步于部级，要不然自己估计会更潇洒。我也感慨，说确实可惜了。

孙少却摇摇头："一点儿也不可惜。"

我问："为啥？"

他没说话，反而给我看他手上戴的木牌子，说这就是那个年轻人当年送的。他摘下来，递给我。

我摸了摸，入手冰冷，像是一块寒冰，也很沉，简直就像一块生铁，上面雕刻着极复杂的花纹，不知为什么，我总觉得这个花纹像是在哪里见过，却怎么也想不起来。

我问他："这是木化石？"

他摇摇头："不是化石，就是普通的木头，但我找人化验过，不知道是什么木质。"

我说："是不是非洲铁木之类的？"

他打开打火机，用火烧，烧到打火机都烫手了，用手摸摸，木牌子还冰冷如初。然后，他掏出一把瑞士军刀，那刀子极其锋利，他随手拿起一本杂志，用刀子轻轻划几下，纸屑乱飞，像切菜一样。然后，他用刀子在木牌子上使劲划了几下，拿起来再看，一丝划痕都没有。

我觉得确实很神奇，但也不能由此说明那个人就是高人，也许就是一块陨铁呢？

孙少就意味深长地问："你见过寿命最长的人是多大？"

我想了想："差不多九十多岁吧。"

他笑了，笑得异常神秘，然后一字一顿地跟我说："我爷爷，他活了整整 108 岁。"他说，他爷爷算起来还是清朝末年的人物，整整活了个大圆满，真正的牛人！

他又得意地说："我们家人都特别长寿，别说人了，老爷子当年在菜市口收养的一只流浪猫，都活了 27 年！"

我又一次震惊了。

孙少举起杯子，笑嘻嘻地看着我："喂，愿赌服输啊，快喝吧！"

我麻木地举起杯子，"咕咚咕咚"地喝完了。喝完后，我也有些燥热，于是借着酒劲儿问："你爷爷有没有说过，档案里记载过的神秘人？"

他说："当然有了！别的不说，当时那个荒村里的年轻人，他就觉得有问题。"

我问："什么问题？"

孙少说："我爷爷后来整理资料时发现了一个笔记，那笔记是清朝时期留下的，作者类似史官，当时受命整理这批笔记，他在笔记里记载过，当时接管资料时遇到了一个特别无厘头的年轻人，那个人纵情声乐，铺张奢靡，就很像我爷爷碰到的这个年轻人。”

我说：“你的意思是……？”

孙少点点头：“那个年轻人，可能是个活了几百年的老怪物。”

我哑然失笑：“这也太玄幻了，你干脆写小说去吧！”

孙少也笑了：“哪天我还真要试试啊！”

我也笑了，问他：“那档案里还记载了什么？有没有龙或凤凰这种？”

“凤凰倒是没有，不过有关于龙的，说是当年炸断花园口大坝时，就炸死过一条幼龙，后来洪水退了，大坝下的淤泥跟血豆腐一样。”

我感慨：“好可惜。”

他也感慨：“确实可惜，留着涮火锅多好啊！”

他说：“对，老爷子还说过，让我这辈子不准去苏州太湖。”

“太湖？”我不明白了，“为什么？那里有鬼怪吗？”

他摇摇头：“鬼怪在那个档案里都是屁大点儿事，不值得记录。”

“是什么？”

他看了看周围，低声说：“我爷爷说，档案里关于太湖的所有记载，都是用特殊颜色写作的。”

我不明白了：“特殊颜色？”

他点点头：“档案也是分级别的，普通的用黑色，高级一些的用黄色，还有一些血红色的，不过级别更高的档案，就需要特殊方式才能看到，反正一看到颜色，就知道级别了。”

“那级别最高的档案是什么？宇宙末日的准确时间吗？”

他没有笑，认真地说：“就是关于太湖的。”

我大吃一惊：“太湖有那么牛吗？”

他淡淡地说：“真正牛的东西，像阳光和空气，你是感觉不到的。”

我点点头，有道理。我问了他最后一个问题：“最高级别的档案，是用什么颜色写的？

“……没有颜色。”

没有颜色，这是什么意思？他说，那就不知道了。然后他站起来，披上大衣：“今天就到这吧，晚上我那边还有一场恶战呢！反正你记住了，千万不要去苏州，尤其是太湖！对了，还有叫‘圖’的地方，也不要去，档案里多次提到过这个地方，很邪。”

他穿上大衣，走出去两步后，突然又停下来看着我，然后问了一句很奇怪的话：“那个……鱼宝啊，我问你件事啊！你觉得我这人怎么样呀？”

我说：“挺好的呀！”

他有些紧张地问：“真挺好的？”

我肯定地说：“真的挺好的，挺好的！”

他终于放心了，搂着我的肩膀往前走：“送我回房间吧！”

虽然我觉得两个大男人搂搂抱抱的有些奇怪，但为了融资嘛，我也就忍了。到了房间门口，他冲我邪恶地一笑：“要不要一起？”

我一阵恶寒：“……你还是自己来吧，我没这个雅兴！”说完落荒而逃。

他倚在门上，冲我吹了个口哨：“鱼宝，你尽管放心，只要我还在这家公司一天，你的投资款就绝不会跑！”

我跑得更快了。

第二章　平江路大逃杀

第二天，我刚醒来，就看到党生在微信给我转了一条新闻：**“阔少孙少少执掌XX公司一个月，即因丑闻离职”**。

我一看标题，心脏差点儿停止跳动，想着完蛋了，肯定是他昨晚东窗事发，被媒体曝光了！唉！他做这种事也不是一两次了，不至于辞职啊！况且就算辞职，也要等给我投完资再说啊！

我赶紧点开新闻，发现新闻里贴着一张暧昧的照片，两个人抱在一起，一个肯定是孙少了，另外一个——咦，这人怎么那么熟悉？再一看，竟然是他在酒吧里搂着我的那一幕！再仔细看下面的小标题：“江南阔少再立新欢，与小鲜肉私会上海滩！”

糟了！我赶紧给孙少打电话，那边响了好久也没人接。我又刷了一遍新闻，发现后续还有报道，孙少竟然接受采访了。他风度翩翩地面对记者说个人爱好与公司无关，与公司CEO比起来，他更在乎身边人，所谓人生苦短，要多珍惜眼前人。

我一身恶寒，你这个王八蛋爱怎么说怎么说，但那张照片可是老子啊，这不是坑我嘛！我还在看，党生又给我发了一条微信。

党生："你昨晚和孙少去酒店了？"

我："是啊！"

党生："恭喜……看来你已经不需要创业了……"

我："不……不……你听我解释！不是你想的那样！"

党生："嗯嗯，我懂，我懂！"

过了一会儿，他更新了朋友圈：

时光很暖，你们很好，这世上所有的爱情都值得祝福！

不用太考虑世俗的眼光，我相信你们，加油！

底下是那篇孙少搂着我的新闻。过了一会儿，他又在底下加了一条：祝福 @ 孙少 全宇宙第一完美男人 @ 老鱼 有情人终成眷属！

我赶紧发了一条朋友圈：清者自清，污者自污，没啥好解释的。底下一堆回复：

宋强：六年孤馆相偎傍。最难忘，红蕤枕畔，泪花轻扬。

钱伯斯：鱼老师，你还记得东莞常平的夏小荷吗？！

党勇：一切为了创业，一切为了创业嘛，敢教日月换新天，这点牺牲算什么？

……

我扔掉了手机，大半个月没敢出去。因为有好事者把孙少之前的女朋友罗列了一下，然后挨个点评，以分析他这些年来的口味变化。最后大家一致认定，孙少现在的口味是——

鬼畜风。

那几天，我都没敢回家，就住在酒店里，出去拿外卖都戴着鸭舌帽，微信更是连看都不敢看。好不容易熬过这场风波，生活还要继续，创业还要继续，要继续拉投资。但投资人看我的眼光都怪怪的，尤其是有次谈判时，一个特别兴奋的姑娘冲过来，一脸邪恶地看着我，说孙少那么有钱，还需要你抛头露面啊？

我只好冷淡地说："对不起，我不认识他！"

姑娘一脸"我懂得"的表情，说孙少就是风流啊，大家只见新人笑、有谁记得旧人哭啊！薄情郎啊薄情郎！富二代都是渣男！

我无言以对。她又叹息道："现在的男人比女人会撒娇，比女人会赚钱，还比女人要强，你让我们怎么竞争啊？"

实在没办法，我就想着干脆不在上海创业了，先去附近的苏州，毕竟成本低，熟人少，等以后做大了再杀回上海滩吧。

结果我刚到苏州，就看到孙少给我发了条微信：不要去苏州！

我一口气发了3000字骂他。他还是回复：千万……千万……不要去苏州！

我又复制了6000字骂他。他又发了第三次：请相信我，千万……千万……千万不要去苏州！！！

我信你个鬼，你个糟老头子坏得很！然后拉黑了他，顿时觉得身心舒畅了好多。

在苏州，我继续拉投资。因为我的资历还不错，加上党生的背书，又找了其他几家大名鼎鼎的投资方，说出来都是如雷贯耳的人物。

每次谈投资，开头都比较顺利，可临到最后一步就出问题了，各种各样的问题，五花八门的问题，匪夷所思的问题，总之就是不行。

最邪门的是最后一次投资，那是一家国内最有钱、最嚣张的公司之一，我通过层层审核，最终顺利通过了，连投资协议都签好了。他们负责投资业务的副总裁也很满意，亲自送我到门口，拍着我的肩膀说："放心吧，兄弟，我看好你，好好干！"

我当时都有些杯弓蛇影了，很诚恳地问他投资会不会出意外，我真的是有些担心了。

他哈哈大笑，说："小兄弟，你就放心吧，协议都签好了，不投资你，我们要赔钱的！"

我说："赔钱是不会让你们赔的，只要你们投资就好了。"

说完后我还是不放心，又问他："这次投资理论上如果有问题，会出自哪里呢？"

"董事会都过了，就不会出问题。如果你非要说理论上的可能性，那就只有一种可能——"

我紧张地问："哪种可能？"

"就是我们董事长发疯了，亲自推翻了董事会的决议，不准投资你。"

"啊！那会不会啊？"

"你放心吧，我们董事长虽然也很年轻，但不会像孙少那样，他是一个特别严谨的人，做事情从来不意气用事！你放心吧，这个概率比中头奖还要小！”他眯起眼睛回忆着，“你知道我为啥来这家公司吗？”

我说：“这家公司有钱呗！”

“这只是其中一个原因，主要还是因为董事长的魄力。”

“他是不是让你去最高的楼，然后问你这底下是什么？”

“对对对，我跟他说，这底下是人啊，就是钱啊，就是市场啊！”

“然后他说，你愿不愿意跟我一起征服这个世界？”

他大吃一惊：“你怎么知道？”

我说：“我招人时也这样说，好少开点儿工资。”

他想了想：“噢！那还是有些不一样的。”

“哪里不一样？”

“他的原话是，我要带领你们征服这个世界，然后打败那个东西！”

我有些搞不懂了：“打败那个东西？什么东西？”

他也不明白：“有钱人家的孩子，谁知道想什么呢？估计是想着打败外星人，征服银河系吧！”我们两个哈哈大笑。

拿着投资协议，我心里终于有底了，开始迅速烧钱，招兵买马，然后租了套像样的办公室，又请人设计了公司 LOGO，看着还挺像那么回事。

大约半个月后，我发微信给投资公司副总裁，问他投资款什么时候到位。

他问：“你买彩票了吗？”

我心里咯噔一下："怎么讲？"

他说："董事长否决了董事会决议……我打听了一下，原本董事长都签字了，这种几百万的小投资他压根儿不会看。后来，因为他接了个电话，又让我们把这个投资协议找出来，当场废掉了。"

我倒吸了一口凉气："是谁那么恨我啊？"

他冷笑着说："我觉得啊，你们小两口闹别扭，还是别耽误我们工作！"

我更加吃惊了："你什么意思？"

那边冷笑着说："能让我们董事长作废决定的，这个宇宙也没几个人，还不是你那个孙少。我们普通人啊，可不敢卷入你们豪门恩怨，求放过，以后别联系了！"他阴阳怪气地说了几句，冷冷地把电话给挂了。

我一屁股坐在地上，死的心都有了。这个孙贼啊，真是亡我之心不死啊！

党生也专门去问了孙少，是不是有什么误会之类的？

他笑嘻嘻地说："没有任何误会啊，什么杀父之仇、夺妻之恨的，统统不存在，而且我特别欣赏他。"

党生也没办法，只好旁敲侧击地问我："你们那晚上是不是发生了什么难以启齿的事？"

"难以启齿个屁！"我恨恨地说，"老子唯一后悔的就是那个晚上没狠狠揍他一顿！"

投资没拉到，我又撑了两个月，终于熬不下去了，我解散了公司，把剩下的钱都给员工做了补偿，等大家走后，我一个人坐在空荡荡的办公室里，突然有些迷惘，以后要做什么呢？

创业失败，加上绯闻在身，想回去上班都不行了，简直就是屋漏偏逢连夜雨。

所谓百无一用是书生，书生落难，还能有什么办法？索性干起了老本行，打算重新开始写作。所谓穷且益坚，不坠青云之志嘛！

市区的写字楼肯定租不起了，我就委托了一个朋友，帮我找个地方，最好是个古村，还要有山有水，有点儿“采菊东篱下，悠然见南山”的味道，交通也要好，最关键的要便宜，越便宜越好。

结果他一拍大腿，说：“还真有一个特别合适的！”

他告诉我，这个村子啊，特别漂亮，被誉为苏州最美的村子，国家级村子。这个村子嘛，是明朝时期的古村落，在一座山脚下。山上全是茶树，山下是上千亩梨花，而且还有温泉，可以舒舒服服泡着温泉看日落。

他说那里交通也好，政府给它开通了一个旅游专线，从国外进口的有轨电车，很像日本的箱根，是一个特别漂亮的地方。

他见我不信，还专门带我去了一次，我们两个坐着电车去的。还真的是日本那种有轨电车，叮叮当当的，干净又漂亮，真有点儿日式小清新的感觉。

看着窗外的青山绿水，温泉梨花，我也感慨，没想到苏州竟然有一个这么和风日式的田园小镇，真是了不起。

我突然想起一个问题：“对，这个村子，它叫什么名字？”

他说：“树山。”

我说：“这个名字还真奇怪。”

他说：“其实原本叫‘chui’山，那是一个古字，好多村民读错了，读成了‘shu’山，所以后来干脆就叫作‘树山’了。”

“chui 山？”我心里咯噔一下，赶紧问他，“是哪个 chui 字？”

他说：“你应该不认识，这个字很古的，特别复杂。”然后他在窗户上，一笔一笔写出了一个字：圌。

我当时心里就咯噔一声，说了声：“卧槽！”

自从孙少少那个混蛋跟我说过千万不要去叫“圌”的地方以后，我就赶紧查了查，发现并不在苏州，而是镇江那边的一座小山。

我当时还挺高兴，想着苏州根本没有圌山嘛，没想到突然就冒出来了一个，还真是让人有些犯嘀咕。

我赶紧问他：“圌山不是在镇江吗？怎么这里又来了一个？”

他说这是一个玄学问题，他也搞不清楚，反正在几百年前，这个小村子就有一个代号，被称作“圌”。

这个“圌”的本意，是一种盛放粮食的器具，类似于囤，也有一些祥瑞的意思，像镇江那个圌山，取的就是祥瑞的意思。但是这个村子为啥叫这个名字，就很奇怪。他们在考察小村子时，发现了好多很古老的石刻，上面都有这个字，像一个代号，甚至一个密码，有点儿神秘主义的意思，但是具体代表的什么，那就不知道了。

他后来也请教了不少民俗专家，大家觉得，这个字估计有点儿藏宝图的意思，像是一个密码，那山里确实也有不少古墓，搞不好还真有好东西。但是当地村民把那里看得非常严，根本没法探个究竟，也是遗憾。

我有点儿担心，说："那里会不会有啥危险之类的啊？"

他说："你知道那里最大的好处是什么吗？"

我问："什么？"

他说："我跟镇长狠狠吹了吹你，把你吹成国内第一的畅销书作家，跟韩寒、刘慈欣差不多。所以镇长决定免费给你搞一个工作室！"

我立刻决定了："必须去！"

毕竟再邪门的东西，也抵不过一个穷人空荡荡的钱袋可怕！

他也说："是吧，说不准你哪天刨地之类的，还能挖出来一罐子金元宝啥的呢！"

我嘴里说："哈哈哈哈哈，必须的！"其实心里想的是："去你的蛋吧！"

我就在苏州树山村住下了。

这是一个很舒适的小村子，虽然是明朝时期的古村，周围全是大山，不过开发得很好，有许多概念民宿、茶馆、咖啡馆，没事时在村子里走走，走累了，就去茶馆喝喝茶，看着周围的小网红对着镜头假笑，外面是古老的大山，会有一种时空错乱感。

这里环境不错，气氛也不错，也很适合写作，只是我太穷了。

哎，写作都是有钱人的专利，写点儿谈谈情、说说爱这种文章才有人看嘛，我这种穷人，还是先赚点儿钱填饱肚子再说吧。

要钱没钱，要人没人，我就想干脆零成本创业吧。

所谓的零成本企业，就是忽悠一个有资源的合伙人，然后卖他的资源。

我很快找到了一个很合适的人，他是苏州最年轻的省级玉雕大师之一。和田玉雕得很好，人也很努力，就是玉石卖不出去。

这个玉雕大师姓府，有外人的时候，我就叫他府大师，没外人的时候，我就叫他小府。

我先跟小府讲了一下品牌的重要性，暗示他如果跟我合作，我就给他打造一个个人品牌，这样他火了以后，玉石不就嗷嗷好卖了嘛。

当然了，打造个人品牌需要时间和成本嘛，我这么清雅的人，和他又是一见如故，自然不好收他的钱，这样吧，我也不让他吃亏，我干脆用最先进的互联网模式帮他卖玉吧，卖出去的钱啊，我们三七分。

小府当时就同意了！

我找镇长，在树山双创中心申请了一个和田玉玉石展厅，其实就是我们卖玉石的铺子。我想了想，既然开门做生意，还是要取个名字，最后给它挂了个招牌，叫作“于生一”。

就这样，我们的玉石大业就做起来了。

我们的铺子主要做私人订制的高端和田玉产品。

小府说，他们江南这边的规矩，大家族生了孩子后，都会给孩子订一套专属和田玉，因为玉石有吉气，希望可以保佑小娃娃平安长大。

有一户人家，生了三胞胎，都是女儿，在他这里订了一套玉石。他设计了一套“三凤朝日和美国玉”。

他找了一块巴掌大的圆形玉料。先把这块圆形玉料的外圈切了个镯子，给孩子母亲佩戴，然后把镯心拆成三块，分别雕刻了三只小凤。这三只小凤，既可以让三个女儿单独佩戴，也可以拼在一起，组成一轮红日。而且这轮红日中心，会出现一个古篆体的家族姓氏。

我也忍不住赞叹，这个创意太好了！

你想啊，这三个女儿长大后，可能天各一方，有人去了北京、上海，甚至去了海外，但是不管什么时候，大家回来聚会时，把玉佩从脖子上拿下来，都可以拼成一轮红日，这份心意，这份传承，真是特别好！

所以我们决定就做这个了！

小府其实挺有才的，不过他很穷，穷得都要吃不上饭了。因为玉雕这个行当讲究论资排辈，年轻人想出名，先等三十年再说吧！所以，才华横溢的府大师就变成了无限忧伤的小府。忧伤的小府经常拉着我上山喝酒。

我们坐在山崖上慢慢喝酒，从下午喝到黄昏，从黄昏喝到天黑。

山下灯光通明，车流如潮，山上黝黑一片，远处几座古寺有几点灯火，颇有些禅意。山上修行，山下人间，那我们半山腰呢？

府大师喝多了，他指着山下的万盏灯光说：“我以后会成为一个很厉害很厉害的玉雕大师，让所有人都知道我的名字！”

我说：“你注意点儿，别再吐我身上了！”

我就这样，从一个前上市公司高管，变成了一个落魄创业者，最后又变成了一家玉石铺子的店主。

玉石铺子的生意不好也不坏，玉石和古董差不多，懂的人很喜欢，不懂的人听也听不懂，所以开玉石店的人都很佛系，爱买不买，随缘了。

我有时候也出去走走，去平江路逛逛，平江路好多茶馆，好多茶馆都有人现场唱昆曲。昆曲念白很复杂，别说外地人，好多苏州人也听不懂。

每次路过，看着里面稀稀拉拉坐着几个人，有人在下面玩游戏，有人看书，而台上表演的人却非常严肃、认真，让人看着难过。

有天晚上，我路过那里，发现台下就一个听众，后来那个听众也走了，但台上的人还在认真唱着，毕竟一曲没有终了啊。

台下人走过，不见旧颜色，台上人唱着，心碎离别歌。

突然很难过。这种昆曲馆，也只有苏州才有，苏州是有些落寞的旧式贵族精神的，它很像和田玉玉雕，低调内敛，温润细腻，却坚持自己的风骨。所谓“上有天堂，下有苏杭”，其实自古以来，苏州的名声不比杭州小，只是近年来成为工业城市，文化不怎么提了。

真正论起来，苏州才是最正宗的江南文化代表城市，历史我们就不提了，我们就看看美食这块儿。

像苏州出产的香粳米、三破糯米、东山白玉枇杷、南荡菱藕、洞庭碧螺春茶等，自古都是皇家贡品，著名的“莼鲈之思”的莼菜、鲈鱼，都是产自苏州太湖。

杭州楼外楼著名的“西湖莼菜羹”，其实是一道原汁原味的苏州菜，因为西湖根本不产莼菜，它的莼菜都是苏州太湖供应的，当时是国家领导人宴请国外宾客时，应景起的名字，其实应该叫“苏州太湖莼菜羹”。

苏州不仅出江南最好的食材，它还保持着“不时不食”的江南饮食传统，就是按照时令吃当季食物，每个月都不一样。春天吃“刀鱼馄饨”，夏天吃“六月黄”（脱了三次壳的大闸蟹），秋天吃“鸡头米”，冬天吃“藏书羊肉”。它还坚持过自己的节日“冬至”，叫作“冬至大如年”，这一天要喝冬酿酒，吃冬至团，祭祖，这是苏州的大节日。

苏州就是这样，它喧闹过，浮华过，放纵过，待尘埃散去，依旧默默站在那里，寂静着，美好着。

可是时代终究还是变了啊！有时候想想，我们卖玉石也挺有苏州味道的，苏工冠绝天下，苏工、苏作代表了中国工艺品的最高品质，苏州玉雕也是苏工最典型的代表之一，国家级非遗传承。

但是没用啊，现在年轻人哪懂这些啊，他们就喜欢玩游戏、追潮流。你去跟他说，国玉和田，和田玉自古都是“国玉”，皇家御用的东西，玉玺都是和田玉做的。玉文化也是中国最传统的文化之一，古人都爱玉石的坚贞高洁，名士喜欢用玉石自比，“谦谦君子，温润如玉”，“公子世无双，美人颜如玉”，中国民间也有“宝玉护主”的说法，说玉石可以辟邪、护身。但是没用，你说多了，别人还当你是个神经病呢！

哎，没办法。

有时候想想，也挺迷茫的，府大师追求成为最好的玉雕大师，我又追求什么呢？

越想越头疼，索性还是喝酒吧。那个晚上，我自己喝了不少酒，迷迷糊糊就躺在二楼的沙发上睡着了，睡到半夜，我被冻醒了，看看手机，才晚上十点。我拉开窗帘，想透透气，就发现玻璃上落了一只蝴蝶。

我觉得很有趣，眯着眼看那只蝴蝶，却发现不对！那不是蝴蝶，而是一个手指般粗的小洞。小洞外粗内细，从上方斜射过来，小孔周围呈放射状，像是枪孔。

我当时喝了点儿酒，并不觉得可怕，反而有些好奇，就掏出手机去拍这张弹孔照。拍了一张，有些模糊。再拍第二张。拍着拍着，窗外有什么东西一闪而过，隔着窗户出现了一圈圈的裂纹，我看到一张满脸络腮胡子的面孔，头上裹着头巾，像一个中东人。他死死贴在玻璃上，直勾勾看着我，五官在玻璃上挤成了一个怪异的平面。

我吓得“啊”地叫了一声，往后退了两步，再抬头看看，窗外又是空荡荡的，什么都没有了。我揉揉眼，以为自己看错了，但那个弹洞的确存在。我记得很清楚，睡觉前窗户还是好好的，莫非真是被枪打出来的？

往外看看，远处一片黝黑，子弹是从哪里射出来的呢？刚才趴在窗户上的真的是人吗？

这时，外面突然传来了“砰砰”的敲门声。我吓了一跳，差点儿蹦起来，顺手拿了一个台灯防身。

我警惕地问：“谁？”

一个软绵绵的声音说：“快递！”

我说：“我没买东西啊！”

她说：“哦！我说错了，外卖！”

我说：“我没点吃的啊！”

她说：“我这不是吃的，是服务！服务外卖。”

我有些纳闷，打开门看看，门口的姑娘一脸媚态，斜倚在门上，两只大眼睛扑闪扑闪地看着我，关键是穿着一身制服，还是布料特别少的那种。

她媚声媚气地说：“先生，请问要不要特殊服务？”

我问：“都有啥服务？”

她朝我耳边吹了一口气：“只要你心里想的，都有！”

我挠挠头想了想：“哦！那你去楼下的小卖部给我买两瓶啤酒吧！要冰的！”

我说完就要关上门，却被她死死顶住：“对不起，请尊重我，我不是买啤酒的，是做特殊服务的！”

我一愣，没回过神来：“有多特殊？”

她“唰”地一下冲过来，把我按在了墙上。

她逼问我：“你已经暴露了，快说出你的秘密！”

我故意开玩笑地说：“好吧，终于被你发现了我外星人的身份了！”

她突然有些紧张，连续问：“你是外星人？你真的是外星人？”

我有些好笑，还要强装正经：“是的，我就是来自 X 星系 Y 星球的奥特曼，下一步就要占领地球了！”

她明显松了一口气：“别闹，说正经的！”

我说：“尽管问，打死我也不说！”

她掏出一把刀子：“那就打死你！”

然后她朝我狠狠甩出刀子，刀子擦着我的耳边过去，瞬间击穿了玻璃，接着窗外传来一声惨叫。

我吓了一跳：“有人！有人掉下去了！”

她把高跟鞋往下使劲一蹬，鞋跟断了，变成了平底鞋。她一把拽起我：“闭嘴！快跟老娘走！”

“你先让我穿上裤子啊！”

暴躁少女拖着拎着裤子的我，顺着楼梯就往下走。

楼梯旁有几个蒙面的黑衣人，拿着铁棍朝我们冲了过来，暴躁少女一脚踹倒一个，让他“咕咚”滚了下去。然后又轻松避开一个人，在第三个人冲过来时，顺带拉了一把，把他从二楼抛到了一楼。

我吃惊道：“这……这……是什么人？”

暴躁少女思考了一下：“应该是坏人。”

“你们是不是拍戏呢？怎么没人通知我啊？摄像机在哪里？这是要拍电影吗？”

暴躁少女说“闭嘴”，拉着我继续往下跑，路过摔下去的那人时，又给他补了一脚。跑着跑着，她“咦”了一声，捡起一根铁棍，冲进了一楼的和田玉展厅。

我见她如临大敌的样子，吓了一跳，忙问：“怎么了？”

她严肃地说：“有危险！”

我问她：“有多危险？”

她紧紧皱着眉头：“不去就得死的那种！”

我顿时紧张起来，就看见她仔细在展厅巡视了一番，最后一铁棍打破了我们的玻璃展柜，从里面拿出一枚和田玉手镯：“哎，看到这么好的和田玉镯子，要是不顺几只，还不如死了呢！”

我哭笑不得：“姑奶奶啊，都什么时候了，你还想着这个事情？”

她美滋滋戴在手上说：“我比较费镯子，主要是戴着它打人太容易碎！”

见我苦着脸，她嘟着嘴说：“那么小气？大不了给你钱嘛！”然后硬塞给我几枚硬币。我紧紧攥着几枚硬币，跟着她继续往外跑。

她跑出去看了看，外面好多黑衣人朝我们奔来，她说：“往山上走！”

山路旁都是竹林，还有好多茶树，月夜观赏本来很有兴致，但在这个时候谁也没有心情，我提着裤子拼命往前跑。

月光下，树影斑驳，就看见出现了几个影子，抬头一看，几只大蝙蝠一样的怪物从半空滑了过来，在月色的映衬下，仿佛传说中的吸血鬼。

我指着它们说：“吸血蝙蝠！”

暴躁少女说：“日本忍者也来凑热闹。”她左右看了看说，

“喂！你有没有看过《倚天屠龙记》？”

我说：“看过。”

她说：“我一直觉得青翼蝠王在天上飞的时候，被倚天剑打伤屁股还不够刺激。”

“那什么才刺激？”

她微微一笑，哼唱了起来：“自然是‘红烧鸡翅膀’，我最爱吃！”

说完她从身上掏出一把短刀，朝着身边的竹林“唰唰”地斜砍了几刀，几根竹子应声断成几截，断口很尖，看着像一把凶器。

她抓起一截青竹，运了运气，朝着天上的黑衣蝙蝠嗖嗖抛了过去。

很快就有一只黑衣“蝙蝠”被打中，号叫着掉到了山坡上，顺着山坡滚了下去。

我吃惊了：“这些是人？他们怎么会飞？”

“看见他们身上那个蝙蝠衣了嘛，那个很大的，就像滑翔翼！燕子李三也会这样，以前练轻功的大盗都会的！”

我结结巴巴地说：“他们为啥会来这里？”

“自然是为了你喽！”

“我？跟我有什么关系？”

“自然是为了你！主要是你的事情太急了，要不然他们也不会紧急调动这些秘密队员！毕竟是打客场嘛，还是挺吃亏的！不过这些都是小喽啰，正主还没来！”

我吃惊了：“这都不是正主？那正主得有多强啊！”

刚说完，就听见下面轰隆一声响，我看见一辆巨型挖掘机撞开铺子大门，朝小楼狠狠冲来，顿时将大楼撞了个大窟窿。接着，又是一下，将小楼打得千疮百孔，而后小楼轰然倒塌，几乎成了一个废墟。

我惊住了：“这拍戏成本有点儿高啊！”

暴躁少女跷起大拇指：“果然大手笔！也不怕把你砸死了！”接着她又很可惜，“早知道刚才多拿几只镯子了，估计都碎了！”

“这还是现代法治社会吗？”

暴躁少女说：“他们一般不敢这样玩火，不过今天比较特殊。”

“为什么特殊？”

“因为你的身份太显赫了。”

“你们是不是找错人了？”

“没错，就是你！作家老鱼嘛！”

我更加不明白了：“我就是个平平无奇的小作家、濒临倒闭的玉石店店主，没招过谁，没惹过谁，原本躺在床上，美滋滋看着电视，听着歌儿，突然就成全球公敌了！这是怎么回事啊？”

她意味深长地说：“你啊，可不是平平无奇，你现在可是这个世界上最重要的人了！”

她对着手腕的通话器骂道：“混蛋舒克，又迟到了！”她看看我，突然笑了，“算了，好不容易来一次苏州，还是先去玩玩吧！”

她问我："苏州哪里好玩？"

我说："那当然是平江路。"

她打了个唿哨："就去平江路！"

我们找了小府的电驴子，骑着去了平江路。

到了路边，她先找了一家汉服店，选了两套宽袍大袖的汉服，让我戴了个斗笠，换上长袍披风，扮演成一个侠客。她自己戴上假发，配上服饰，还拿了一把扇子，做了一个公子哥打扮。

她对着镜子照了半天，说："完美！"转身对我说："小二，付钱！"

我"哎"了一声，赶紧付钱，也奇怪自己怎么就成了跟班小二了！

她把扇子唰的一下打开，扇了扇，说："今儿个大爷就带你去逛逛这苏州最骚的街！想要什么，尽管开口！"

我美滋滋答应了一声："哎！"忍不住给了自己一个嘴巴。

我们扮成了古装版情侣，在平江路还挺拉风，引得一堆人对着我们拍照，她还不停朝大家拱手，说："幸会！幸会！"

我把斗笠压低，小声问她："到底是什么情况？刚才那些人到底是干吗的？"

她继续保持镜头前的笑容，低声对我说："我是奉命来保护你的，至于到底是什么情况，我也不清楚。"

"会不会弄错了？我又不是什么重要人物，就是一个小作家，安分守己，贫穷努力，爱国爱家，努力卖玉，怎么会有人对付我呢？"

她看了我一眼，意味深长地说：“你可不是什么小人物。恐怕在此刻，你可能是这个世界上最重要的人物了。”

我还想问为什么，她就给我使了个眼色。在前面的十字路口，有几个黑衣人封住了前面的道路，拿着照片，对着游人挨个审核。

暴躁少女冷哼一声：“不愧是大名鼎鼎的神火组，那么快就发现了！”她把手伸进怀里，就要掏武器，被我一把按住。她瞪了我一眼，我赶紧缩回了手。

我指了指旁边的昆曲茶馆，示意她进去，然后对茶馆老板说：“我和女朋友都很喜欢昆曲《游园惊梦》，能否让我们装扮成主人公杜丽娘与柳梦梅，我想现场向她求婚。”

茶馆老板很爽快地同意了，还觉得两个人都喜欢昆曲，简直就是琴瑟和鸣、伉俪情深！

我们本身穿的就是古装，只需要画一下唱戏的浓妆就好了。等我们几笔勾勒出脸谱，我照了照镜子，心想这次就算你是神仙，也认不出来了！

刚上台，那些黑衣人就闯进了茶馆，对着稀稀拉拉几个人审核了一下，领头的人看了看我们，突然问：“这一折唱的什么？”

茶馆老板赶紧说：“是《游园惊梦》。”

黑衣人顺手拿起一把折扇，在手里拍了一下，说：“嗯，不错不错，先听完这出再走！”

茶馆老板想要解释一下，黑衣人就拍了桌子：“赶紧啊，这边忙着呢，马上还要去抓人呢！”

老板没办法，只好硬着头皮说：“开演，开演！”

那边吹拉弹唱就开始了，前奏一起，我就慌了，心想这可怎么办，早知道还不如开始就别进来呢！没想到，暴躁少女水袖一甩，接着一板一眼地唱了起来：

原来姹紫嫣红开遍，
似这般都付与断井颓垣。
良辰美景奈何天
赏心乐事谁家院？
朝飞暮卷，云霞翠轩
雨丝风片，烟波画船。
锦屏人忒看得这韶光贱！

黑衣人眯着眼睛，用折扇在手里打着节拍，听完这一曲说：“不错，有老梨园的底子！”站起身，付了钱，说了声“打扰”，转身就走。我才松了一口气。

黑衣人刚走几步，到门口时突然停住了：“等等，你那个鞋子好像不对！”

我们一愣，才想起刚才换戏服时，没来得及换鞋子，他们就闯进来了，这次要露馅了。我还想着怎么遮掩，暴躁少女早就不耐烦了，抓起那把道具刀就甩了过去，刀子擦着那人头皮过去，狠狠扎进门板里，刀柄还在微微发颤。

她又抓了一把飞刀作势要甩出去，黑衣人赶紧偏身躲过，底下人也吓得东躲西藏，纷纷往椅子底下钻。我们趁乱跑了出去，这时候平江路上行人似织，跑都跑不动。

暴躁少女拉着我冲到桥上，朝河里就跳了下去。我吓了一跳，就听见一个小朋友大喊着："不好啦，杜丽娘和柳梦梅投江殉情了！"

暴躁少女冲他打了个呼哨："小朋友，不是殉情，是游船！"

原来，那桥下正好划过一艘乌篷船，我们刚好跳到这船上。暴躁少女顺手将船夫丢到了岸上，叫了声"借贵船一用，费用后面付"，就撑起竹篙，把小船顺着河水往下划。

我叫声"抱歉"，掏了几张钞票丢给船夫，身子一歪，就坐在了船里。

我还是第一次在平江路坐船，河水清澈，两岸皆是粉墙黛瓦、木门铜锁的老房子，古色古香，仿佛一幅淡淡的水墨画，河边的垂柳，掩映着小酒馆的灯红酒绿，倒映在河里，被船桨打成七彩流光，恍惚仿佛梦境。

岸上，穿着汉服、打着油纸伞的姑娘和穿着黑丝短裙的姑娘并肩走着，小主播不断喊着"老铁，双击666，新来的大哥加个关注呗"，有种特殊的萌感。

河两旁都是小酒馆，沿岸摆着桌子，黑衣人沿河追赶我们，不时撞在桌子上，连人带桌子落入水中，惹得大家哈哈大笑。

有几个黑衣人跳到船上，想围攻我们，我抬头看看，前面有座拱桥，赶紧示意暴躁少女从桥下走。她点点头，将竹篙在水下猛然一撑，小船滴溜溜转了个弯，顺着桥洞飞了过去。

我们俩大喝一声，猛然蹲下身子，那几个黑衣人躲闪不及，一头撞在了石桥上，狼狈跌入水中，惹得大家哈哈大笑，纷纷给我们鼓掌。

好多游客以为我们在拍戏，纷纷给我们喝起彩来。暴躁少女戏精上身，给两岸游客抱拳致敬，激起了一波又一波的掌声，还有人在岸边给我们丢花、丢桂花糕。我赶紧接住，顺嘴咬了一口，味道还不错。

暴躁少女问我："附近有没有什么园林？有人在那里接应我们。"

我说："你问哪个？"

暴躁少女说："苏州还能有几个园林？"

我说："苏州有 190 多个园林，光世界文化遗产的园林就有好几个！"

暴躁少女说："那最有名气的是哪个？"

我说："那就是前面的拙政园了！"

她点点头说："跳船！"

我吃了一惊，问她："什么？"

她却拉着我，朝着岸边就跳了过去，我差点儿摔在水里，好在被她拉了上去。她三两下脱下戏服，丢在船上，然后带着我猫腰跑进人群。黑衣人远远看着船上的戏服，以为我们还在船上，顺着船一路追了过去，笑得暴躁少女直不起腰来。

她不急不忙地跟我往拙政园走，还不时停下来，买了一大堆蜜饯、桂花糕、鲜肉月饼，还从老婆婆那里买了好多白兰花。

路边有几个老婆婆挎着篮子，卖白兰花，她们小声叫着"栀子花、白兰花"，沿街叫卖，这种我小时候就见过，也颇有古风。

暴躁少女觉得老太太太辛苦，就把所有花都买下来了（自然是我扛着），然后让我付钱。

她理直气壮地说，我之前答应过她，要送她好多花的，这几朵小花嘛，权当收一些利息了。

她疯疯癫癫的，我也没和她计较，就抱着一大堆吃的，扛着花，好不容易走到了拙政园。还没到门口，就看见一堆黑衣人抱胸等着我们。

领头的黑衣人朝暴躁少女恭恭敬敬鞠了一躬，说："久违了，公主殿下！"

暴躁少女笑了："我还以为上次你就死掉了呢！"

黑衣人脸上波澜不惊："侥幸。"然后他拉起腿裤，露出了一条假肢，"一腿之恩，永世难忘。没想到今天有机会能亲自向公主殿下讨回来。"

我心里咯噔一下，心想这都是什么神仙人物啊，看来这两个还有旧怨，这可怎么办？要不要解释一下，我就是个路人，凑数用的，你们神仙打架，可别误伤了我这个凡人，拜拜了您呐，小的就先走一步了！

暴躁少女却毫不紧张，她手里玩着花环，慢悠悠地问我："为什么白兰花里有朵紫色的小花？"

我紧张得要命，硬着头皮给她解释："白兰花里加康乃馨，苏州叫'心想事成花'。"

她点点头："不错，心想事成！"她把花环戴在我头上，"说吧，你有什么愿望？本公主帮你实现！"

我苦笑着：“我现在就希望天降神兵来救我们。”

她一本正经地点点头：“好，准奏！爱卿，请往后退三步。”

我老老实实地往后退了三步。黑衣人以为我们要跑，带头人猛然一挥手：“抓住她。”所有人都冲我们跑了过来。

就在这时，只听见“轰隆”一声巨响，一辆仿佛喷火怪物的巨车从旁边冲了出来，它满不在乎地撞开了拦在路上的轿车，毫不费力地碾压过花坛、灌木，一口气冲到了我们面前，正好擦着我的鼻尖停了下来。

空气仿佛凝固了，没有任何人敢说话。过了足足几分钟，一个黑衣人才用颤抖的嗓音问：“老大，我们还……还抓人吗？”

老大冷汗都下来了，他使劲擦了擦，低声说：“收队！紧急上报，任务无法完成！因为对方派来了——装甲车！”

第三章　全世界最重要的人

是的，停在我们面前的，是一辆装甲车！

真的是装甲车！货真价实的、在战场上冲锋陷阵的装甲车！

在这辆嚣张的装甲车上，还有一个特别嚣张的炮管，肆无忌惮地朝着黑衣人转动着。

在黑衣人一窝蜂跑路后，装甲车上方的盖子打开了，一个年轻人摘下头盔，揉着一头乱糟糟的鬈发，朝我们笑着："抱歉，迟到了半小时！"

暴躁少女脱下高跟鞋，给他脑袋来了一下："舒克，你这个混蛋！你小子什么时候都敢迟到啊，老娘刚才差点儿就挂了！"

舒克打了个哈哈："哎呀，晚来一会儿好啊，你正好可以逛逛街嘛！"

我指着快要成为废墟的假山和那辆嚣张的装甲车，结结巴巴地说："这……这是，装甲车！"

舒克满不在乎地点点头："是的，轮式防雷装甲车，速度快，防御强，居家旅行抢劫跑路必备产品！"

我说："它……它来做什么？"

暴躁少女面无表情地说："来接你啊！"

“可是……可是它撞坏了好多东西，怎么办？这些是古树吧，会不会追究刑事责任啊？”

暴躁少女拍拍我的肩膀：“不要在意这些小事。谁在拯救世界的时候，也不会在意打翻一个泡菜坛子！舒克，尽快把他带去北京。”

舒克敬了个礼：“公主殿下放心，保证完成任务！”

暴躁少女摸摸我的头：“加油哦，我的小作家！没想到你已经长那么高了，小时候我还抱过你呢！好啦，你们快走吧！不过下次遇到你，你可要娶我喽！”

这姑娘又胡扯了几句，舒克就把我强行塞进了装甲车，我还没坐稳，他就“轰隆”一下开着装甲车冲出去了。

我随便找了个话题问他：“你开坦克的，不应该叫坦克手贝塔吗？”

“我原本是开飞机的，这不任务紧急，就随便搞了一辆结实的车来接你嘛！”

“啊！敢情你没开过装甲车嘛！”

“哈哈，都一样，都一样！”说完他来了一句，“车辆出站，请您扶稳坐好，下一站，苏州北站！”接着他一踩油门，装甲车就冲出去了，差点儿撞到电线杆。

我赶紧抓住把手，叫道：“大哥，当心啊！”

他不好意思地挠挠头：“唉！这陆地上开车确实不太顺手，天上可不长电线杆啊！”说完他调转方向，装甲车“轰隆隆”开出去了，强大的后坐力，让我一下子仰了过去，接着眼前一片漆黑。窗外浑浊一片，车子速度也慢了下来，他给我解释：

“意外！意外！我不小心开河里了！”

报话机里，传来了暴躁少女的声音，她一边吃东西一边抱怨：“舒克，你这个混蛋不要再玩了，快点儿把他送到北京！”

他无奈地说：“得令！我的公主殿下！”

我试探着问他：“……这个装甲车白天能上路吗？不是说这种车都要晚上行军吗？”

他点点头，有些兴奋地说：“原则上是不行的，这不今天执行特殊任务嘛！”

“啥任务？”

“接你啊！”

“……跟我有啥关系？”

“你不知道。因为你，全国的路都被封了，今天所有绿灯都为我们而开。”

我“扑哧”一声笑了：“这话说的，让我以为自己是什么大人物呢！”

他严肃地说：“从某种意义上说，您现在恐怕是这个星球上最重要的人物了。”我更糊涂了。

舒克接着说：“兄弟啊，哥们儿本来在北非阻击索马里海盗，眼看就差最后一步要生擒海盗王、找到隐藏在大海深处的宝藏了！结果，上面给我下了最高级别命令，让我立刻过来接你。你知道吗？接你的任务级别是最高的 S^+，相当于世界大战一触即发的级别，能接一次这样的任务，我这辈子也不算白活了！所以，我紧急征调了一辆装甲车，还以为会碰到导弹袭击呢！结果差点儿被军分区那帮人当神经病抓起来。”他狐疑地看着我，“开始我以为你是本·拉登呢！不过就算是，级别也不可能那么高！说实话，你到底是奥特曼？还是蝙蝠侠？先给我变个身看看！”

我也苦笑着，因为自己还不知道怎么回事呢！

“兄弟！”舒克满不在乎地嚼着口香糖，“按照我的经验啊，如果你不明白到底怎么回事，还不如吃吃喝喝睡一觉，什么都不用想。反正事情已经这样了，还不如舒服点儿！”然后他丢给我一罐啤酒，还是冰镇的，又打开了音乐，劲爆的旋律充斥了整个空间。

我看看他，又看看装甲车，突然觉得，这个世界太玄幻了。

舒克说得不错，路上一辆车都没有，而且在各个路口都有人挥动着小旗，给我们指路，好像所有道路都是专为我们开设的。

我们一口气开到苏州北站，装甲车咆哮着，顺着车站临时铺成的钢板，缓缓开进了车站。钢板一直铺到高铁站内部，甚至顺着楼梯铺了下去，一直铺到了铁轨旁。

舒克开着这辆嚣张的装甲车，直接闯进了麦当劳，在把这家店撞得稀巴烂前，他还间不容发地打开盖子，接了一个冰激凌给我。

“我更喜欢白桃口味的。”他耸了耸肩。

铁轨处，有好几辆火车停在那里，每列火车后面都拖着平板，上面锁着一辆装甲车。

我吃惊地问：“这是要运多少人过去呢？”

舒克笑了：“就你一个，其他都是烟幕弹。”

我不明白："为什么不坐飞机呢？"

"我们评估过，飞机不行，危险性太大。毕竟在天上遇到问题，很难营救，所以这次给你开专列，沿途都有重兵把守，这样即便出了问题，还有办法补救。"他拍拍我的肩膀，"托你的福，我也享受一下最高级别接待。"

我使劲儿咽了一口唾沫，不知道说什么好。如果说之前还是演戏的话，那现在这些情况绝不是任何一个影视公司能调动的。

我还想问什么，舒克难得地认真起来："系好安全带！这个该死的平板太窄了，两边距离要保持在25厘米，误差不能超过2厘米，不然我们可能会翻车！"

我大叫："你有几成把握？"

"一成也没有！"

"——我要下车！"

他大笑着，"轰"一声开了上去！我们运气不错，装甲车准确地冲了上去，停稳了。

旁边一组人立刻冲上来，迅速塞好三角木、挂铁链、拧紧加固器，将装甲车固定在上面。几乎是刚刚固定好，所有火车同时开动了。

舒克松了口气，懒洋洋地对报话机说了一声："公主殿下，已完美完成任务。"

报话机里传来姑娘懒洋洋的声音："沿线已做好一级防御，不过你要做好迎接空中攻击的准备。"

舒克跷着腿，应了一声："放心吧，已经配置好了FN6单兵防空导弹，就怕它不来，来了老子就给它打下来！”

我在旁边听得目瞪口呆：“……不会真打吧？”

舒克笑眯眯地说：“你放心吧，导弹很贵的，你当放鞭炮呢！”

我再三问他，费那么大力气把我弄到北京，到底是什么原因。他苦笑着，说自己也好奇得要命，但上面的领导硬是什么消息都没透露。

我们又聊了一会儿，觉得越来越困，模模糊糊就睡着了。半睡半醒时，就听见了尖锐的警报声，以及各种机械操作的声音。

我赶紧睁开眼，擦擦口水，问：“怎么了？”

舒克无所谓地说：“没事，几只讨厌的苍蝇老跟着！”

我通过潜望镜看了看，发现前方有一架战斗机，贴着铁轨低飞，还不停扭动着身子。

舒克“扑哧”笑了一声：“跳梁小丑，还敢嘲笑爷爷！”他扭头问我，“有没有放过烟花？我已经好多年没放了。可惜了，不是晚上。”说完，他猛然一拉发射操作杆，我觉得车身猛然一震，就看见一枚喷火的导弹擦着机身飞了过去。

这个疯子，他竟然直接发射了一枚导弹！那飞机吓得赶紧斜着身子飞走了。

舒克搓搓手，很遗憾地说：“可惜了，不能真击落它！哎！生不逢时啊，没赶上‘二战’！据说当时跟放烟花似的，一天能击落几十架飞机！”

我终于明白，为什么要让他来接我了。这个人，绝对是一个疯子。

我们有惊无险地到达了北京。到北京后，自然不能再用装甲车招摇过市，军区派了一个连队护送我，我拥抱了一下舒克，感谢他一路的照顾。

分别前，我问他："要见我的人，是首长吗？"

他摇摇头："如果首长见你，规格可没那么高。"

我奇怪了："那到底是谁？"

舒克用一种奇怪的表情说："好像是……联合国。"

我坐在一辆军用吉普车里，前后被坐满荷枪实弹的士兵的军用卡车保护着，顺着长安街风驰电掣地往前冲。

我在北京待过许多年，从没见过这么安静的长安街，街上除了一些荷枪实弹的警卫，一个人都没有，估计国家元首来访也就这样了。

车子经过天安门，我看着毛主席巨大的画像，突然有些感慨，到底是什么事情，才会给我这样一个小人物如此高的礼遇？

车子开到前门附近，卡车停了下来，吉普车穿过一道道重兵把守的关卡，最后开进一个研究所的大院。进入大院后，卡车顺着一条小路开了很久，最后进入一个地下停车场。

停车场有一个巨大的电梯，连车子都可以开进去。我们的车子开进电梯，电梯开始自动下降，下降了大约七八层楼的高度，车子重新开了出来。

外面是一个巨大的防空洞，防空洞里还贴着一些毛泽东语录，里面的空间大得惊人，甚至可以几辆车并排开进去。

这里应该就是二十世纪六七十年代秘密修建的北京地下城。车子顺着地下城开了很久，这里空间通透，路径繁多，后来终于拐进了一个开阔地，有个秘书打扮的人等在那里，我一下车，他立刻握紧了我的手。

“小鱼同志，这次把你十万火急请过来，实在是事情太过紧急，我们目前只剩下7天的时间了。”

我有些不明白：“7天？这是什么意思？”

他坚定地说：“7天后，这个世界可能就会毁灭。目前，您是唯一可以拯救世界的人。”

我更加不明白了：“这是什么意思？”

他没给我解释，也没时间解释了，因为我们已经走到最里面的大门，他猛然拉开大门，轻轻把我推了进去。

里面灯火通明，一个巨大的会议桌旁坐满了人，有军人、科学家，还有穿着各色民族服饰的人，每个人都挥舞着拳头，在那激烈争吵着，还有人跪在地上祷告着什么，喧闹极了。

主持人见我进来，小跑着迎过来，把我带到最前面的位置，然后使劲敲着桌子说：“各位，请安静，请安静，下面正式开会。今天的议题只有一个——”他转向大屏幕，大屏幕上出现了一行大字——如何在7天内拯救世界？

看到这个议题，我不由得哑然失笑。这算什么会议？是动物保护组织还是环境保护组织的危言耸听？费了那么大工夫请我过来，就是为了听听人与自然的讲座吗？

主持人迅速滑动液晶屏，一幕幕巨大的照片展现在我们眼前，有我熟悉的新浪微博、微信朋友圈，还有推特、脸书，各地的电子日历及伦敦大笨钟等。

我有些奇怪，为什么要放这些照片？看着看着，我终于发现哪里不对劲儿了！

——是时间！

我明明记得，昨天是3月9日，今天应该是3月10日才对，但上面所有日历、日期都清楚地表明今天是3月16日！

我忍不住掏出手机看了看，不由得头皮一阵发麻，手机上也清晰显示着日期：2021年3月16日！这是怎么回事？这不可能啊！

我明明记得昨天还是3月9日，因为有人订了一块玉石，要在10日交货，我们这几天都在赶这个产品，这绝对不会错的！

我赶紧打开手机软件，挨个查看了一番，微博、微信、公众号、抖音，全都清清楚楚显示着时间：2021年3月16日！

我连续刷着订阅的公众号，这里最明显，所有公众号上一条还是3月9日，下一条就变成了3月16日。

这是怎么回事？莫非是电脑病毒？我记得1999年的时候，全世界都在讨论“千年虫”，说可能会出现全球电脑故障，这次是不是也是类似的情况？

主持人仿佛看出了我的疑问，他解释说：“我相信大家已经看到了问题所在。所有电子计时都显示，我们这个世界上的时间突然加速了7天。是的，我们一觉醒来，就跳到了一周以后，就是这样。”

底下有人举手问：“这到底是电脑故障，还是时间真的加速了一周？”

主持人继续翻动屏幕，这次屏幕上出现的是全球顶级实验室，包括劳伦斯伯克利国家实验室、冷泉港实验室（CSHL）、卡文迪什实验室、欧洲分子生物学实验室、中科院武汉病毒所等。

这些实验室展示了一系列数据，以及各种动植物的图片，显示了动植物的确衰老了7天。

主持人耸了耸肩：“很遗憾，按照我们从全球各地实验室发回来的报道看，恐怕这次的时间加速并不是电脑病毒，而是真实存在的。女士们，先生们，我们可能遭遇到了一个近乎玄幻的降维打击：有一股超自然力，把全世界的时钟拨快了一周。”

底下一片哗然，大家纷纷议论起来。

有人举手问：“是什么力量造成这种情况的呢？”

主持人摇摇头：“这也是我们最想搞清楚的。”

“这种情况是偶然发生的，还是以后会成为常态呢？”

“没有人知道。”

“那我们如何才能阻挡它呢？”

“我们已经和世界上该领域最权威的几位科学家紧急磋商过，他们得出的结论非常悲观：时光加速带来的衰老和死亡，是完全没有办法抵抗的。”

主持人请了一个德高望重的老科学家上台。

老科学家说：“时间紧迫，我只能长话短说，尽量用最通俗的话来解释这件事。当然了，这个说法极不严谨，只是想让诸位明白事情的严重性。首先，我们现在理解的时间速度，是按照地球自转和公转速度而言的。理论上说，只要这个速度加快，时间也会相应加快。如果地球自身的公转、自转速度突然加快了好多倍，那么时间就会缩短，从理论上的确可以让时间加快。”

有人问：“那有没有检测到地球自转、公转速度加快了？”

科学家摇摇头：“并没有，因为如果出现了那种情况，那也一定是灾难级的存在。”

“那科学界是如何看待这个问题的呢？我们最有可能发生了什么呢？”

科学家犹豫了一下：“我们……地球……可能遭到了更高维度的外星生命的攻击。”

台下哄然大笑。老科学家并没有笑，他很严肃地给大家展示着幻灯片：“先生们，大家可能还不知道这件事有多严重。我们一觉醒来，发现时间被偷走了 7 天。据全球所有实验室的报告，以及试验对象来看，凡可以监测到的生物，包括小鼠、大鼠、豚鼠、裸鼠、果蝇、斑马鱼、线虫等，都衰老了 7 天！先生们，如果我有宗教信仰，那我会说这是神佛展示的神迹。但作为科学家，我只能说，我们遭到了最可怕的攻击！有一种超越了我们这个时代科技很多倍的力量，对我们发动了攻击！还是最可怕的时光武器！”

这时，有人提出了一个新想法：“我觉得，大家要考虑另外一个问题，大家为什么觉得地球生命衰老了 7 天，就是因为地球加速了呢？也许外星生命根本不需要给地球加速，他们只需要让地球生命全部流逝 7 天，那也一样，这样倒是简单得多。”

他这话说完，底下众人猛然一静，接着大家开始大声讨论起来。

主持人问科学家：“如果是这种情况呢？”

科学家摇头说：“那就是最可怕的情况了。我们可能一觉醒来——不——我们永远醒不来了，我们在梦中就可能度过了几百年，或者说，整个人类，甚至地球上的所有生物，直接就灭绝了。”

他说不下去了，欠了欠身体，下去了。

有人问：“那么联合国要如何应对这件事情呢？”

联合国人员站起来发言：“我们第一时间已经和联合国常任理事国进行了沟通，大家得出的结论和科学家一样：没有任何办法。如果是战争，哪怕是外星人发动的战争，我们都有反击的机会。但这一次的敌人，是看不见摸不着的，我们真的是毫无办法。”

他举了一个例子：这种事情就像小孩用开水浇灌蚂蚁窝，蚂蚁以为是天大的事情，其实对小孩子来说，就是恶作剧而已，现实版的“我消灭你，与你何干”。

他摊了摊手：“女士们，先生们，很遗憾，这一次，我们就是那些蚂蚁。”

又有人问：“那最坏的结果是什么？”

主持人摊开手：“人类，随时都有可能在瞬间灭绝，甚至就在我们开完会后，就可能灭绝。”

周围彻底安静了。有人突然失声哭了出来，喊着什么人的名字，还有人跪在地上祈祷。有人打电话，告诉家人自己爱他们。周围乱成一片。

主持人站在巨大的液晶屏前，使劲儿敲着桌子：“请安静，请安静！先生们，女士们，我们虽然找不到克制那股神秘力量的方法，但我们却找到了它唯一没有攻击到的人！”他大声吼了起来，“是的，全世界都被它影响了，但有一个人却打破了时间的诅咒，并且对它发起了檄文！”

他示意大家看向屏幕，屏幕上有一篇微信公众号推文，下面专门圈起了发出的时间：2021.3.12。这个时间点明显在消失的 7 天里，没有受到时光影响。大家不可置信地看着屏幕。

有人问：“会不会是系统故障？”

主持人摇摇头：“公众号之父小龙哥也在这里，我们请他说说吧。”

小龙哥从后面站了起来，向大家弯腰致敬，说：“我们公众号数量超过 2000 万，日活跃量也有几百万，但在最近一周只有一个人成功发出了一条推文。”然后，他指了指大屏幕，大屏幕上立刻出现了一条推文。推文只有短短的几个字：“世界，还剩下最后 7 天。”接着镜头转移到公众号名称：一只鱼的传说。

主持人推了推眼镜，兴奋地说：“来自中国的作家‘一只鱼的传说’，他成功用一条推文打破了时光诅咒，并成了全人类的希望！今天，他也到达了会议现场，让我们热烈欢迎作家‘一只鱼的传说’！”

人群猛然安静了，大家全都抬起头来，目不转睛地看着我。

有人低声说了一句：“救世主来了！”

会议室里爆发了一阵喧哗，接着大家都站起来，对着我鼓掌。我紧张地站在那里，尴尬得要命，只能不停地给大家鞠躬。

主持人大声喊着：“请大家安静一下！请大家安静一下！让我们欢迎‘一只鱼的传说’，鱼叔上台讲话！”

我迷茫地站了起来，也终于明白，他们为什么给我那么高的级别待遇，千辛万苦把我送到北京来，原来都是因为这条推文！

可我真的不知道，这条推文为什么能发出去，甚至我根本不知道自己发出了这条推文。况且，说不准是公众号系统出问题了？

不过小龙哥表示，目前公众号后台已经被全球顶级的程序员接管了，来自谷歌、微软、脸书、推特的专家们，已经把服务器研究了个底朝天，绝对不会出现任何问题。

所有人都期待地看着我，希望我能说出克制时光的秘密。可惜的是，我的确什么都不知道。

我结结巴巴地表达了对大家的感谢，然后说了实话，对于这条推文，我也和大家一样一无所知，甚至都不知道时间加速的事情。

底下一片哗然，主持人简直控制不住现场了。他低声和保安说了一下，让保安把我送到旁边的休息室，让我先休息休息。

我晕头转向地从会场出来，到了休息室。说是休息室，其实是一个极其豪华的巨大房间，里面有巨大的浴缸、纯银的雪茄盒、巨大的酒柜、健身场地，相关设施都是用的多国语言。

我躺在巨大的床上，闭上眼，感觉自己像做了一个荒诞不经的怪梦，而这个怪梦还在继续。

我本来好好地躺在床上睡觉，却稀里糊涂被一个辣妹塞进了装甲车，然后联合国告诉我：年轻人，你不要再睡懒觉了，快去拯救世界吧！

这……我写小说都不敢这么写，这莫不是进错片场、拿错剧本了吧？我想他们肯定弄错了，说不准待会儿就进来一个人，告诉我是他们弄错了，这只是一个互联网病毒，什么事也没有，然后让我回去继续睡觉吧。

这么安慰着自己，我很快躺在床上睡着了。

过了好久，我终于醒来，打开门，外面有两个警卫员，客客气气告诉我，有任何需求，他们都可以满足，只是暂时不能出门。

我怏怏地退回来说："我要吃饭。"

警卫员说："您想吃什么？马上就会送过来。"

"点什么都行吗？"

他点点头："什么都行。"

"好，那给我来一桌满汉全席吧！"然后，我又有了一个恶趣味，让他给我做一道锅巴饭。这个所谓的锅巴饭，属于我自创的。我小时候在微山湖住，那边烧土灶，土灶烧饭，经常会糊锅，把那些焦煳的"锅边"铲下来，再弄点儿黑咸菜泡饭吃，倒是别有一番风味。

我想，你不是说什么都有吗？那你就给我弄一碗锅巴饭尝尝。没想到，很快菜就上来了，真的是满汉全席。我以前听过郭老师的相声《报菜名》，说得天花乱坠，没想到有一天还真吃上了满汉全席。

我忍不住说：“嘿，要是郭老师在就好了，让他报报菜名！”

没过多久，警卫员敲了敲门，就看见郭老师一脸无奈地进来了。

我大吃一惊：“郭老师，您……您怎么来了？”

郭老师慢悠悠地说：“我伺候您吃饭，给您报菜名啊！嘿，您说您在这吃饭，我站旁边报菜名，去哪儿说理去呀！”

我哭笑不得，赶紧请他上座：“上座！”

他倒也不客气，举着筷子说：“我报了半辈子菜名，倒是第一次吃这道菜，所以恭敬不如从命喽！”

吃了一会儿，警卫员亲自托着托盘上来了，说这是我要的锅巴饭，让我久等了。我打开一看，里面是一圈圈焦脆的锅巴，还有黑咸菜，尝了尝，焦香扑鼻，咸菜也咸得要死，还真是原汁原味的锅巴饭！

我忍不住问：“你们怎么知道这个的？”

警卫员说：“我们查看了你的档案，发现你童年在微山湖一带，所以紧急联系了那边的厨子以及当地的村民，确认了食材、做法后，马上加急做了个一模一样的土灶台，给您做了一份。真是久等了。”

我忍不住叹息，这待遇，还真是没得说了，当囚犯就当囚犯吧，总之有得吃就行了。

事实证明我想多了，刚吃完饭，我就被人“提”了出去。

这一次，还是那个会议室，不过人就很少了。这次的主持人换了个女人，还是个亚裔，据说是美国来的专家，旁边坐的分别是各国专家。

去过美国大使馆的人都知道，最不好惹的就是亚裔女人，因为她们自己是华裔，怕被人说徇私，所以反而对华人更苛刻。

这是个盛气凌人的女人。我一进去，她就用一种居高临下的态度告诉我，我身上背负着全人类的命运，我有必要，也有责任，拯救世界。

我忍不住讽刺她，说拯救世界太危险了，我还是继续睡觉吧。

女人怒道："难道你要眼睁睁地看着这个世界毁灭吗？"

我大义凛然地说："那当然不会！……我会提前闭上眼！"大家哄堂而笑，女人气得浑身发抖。我接着说，"哎呀，不要那么严肃嘛！不就是7天嘛，大家就当全世界的电脑中病毒了，就相当于大家全睡了一个7天的长觉，不就好了？"

旁边一个头发雪白的老科学家摇摇头，严肃地说："这并不是一场梦。根据各国实验室的报道，许多寿命很短的小动物，已经死亡了。也就是说，这7天并不是做梦，是真实存在的。如果我们不能解决这个问题，下一次时光流逝就有可能是7年，甚至70年，700年。"

看着他严肃的样子，我忍不住哈哈大笑："那岂不是全世界都来了一个安乐死？"

没有人笑，所有人很严肃。那个女人使劲儿敲了敲桌子，皱着眉头提醒我严肃一些，不要拿全人类的命运开玩笑！

我问老科学家要了一根烟，慢悠悠地点燃，女人指了指禁烟的标识，我上去就把这个禁烟标识丢到了垃圾桶，搞不好世界 7 天后就毁灭了，健康还有什么意义。

我猛吸了一口，跷着腿问："在座的各位，现在有谁可以解释这件事情吗？有谁可以应对这件事情吗？或者说除了我之外，还有谁没有被影响？"大家摇摇头。我愉快地吹了一个口哨，"很好。既然大家都解决不了，那就听我的吧！我觉得拯救世界实在太危险了，我需要一些补偿。"

女人皱紧了眉头，勉强说："你需要什么补偿？"

我故意胡说八道，想惹恼她，好把我赶走："我这人嘛，就是心善，见不得大家为难。我也能理解大家，都是为人类做事嘛，都是公事，所以我也不提什么特别苛刻的要求了，我就说一些基本需求吧。第一，作为作家，我希望获得一个比较权威的文学奖，就诺贝尔文学奖吧；第二，我挺喜欢和田玉的。我听说故宫博物院有个镇馆之宝，也是中国最贵的一块和田玉'大禹治水玉山'，这块玉能否让我欣赏几天？第三，一个人吃饭太无聊了，我希望能和著名影星安吉丽娜·朱莉共进午餐。"

女人铁青着脸走了，狠狠把门摔上。我也哈哈大笑着离开了。没想到，第二天我又被带到了会议室，她给了我一份报纸，我打开一看，发现头版就是关于我的整版报道："中国作家'一只鱼的传说'获得 2021 年度诺尔贝文学奖！"

我吓了一跳，仔细看看，发现还真是关于我获得诺贝尔文学奖的报道，包括我的文学作品，我出版过的图书，我的文学师承等，洋洋洒洒，权威又霸道，而在最底下，用黑字体印刷的是诺贝尔文学奖的颁奖词：**“鉴于作家对全人类所做出的不可磨灭的卓越贡献，特授予他 2021 年诺贝尔文学奖。”**

后面还有瑞典文学院的盖章，看着特别严肃，特别美好。

然后，那个亚裔女人板着脸告诉我：“安吉丽娜·朱莉正在放置了大禹治水玉山的餐厅等着陪你共进午餐。”

接下来，我真的老老实实配合了，再也没有提什么非分要求，他们问什么，我就答什么，他们需要测试什么，我就测试什么。但还是那句话，我真的什么都不知道，有时候我都怀疑，莫非我拥有什么神秘基因，比如我祖上其实是外星人或者奥特曼什么的？

我的各项检测报告很快出来了，我就是一个特别普通的人，甚至好多标准还不如别人，毕竟我高考数学只得了 18 分。

时间一天天过去，那个女人也越来越焦躁，这一次刚过来，她就急吼吼喊起来，质问我为何不配合他们的调查。

我老老实实地说：“我很配合啊，让我来我就来，让我住我就住，让我做什么测试，就做什么测试！”

她指着我的鼻子说：“不，你并没有说出真相！真相，就是你为什么能发出那条推文？”

我也有些生气：“那你要问小龙哥啊！”

她瞪着我：“你这是不道德的行为！”

我也怒了：“我怎么就不道德了？”

“作为一个公民，理应对全人类负责！而且你要明白，如果人类真的毁灭了，你也会死去的！”

“是啊，我也会死的。不过全世界那么多人陪着我，我觉得也挺热闹的，况且人固有一死啊，我本来轻于鸿毛，现在突然能重于地球了，我觉得也挺好的！”

她气得脸色发青，不断拍桌子，希望我能有所觉悟，不要老那么低级趣味。我打了一个哈欠说：“我们中国有句古话，叫‘肉食者谋之，又何间焉’，我就一小人物，可没你们那么崇高啊，动不动就是维护宇宙和平、拯救世界什么的。你既然那么牛，这个拯救世界的重任还是让给你吧。”

然后我径直离开了，心想，去一边吧，哪怕天王老子来了，我都不会开口了！

没想到，当天晚上，我就彻底屈服了，因为那晚上有个人来拜访我，而这个人我不仅认识，还因为他是一个“早已死去”的人。

第四章　地球被加速了 7 天

这个“早已死去”的人，是我的一个高中同学。

之前说过，我念高中的时候，家中就已经败落了，我也从一个无忧无虑的小少爷变成了每天在学校浑浑噩噩混日子的普通学生。

那是一个很普通的高中，一群平平无奇的学生，几个脾气暴躁的老师，学校生活枯燥而乏味，年复一年，日复一日，一直到某个天才少年的出现。他姓“云”，名“起时”，名字很雅，取自“行到水穷处，坐看云起时”。

云起时是在高二下学期转学过来的，他很快就成了我们学校的传奇，甚至成了我们那个时代的传奇。刚来的时候，他没有引起什么注意，坐在最后一排的他很少说话，偶尔看看闲书，上课时还经常趴在桌子上睡觉。

这样的人，本来是班级中可有可无的人，老师提起当时的他，也是直摇头，这最好和最差的学生都容易让人记住，就这样平凡的学生会让人迅速淡忘。

但命中注定云起时是一个不平凡的人物，不可能被人遗忘。他脱颖而出的第一件事就是成绩。

我们的那个学校属于很普通的高中，每年虽都有几个考上重点大学的，但顶级名校从未有过，属于那种平平无奇、毫不起眼的高中，就像普通人的人生。结果那一次，我们学校露了个大脸，当时全省统一的模拟考试，云起时第一次参加。

我当时记得很清楚，考试刚开场 20 分钟，当我还在左顾右盼等着抄别人考卷时，他就低着头上台交卷了。他当时穿了一双大拖鞋，走起路来“啪啪”作响，很吸引人。

考场的人轰一声全笑了，班主任的脸都气白了，大家以为他定是交的白卷。后面的几场考试，他还是那样，穿着巨大无比的拖鞋，开场 20 分钟准时交卷，成了考场中一道亮丽的风景线。

结果考试成绩下来，大家都傻眼了，云起时竟然得了第一。他不是班级第一，也不是全校第一，他是全省第一，而且每一科都第一！

为什么这样说呢？因为我们那时的高考就语文、数学、英语、物理、化学、生物、政治 7 门，语文、数学分别为 120 分，生物为 70 分，其余均为 100 分，共 710 分。云起时一共得了 709 分，就作文扣了一分！

这下全校轰动了，何止全校，就连教育局局长都召见了校长，让他重点培养云起时，今年的省状元势在必得呀！

校长得到了上级表彰，拉着班主任喝得醉醺醺的，让班主任一定要好好管住这小子，让他憋住劲儿，高考一定要把那一分给补上，给弄个满分！

班主任吃不准了，想着云起时不显山不露水的，怎么这次考得那么好，而且他可是每场考试仅 20 分钟就交卷了，就那小子成天睡觉的样子，还能考满分？

班主任觉得有问题，这事情必须彻查，他趿拉着拖鞋连夜直奔宿舍，到了宿舍楼一看，云起时不在。有个睡眼惺忪的学生告诉班主任，云起时晚上一般在天台，到了深夜才回来，他每天一般只睡三四个小时。

班主任吓了一跳，这十几岁的孩子，每天只睡三四个小时，那他其余时间到底干什么了？他急匆匆地赶往天台，却发现月光下一个孩子蹲在地上冥思苦想着，用粉笔画着各种数学符号。班主任觉得奇怪，他往地下一看，脑子“嗡”一声炸起来了，那个公式是世界上最著名的三大数学难题之一——哥德巴赫猜想。天台上写着的，是陈景润证明的结果。

没想到这小子每晚不睡觉，竟在天台研究这道世界上最难的数学题。班主任的眼中流出了泪水，他擦了擦，心中狠狠骂了一句王八犊子！

理所当然，云起时成了学校最耀眼的明星。他一时间成了学校代言人，赶赴全国各地参加各种数学大赛、国际奥林匹克竞赛，甚至是国际围棋大赛，无论哪种大赛，他都能轻松拿到冠军。

云起时，成了名人！

有一天，两个北京来的人找到云起时，和他深谈了一次，之后他就开始拒绝参加任何大赛，甚至不愿再露面，他的脾气变得越来越偏执，最后竟然走上了自杀的道路。

他自杀的方式很特别——坐轨。真的是坐轨。据说他当时平静地坐在铁轨上，然后被迎面而来的火车碾成了肉酱——极其惨烈的死法。据当时的目击者——路口卖冰棍的一个老大娘说，他就那么平视着火车，一动也不动，既不喊，也不笑，眼睁睁看着火车冲过来了。

这是我童年时代的悲惨记忆之一，之后连续几周我都不停地做噩梦。这些，就是我关于学校第一大传奇人物云起时的全部记忆。

我却怎么也没想到，这个传奇的人物，此刻就站在我面前。我当时惊讶地站了起来，结结巴巴地说："你……你……你不是死了吗？"

他微笑着说："都是剧情需要，所以当时表演了一下。"

他解释说，自己当时被一个特殊机构看中，就加入了那个机构。但那个机构需要绝对保密，最安全的自然是那个人"死掉"，然后重新换一个身份，所以他们就策划了一起"少年坐轨死亡事件"。

他说，他们这个机构很特别，只招某一种人——特殊天才。好多人可能有疑问，什么叫特殊天才？

其实，很多。比如，黑客。黑客不是学校培养出来的，也没有什么学校能培养出这类顶级天才。

实际上，顶尖高手都是从民间一步步搏杀上来的，中国各行业的优秀人才，很多也都来自民间。当然了，最优秀的计算机高手一定也是在影子机构。

中美撞机事件后，双方爆发了网络大战，两国好多网站被毁，就连美国白宫的官方网站都飘扬起了五星红旗！不过，这些网络高手只能算是热血青年，攻击也主要依靠人海战术，技术含量不高。但是，他们赢得了我们的尊重。

在国家需要他们的时候，他们挺身而出，为国家争得了一些荣誉。虽然，这些荣誉只能在地下流传。

是役，中国战败。这个很容易理解，毕竟那时候中国科技还是太落后，国内没有多少人有家用电脑，所以打不过美国也正常。

中国战败，美国很得意，放言中国技术不堪一击，至少落后美国五十年。在那天晚上，影子就派出了一个网络高手——一个十七岁的孩子。你怎么也想象不到，这个十七岁的孩子剃着光头，每天吃斋念佛。

在他的房间中，有一个造型古怪的电脑，电脑上放了一个佛祖的金身塑像。你要是仔细看，会发现电脑上雕刻了一整部《金刚经》。

在那个晚上，这个十七岁的年轻人在黑暗中开启了电脑，电脑嗡嗡响起来了，就像是袅袅的诵经声。他有些兴奋，也有些期待。对待电脑，他有一种对待佛祖的虔诚感情，只有在黑暗中，沐浴在电脑的蓝光中，他才觉得自己真正见到了佛祖，佛光普照，佛光袅袅。

他沉浸在这种佛光中，不可自拔，两手翻飞如蝶，仿佛一行行妙曼的经文……

第二天，美国白宫发言人气急败坏地宣称：美国最大的银行遭到来自俄罗斯的恶意攻击，损失惨重；美国总统电脑被黑，好多绝密资料被窃取；俄罗斯控制电网，导致美国地区大规模停电……

年轻人面无表情地听着电视中播出的新闻，双手合十念了一声“阿弥陀佛”。

除了计算机高手，这个机构还有艺术家。确切地说，是一个画家。这个画家有很多笔友，他喜欢写信，确切地说是他喜欢寄信，他的信封上从不贴邮票，邮票是他自己画的！他写了二十年的信，从来没被人发现过！

当时北京还是用纸质车票，也有一种年票，他的年票也是自己画的。后来有次下雨，邮递员的邮包淋湿了，他发现信封上的邮票掉颜色，才知道那是用颜料画的！

这个消息迅速报了上去，最后引起了影子机构的注意。这家机构去拜访他的时候，发现他家里贴满了各种名画、大额钞票等。当然了，都是他自己画的。

在他家墙角放着一个精美的大鱼缸，鱼缸里游走着一堆五彩斑斓的热带鱼。一个女队员过去看鱼，走到跟前才发现，那个鱼缸是画在墙上的！

他们离开时又闹了一个笑话，一个队员去推门，却怎么也推不开，他一使劲儿，结果大衣柜被推倒了。原来那是个假门，是画家画在衣柜上的！这家机构的人傻眼了，画家捂着肚子笑得满地打滚。这个有趣的画家，他的代号叫渔夫。因为他喜欢钓鱼。

特殊天才的范围非常广，只要你在某一个领域达到极致，他们就会来找你。

好多人慨叹着怀才不遇，其实在某种意义上来说，这是不可能的。因为这种顶级机构，它们的触角会延伸到各个角落，学校、科研机构、培训机构、竞赛机构，几乎所有你知道的机构，都在帮他们推荐人才。

中国为什么有那么多考试、竞赛？其实是在鉴别天才。人才，在任何一个机构都是急缺的。比如，高考成绩出来后，军校最先录取学生，第一时间抢走最优秀的人才，然后才是普通大学。

在那些特殊天才刚崭露头角时，他的所有档案就已经到了这家机构，经过一层层专业的鉴别筛选后，就开始了长时间的考察培养，最后才能确定能否进入这个机构。

换句话说，如果你是一个特殊天才，那么你的一举一动都在他们的监视之下，随时准备把你招进去。如果你还是怀才不遇，那就只有一种可能——你的才能还不足以进入这个机构。

这个机构就是这样奇怪，它培养了一大堆特殊人才，在黑暗中坚守着国家最后一道尊严。

这是一群行走在黑暗中的人。他们没有名字，没有家人，没有朋友，甚至连身份都没有。属于他们的，只是一个个奇怪的代号：和尚、渔夫、老 A、贝塔、小公主……

你永远也不会知道他们是谁，他们只是一条淡淡的影子，而这个机构的代号就叫“影子”。

云起时告诉我，影子机构对我进行了完整的测评后，决定放弃我，让我离开了。当然了，如果我想起任何关于推文的事情，也请马上联系他。

我有些不敢相信：“真放我走？”

他点点头：“真的。”

“你们不怕我出去乱说？”

“你随便说吧，看看谁会信啊！全世界联合隐瞒了这件事，对外一致公布，这是一种全球性病毒作祟，所谓的时间加速，只是一种假象而已。而且也找了一些权威科学家，进行了辟谣。”我也笑了，这倒是惯用的伎俩。

“那美国人会不会抓走我？”

“美国那边，保守派占了主动，他们觉得既然无论如何也没办法抗衡，索性就当不存在吧，大家都在无声无息中死去，也不错。”

“放弃治疗，也不失为一个好办法。”我问他，“你们也放弃了吗？”

“我们给你进行了催眠，也查询了你的所有履历，都是无懈可击的。也许，你真的是偶然被卷进来的吧。”

我点点头：“小人物拯救世界，那只是电影而已。”

他也笑了，拍拍我的肩膀让我放心，他们已经通过特殊渠道向全世界各大组织说了，我身上并没有什么秘密，让我放心，类似苏州那种追杀一定不会再有了。他让我好好加油，该吃吃，该喝喝，也许过几天就是世界末日了！

我笑着说没事啊，现在我都获得诺贝尔文学奖了，怎么也能混口饭吃了！他也跟着笑，说那都是假的，时间那么紧，就算劫持了瑞典文学院也来不及啊！

“那报道是怎么回事？”他就笑了，说瑞典文学院不太好劫持，但劫持个报社还是没问题的。我们两个人哈哈大笑。

走出去，看着久违的阳光，我们都有些感慨。

他眯着眼说：“好好享受最后的时光吧。”我明白他的意思。留给人类的最后时间不多了。从理论上说，人类世界随时有可能彻底崩塌，而按照我那个推文的暗示，世界还剩下……最后 4 天时间了。

有时候，人知道了太多秘密，其实并不好。我现在有些理解联合国隐瞒真相了。如果人们知道了自己可能随时会死去，那真的会陷入彻底的癫狂之中。

我看了下新闻，发现上次参加会议的人有一大半自杀了，还有几个人疯了,才知道原来那些都是人类社会最顶层的存在。

有时候想想，这个世界也挺可笑的，全世界最有权势的人，却偏偏来求我这样一个小人物拯救世界。可是，小人物连自己都拯救不了，又怎么能拯救世界呢?

我狠狠地抽了根烟，心想，就这样混过去吧！我把房产、公司什么的全部抵押给了高利贷机构，过几天人可能都没了，还是要及时享乐才好，到手了几百万现金后，我背着一麻袋钱回了老家，告诉母亲我中了彩票头奖，然后带她去商场把想要的东西全买了。

然后连夜组织了同学会，小学同学、中学同学，我包下了全城最大的夜总会，喝最烈的酒，说最骚的笑话，开心得忘乎所以，泪流满面。

狂欢到半夜，我走出门，迎着凛冽的寒风，跪在地上，吐得眼泪鼻涕往下流。我跪在地上，心里就一个冰冷的念头：还剩下最后两天了。

我的初恋女友跟了出来，递给我一叠餐巾纸，要陪我出去走走。宁静的小城，安静的梧桐树下，我们在冷风中慢慢走了许久，说了一些似有似无的话，就像很多年前那样。

她轻轻地说："我一直等着你来找我。但等了好多年，你却始终没有来。不过我经常看有关你的新闻，看到你越来越好，我就放心了。"

看着这个安静的姑娘，我心里突然一阵难过，我问她："你这辈子最大的梦想是什么？"

她想了想："我想去你的玉石铺子'于生一'看雪。我听说，雪后的苏州就变成了姑苏，满城飞雪，粉墙黛瓦，一定很美。"

我点点头："明天带你去看雪。"然后我打电话给中国最大的婚庆公司，告诉他们我明天结婚，我要看到苏州全城飞雪，多少钱都可以。

第二天，我们两人从寒山寺坐船到七里山塘，再到虎丘塔，一路上雪花飞舞，苏州城银装素裹，真变成了姑苏城。

她伸出手，看着落在手上的雪花，再看看岸边满是穿着汉服的侍女不断向她招手致敬，向她抛着花球，她兴奋地嗓子都喊哑了。

我低声感慨："有钱真好啊！可惜就剩下最后一天了！"最后一个晚上，我们选择在虎丘塔上度过。

原本虎丘塔是不让人登的，不过婚庆公司灌醉了门卫，把我们送进去了，还给我们送了两块"撑腰糕"。

她不明白什么是"撑腰糕"，这不就是桂花糕吗？我跟她解释，虎丘塔其实是座斜塔，六层以下全是斜的。传说虎丘塔斜得太厉害，土地公公怕它倒掉，只能托梦给全苏州城的人，让大家在梦里背着它，结果第二天大家醒来，都腰酸背疼的，要吃这“撑腰糕”背才不会疼。

我们登临了虎丘塔最高层，这里也是古城区的最高处，可以俯视整个苏州。

她依偎在我怀里，听我静静讲述虎丘塔的故事。我说，虎丘塔下就是传说中的剑池，吴王阖闾的坟墓，他死前用3000把宝剑陪葬，据说里面就包括传说中的鱼肠剑，但剑池千年不干，“不盈不虚，终古湛湛”，所以这座坟墓从未被打开过。

早春时节，晚上还挺冷的，我们两个站在虎丘塔上，远远看去，有人在放烟花，绚烂的烟花在黑暗中盛开，整个世界一片平和，只有我心里充满了痛彻心扉的孤独。因为，时间快到了。

她凝视着夜幕下的姑苏城说：“苏州，真的好美，可惜再也看不到了。”

我心里一凛，看着她。

她也微笑着看着我。

一阵风吹过，吹起她的头发。

就在那一瞬，她满头黑发变成了白发，脸上出现了一道道深深的皱纹，然后她微笑着闭上眼，缓缓倒在了我身上。

我知道，最后一刻终于来了，也许这一次时间加速并不是7天，可能是70年，甚至更多。

我紧紧抱着她，失声痛哭起来。

不知道过了多久，我身后传来一个声音：“你现在看到这个世界的美好了吧？”我点点头。云起时递给我一根烟，“要不然试试拯救一下这个世界？”

“怎么救？”我惊讶地问，“你怎么没事？”

“其实我们篡改了你那条博文。你那条博文上本来写的不是 7 天，而是 10 天，所以我们还有 3 天时间。”然后他敲了敲前女友的脑袋，“喂，戏演完了，该起来干活了！”

我怀里那个原本“死去”的前女友竟然答应了一声，缓缓站了起来，她看着我不可思议的表情，猛然笑了，摘下头套说：“傻瓜，是老娘我啦！”竟然是那个暴躁少女！

云起时也笑了：“介绍一下，这也是我们‘影子’机构的成员，公主殿下。”然后他起身说，“准备干活喽！这一次，我们一起拯救世界吧！”

第五章　江南大族的反击

我们开始思考如何拯救世界。我们从发出的推文开始分析，首先是“我”为何可以不受时光加速的影响成功发出去了推文？其次就是这篇推文到底是什么意思？

第一个问题是无解的，我们只能先研究第二个问题。

关于第二个问题，云起时提出：如果我知道如何摆脱时光加速器的话，为何不直接写出应对方法呢？

他估计我肯定因为某些原因没法直接表述，所以只能用一种极为隐晦的方式来传达给自己这个意思，也是一种暗示。

我想了想：“还有一种可能。”

云起时问：“什么可能？”

“就是推文并不是留给我的，而是留给其他人的。”

云起时一愣：“留给谁？”

我摇摇头：“不知道。但以我对自己的了解，拯救世界这种重担，我肯定会推给别人的……”

云起时：“……有道理。”

我仔细分析了一下，如果我把包袱甩给别人的话，一定会留下线索，按照我那么慵懒的性格，我只要在家老老实实等着就好了。于是，我们三人去了我苏州的那个铺子。

虽然铺子已经变成了渣渣，但我们还是找了一块干净的地方坐着，等线索上钩。没多久，有个人过来，拿着手里的照片打量了好久，犹豫地问："请问，有没有著名作家鱼叔？"

我快步走过去，说："哈，我就是。"

他还有些怀疑，拿着手机里的照片对比着："怎么看着没照片好看啊？"

"网上放的是我十八岁时的照片嘛！"

他疑惑地说："可这差距也太大了！"

我一把夺过手机，给他按灭了，拍着他的肩膀说："老子是靠才华吃饭的，又不是靠脸！你赶紧说，找我为了啥事？"

他支支吾吾的，有些不好意思，最后才说："你之前在我们那里提走了一辆车，还没给钱，所以想问问你如何支付车款？"

我糊涂了，这是怎么回事？什么车呀？工作人员更不好意思了，说自己是4S店的销售人员，今天早晨他刚到店里，就发现一辆车被提走了，然后留下了一张纸条，说这辆车是我提走的，然后让他们见到纸条后，于下午4点来找我要钱。

我和云起时迅速对视了一眼："有戏！"因为我压根儿不会开车，怎么可能买车呢？

我问："多少钱？"

他说："199512.28，后面还有一个数字16，这个就给你抹零了吧！

"你不给我抹零，还怕你找不开呢！你们家怎么那么抠门，还精确到小数点后4位，也不打个折啥的？"

他有些不好意思，说原本是 20 万整。但您在纸条上说，必须要给个折扣，然后自己写下了这个价钱。

我点点头，让云起时付了款，就让他走了。我们获得了第一个密码——1995122816。

云起时立刻安排影子机构的密码专家进行了破译，却没有发现任何可以匹配的密码。

我摇摇头："不对，我应该不会设计那么复杂的密码？"

他问："为什么？"

"因为我怕自己解不开。"我说，"你查查，如果这是一个人生日的话，有多少人？"他查了查，这个时间段出生的有几万人。

我又问："那你查查苏州有几个人？"

"只有 13 个人。"

"有没有比较特别的，比如特别有钱的？"

"只有一个，著名的江南阔少，孙少少。"

"哪个孙少？"

"就是江南首富的儿子。"

我心里咯噔一声："怎么是他？"

两个人见我面色不对，问我："怎么了？"

我把杯子狠狠摔在地上："这个人，和我有不共戴天之仇！"

云起时问："杀父之仇？"

暴躁少女问："夺妻之恨？"

我恨恨地说："比这严重得多！他夺走了我的清白！"

两个人面色古怪地看着我！我见他们误会了，赶紧咳嗽了一声，言简意赅地把我们的过节说了一下，云起时打了几个电话后说：“看来你的大仇已经报了。”

我问他：“怎么说？”

“前段时间，孙少和一帮富家子弟出去探险，结果全部失踪了，只有他一个人活着回来了，但一直昏迷不醒，据说是受了脑损伤，可能会成为植物人。”

我大吃一惊，接着鼓掌大笑。笑完后，也有些失落，觉得孙少这人其实也不错，虽然坑了我，但对于投资来说，本就是人家的自由，想投就投，也没啥对不起我的。可惜了，这条线索又断了。

屋漏偏逢连夜雨，云起时又接到了上级命令，让他们马上回北京，不允许再插手这件事。他非常抱歉，连连对我说对不起，不能陪你走完最后几天了。

小公主也拍拍我的肩膀，让我多保重，要是后面还能活着相见，她就带我去京城最好玩的场子逍遥半个月！

我心里失落极了，勉强说没事。送他们上车后刚走，就有一辆黑色轿车慢慢从后面追了上来，把我拽了进去，然后车门“砰”的一声关闭了，疾驰而去。

我吓了一跳，光天化日之下竟敢劫持少男，这还有没有王法了？没想到车里有个老人客客气气地跟我道歉，说形势所迫，只能用这种办法请我上车，还请海涵。

刚说完，车子就猛然一个刹车，让我差点儿撞到前面的座位上。隔着窗户，我发现前方也有几辆车迅速超了过去，想逼停我们。

老人拉下窗帘，淡淡地说："冲过去！"然后对我说，"系上安全带。"

我赶紧手忙脚乱地系安全带，结果还没系好，就听见车身猛然一震，接着是"轰"的一声响，我一头撞在了前面的椅背上，然后车子开始加速跑了起来。

我赶紧扣死了安全带，问老人："这是怎么回事？"

老人说："我是孙家的人，专门过来接你的。我们的车被人盯上了，不用担心，都是小事。"然后他拿起报话机，立刻有十几辆一模一样的车并过来，连车牌号都一样，到了前面一处十字路口，这些车开始随机分流，让追击者不知道到底哪辆才是我真正乘坐的。

这样过了几个路口，我们彻底甩掉了所有的跟踪者。

我终于松了一口气，才想起来老人说他是孙家的人："莫非是孙少少？"

老人点点头："这次就是少爷让我来找你的。"

我更加吃惊了："难道他没事？"

老人含含糊糊地说："不好说。他只是让我们尽快找到你。"

我还想问些什么，但他什么都不肯说了，只是让我先休息休息，还有很远才能到。车子一口气开了两个小时，到达了上海一个巨大的别墅。我知道孙少家很有钱，但没想到这么有钱，光那么大一块地皮就很恐怖。

我们穿过宽阔的草坪，进入了别墅，然后管家带我进入电梯。不过，这座电梯并不是往上走的，而是往下，下降了一会儿，我感觉有五六层深后，终于停了下来。管家向我示意了一下，然后出去了。

我走进去，发现里面是一个类似书房的房间，四壁全做成了仿古书架，上面摆放着各种书和古董玉器。

房间里有张床，上面躺着一个人，是孙少。他面色苍白，闭着眼躺着，头发乱糟糟的。

我看着他，突然有些难过。这个人虽然说话疯疯癫癫，但并非是个坏人，起码他从没歧视过我，一直与我称兄道弟，从没把我当外人看。

我喊了一声，又晃了晃他，可他始终纹丝不动。我陪他坐了一会儿，也觉得有些怪异，我一个大男人，陪他坐什么呢？

又过了一会儿，觉得实在无聊，就起身在书架那边随便转转，想找几本书打发时间。转了一圈，我发现多是古代建筑、历史方面的著作，其中还有一本我此前写的小说。

我哑然失笑，顺手抽了出来，想翻开看看。刚抽出来，就发现那本书后的书架上画了一条鱼，鱼身上放着一个金元宝。一只鱼驮着一只金元宝？我脑子里突然冒出了一个词——鱼宝！

这……这是什么情况？回头看看孙少，发现他还昏迷着，莫非这里藏着什么机关？而且这个机关好像还是留给我的？

我仔细摸了摸这个图，发现有块木头是活动的，便按了下去，书柜弹出一个很薄的小抽屉，里面有个信封，还有其他一些东西。我打开信封，纸上写了一行字：“鱼宝大人，当你看到这封信的时候，我还没死，不过也快了。你快把旁边那个药（一个葫芦形状的药瓶）给我灌进去，然后连念三声‘孙少是全宇宙最完美的男人’，我就会醒来了。”

底下没有署名，只画了一只猴子。

我看了看，柜子里确实有一个葫芦形状的药瓶，还有一张老照片，照片上是三个孩子的合影。这是一张老照片了，很模糊，看不太清，背景像是在一个小岛上。

我也有些犹豫，这药水里不知是什么，别给把他害死了，到时又赖在我身上。我想去外面叫人，却发现电梯是指纹的，根本打不开，而且这里隔音效果特别好，我怎么喊外面都没有声音。

没办法，我只能死马当活马医，硬给他掰开嘴灌了进去。灌完药，等了一会儿，还是没任何动静。我使劲儿掐了掐他的人中，又按了按太阳穴，过了半天他还是不醒！

我又看了看信，上面说要念三遍“孙少是全宇宙最完美的男人”。这明显是耍我的，我可不能上当！但这死小子确实没醒，这可怎么办？

我咬咬牙，低声念了一遍，想着他再不醒，老子就送他一个嘴巴吃。刚念完，就听一个声音说：“声音太小了，简直听不清楚啊！”

我扭头看去，孙少已经坐起身来，笑嘻嘻地说：“鱼宝，好久不见！”

我一脸惊讶，结结巴巴地说：“你……你……真的醒了？

“对呀，真的醒了，你不是在做梦！不然你打我一下，看看我疼不疼？”

“他们不是说你成了植物人了吗？”

“我是骗他们的！我们家有一个老供奉，传下来一个老方子，叫龟息方，吃了后就可以假死。没办法啊，现在全世界都在找我，我要是不昏迷，他们不得把我烦死！

我赶紧问他：“我听说一个富二代团队被你玩丢了，到底怎么回事？”

他一脸黯然地说：“这个我是真忘了。”

“你还装？”

他摇摇头：“真的不是装！我告诉你，其他事情我都记得清清楚楚，但中间的一段记忆却没了。就像以前听的磁带，这一段被人抽出来洗掉了，完全没有记忆了！”

我心想，难道也是时间加速惹的祸，就是看似过了7天，其实也就一瞬间的事，可能恰好孙少出来了，那帮人还在里面呢！

我说：“要不然报警吧！”

他一把按住我：“不能报警！我好不容易才通过装死骗过了他们，要是让他们知道我没事，不把我解剖了才怪！”

“那怎么办？”

“只能自己查了！”他打开一个内部通讯器，让老管家先送来一桌美食，然后跟我说了一下相关情况。他说：“我们肯定遇到了一股特别庞大的势力，这股势力深不可测，可以将我们一网打尽，而且隐藏了所有行踪。”他举了个例子，说自己并不是在太湖边上被发现的，而是在自己家的老宅。

当时是清晨，管家刚出门，就发现院子里躺着个人！当时他穿的衣服都是干干净净的，身上的手机、钱包等也在。

我说："他们怎么进到你们家的？"

孙少说："这就是他们深不可测的原因。我们家明面上有7个保安，其实暗地里还有3个暗哨，这3个是专业保镖，此外院子里还有七八条专业训练的狼犬，而且院子里也是24小时红外线摄像头监视，但却没有发现任何蛛丝马迹。"

而且孙少刚一出现，关于他生还的消息就被发在了网上，明显是有预谋的。家族紧急招来了老供奉，老供奉也觉得遇上了难缠的对手，认为这时候还是先装死，把明面上的事情解决了，然后再慢慢处理。

孙少说："你是不知道，那群王八蛋个个都是家族的顶梁柱，要是真出了事啊，我死18次都不够！"

我越听越觉得和时光加速有关系，后来想想算了，反正还有3天世界就挂了，况且我还要求他帮忙的，还有什么好担心的！索性就把时间加速的事情原原本本和他说了。

他听完后一动没动，后来问我："那你找我干什么？"

我说："我也不知道。"

他突然笑了："鱼宝，我就知道你在最需要帮助的时候第一时间会想到我！放心吧，我一定会帮你拯救世界的！"

我懒得理他："接下来怎么办？"

"这件事情嘛，要好好谋划！"

这时，老管家进来了，支支吾吾地说，有当铺说孙少之前抵押了一件东西，现在时间到了，过来收钱了。

孙少眯着眼问："是我抵押的？"

老管家点点头，说的确是孙少亲自抵押的，因为他看到了孙少亲手写的借据。

孙少问："抵押的什么东西？"

老管家说："还是少爷自己看吧。"

孙少点点头："拿进来。"

老管家让人抬进来一个箱子，小心翼翼地放在桌子上。孙少眼神眯成了一条缝，面无表情地打开盒子，里面是一架古色古香的琴。

我问："这是古筝吗？"

他摇摇头："古琴。"

"看着差不多嘛，有什么区别？"

"古琴弦少，古筝弦多。"

"果然直指核心。"

"这可能是一个线索。"

我不明白了。他冷漠地看了我一眼："我这种人，怎么会沦落到去当铺当东西的地步。况且我也不会当这个东西。"他仔细看了看古琴，"果然有问题。"

"什么问题？"

他指了指古琴上雕刻的花纹。我看了看，一个人坐在桥上，背着一捆柴，一个人坐在船上抚琴，这不是古代伯牙、子期"高山流水"的场景吗？有什么问题？

孙少说："这是明代的无底蕉叶古琴，这种古琴据说传世的一共两架，一架被收藏在了故宫博物院，另一架 10 年前上了拍卖会，以 5800 万的价格创下了古琴拍卖纪录。”

“哦！你这么一说，我好像记起来了，这个拍卖会就是在苏州开的，苏州吴门十周年庆艺术品拍卖夜场，据说被一个神秘买主买走了，我们都说，估计是个傻子。”

孙少答应了一声：“是我买的。”

看来猜测得还挺对的。

“我十年前买下这把古琴，原本是想送给一个姑娘。”

“那你就送呗，反正有钱任性嘛！”

“那个姑娘跟随苏州的古琴大师学过。她说，古琴有十友，分别是冰弦、宝轸、轸函、玉足、绒扣、琴荐、替指、锦囊、琴床、琴匣。每一架古琴，都有属于自己的灵魂，等待一个有缘人给它奏响，其实琴是这样，人也是这样。

“我之前想在古琴上雕刻她的名字，但始终没有动手。因为她说过，古琴木质松软，为了保护古琴，会在上漆前先上灰胎。灰胎有鹿角灰、瓷灰、瓦灰、膏灰、血灰、八宝灰。其中八宝灰最珍贵，它是用金、银、珍珠母、孔雀石等宝石粉掺于鹿角霜制成。制作一架古琴，要上好多次漆胎，再髹表漆，最后还要用桐油经过数次合光、退光，才能完成。所以古琴上不能雕刻东西，否则会损害古琴。”

他顿了顿继续说：“那个姑娘对我很重要，所以这把古琴对我也很重要，我不会随便把它当出去，更不会在上面雕刻东西。如果我真的雕刻了这件东西，那一定非常重要，甚至是超越了生死的大事。”

我点点头，觉得他说得很有道理。

仔细看看，古琴上雕刻了一个读书人坐在船里抚琴的画面，雕工特别精致，甚至可以看到桌上的清茶，旁边的油纸伞，小船停靠在一座石桥下，大雪纷纷，月悬当空，远处仿佛能看到几点渔火，将读书人的清高和孤寂表现得淋漓尽致。我看了又看，也没看出线索在哪里。

孙少提醒我："看看那座桥。"

我眯着眼看了半天，才发现原来那座石桥上雕刻了两个字——枫桥。

"枫桥……"我还是想不起来。

孙少骂道："还亏得你是个作家呢！关于枫桥最著名的是哪首诗？"

我随口说："自然是《枫桥夜泊》！"

他点点头说："姑苏城外寒山寺，夜半钟声到客船！这是寒山寺！"

这幅图指的是寒山寺！我不由地夸他："没看出来，看图猜谜游戏还挺厉害！"

孙少淡淡一笑："小时候，我爷爷老让我做猜谜游戏，看图猜谜、字谜之类的，都要玩吐了。"

比较神秘的是，几乎是刚说出"寒山寺"三个字，那架几百年的古琴突然粉碎了，碎成了一堆粉末。不，或者说像一堆灰烬更合适。

很难想象，这就像一件出土的文物，在地下深埋了上千年，出土后瞬间风化，变成了一堆尘埃。

我有些惊奇，不过很快就淡然了，毕竟连世界末日这种事都能接受，一架古琴风化也算不了什么。但还是很惋惜，毕竟那么贵的一架琴就这样香消玉殒了。

孙少也很淡然，他只是有些恍惚，淡淡说了句“缘分，尽了”，让人把琴灰葬在院子里那棵老桂树下。他点了一根烟，和之前一样，只抽了半根，然后把剩下的半根插在了老桂树下，像是一个仪式。

我忍不住问他：“那个抚琴的姑娘，她现在在哪里？”

他看了看苍茫的天空，低声说了句：“闭嘴！”

第六章　寒山寺“枫桥夜泊”诅咒

既然有了线索，我们决定赶紧去寒山寺调查。

孙少也面临一个问题，他需要在极其严密的监视下，安全离开。老管家很快带过来一个年轻人，发型、服饰、身材、相貌，几乎和孙少一模一样。

那个人走过来，鞠了个躬，叫了声：“孙少！”

孙少指了指床，他就躺在了上面，闭上眼，和孙少之前一模一样。

我大吃一惊：“这是双胞胎啊？”

他笑了：“什么双胞胎啊，好多大族都是这样啦，提前找几个模样差不多的孩子，从小跟着后人一起模仿他的一举一动、行为习惯了，外人很难看出来的。”

我忍不住感慨：“你们这种大族子弟啊，真是太可怕了！”

他笑着说：“不对，应该是咱们这种世家子弟！你们陈郡谢氏，可是中国几大门阀家族啊！”

我摇摇头：“不行不行，我们陨落了，不及某家，不及某家！”

“世家大族不能光看表面的。你们家还是很厉害的。”

“是啊，厉害到投资都拉不到！”

他拍拍我的肩膀："不怕的，回头我们做一家公司，你做董事长，我给你打工。"

"那我们如何出去呢？你们家有什么秘道之类的吧？"

"有倒是有，但是肯定被人监控了。"他说，"不过不怕的，我们有办法！"然后他让我等等他，他一下子扎到了里面的房间。

过了一会儿，进来个五大三粗的姑娘，笑嘻嘻地看着我。

"你这男扮女装，也有点儿太丑了吧？"

"啊！是吗？我一直以为我挺有化妆天分的！本来想给你个惊喜呢！算了，算了！"

他叫进来老管家，老管家找了一个专门负责化妆的，给他打扮了半天，看着才总算像个正常女人了。

孙少指挥我，让我把他的替身架在轮椅上，然后推到院子里晒太阳。

我还有些紧张，问他："会不会有些突兀？"

管家在旁边说："不会的。我们每天都要推少爷出去晒几次太阳，他们应该习惯了。"

我把假孙少推到院子里，又陪他坐了一会儿，管家就把他接了回去，和我挥手作别了。

我有些紧张，想着我这就走了，那孙少怎么跟我走呢？但管家已经安排车子让司机送我走了。我只能硬着头皮，坐上车子往前走。结果刚上车，就发现了孙少穿着工作服坐在车里。

我拍了一下"她"的屁股："你倒是挺快！"

没想到车里却是个真姑娘，不好意思地说："鱼先生，我不是少爷。”

我羞红了脸，问她：“这是怎么回事？孙少呢？”

她说：“少爷马上就来了。”

果然，孙少穿着一身工作服，抱着一个袋子追过来，像是我忘拿了什么东西。我赶紧给他打开车门，他一个跨步跳到我身上，几乎在同时，原本在车里的妹子退了出去，瞬间就完成了调包。

孙少喊着：“快开车！快开车！”然后抱着我说，“鱼宝大人，快让我们呼吸下自由的空气吧！”我一把把他从身上推了下去。

孙少在车里换了女装，自己对着小镜子鼓捣了半天，还美滋滋地涂口红，信誓旦旦地向我保证，说这次别说其他家族的人认不出来，如果他走在大街上，估计爹妈都认不出来。

我看了他一眼，一阵恶寒：“你爹妈如果看到你这样，估计会直接把你灭口了。”

孙少笑眯眯地说：“我可以理解成，你这是嫉妒吗？”

我懒得理他，便转移话题问：“接下来去哪里？”

“先去你家，然后等天黑。天黑后我们就可一起——”我瞪了他一眼，他继续说，“就可一起夜探寒山寺了！”

我们不敢住酒店，就去了铺子等天黑。

不过我们那个铺子，现在已经成了一片废墟，毕竟被挖掘机摧毁过。我们去的时候，府大师正坐在废墟上喝酒，他坐在一个小土堆边，边喝边往土堆上倒酒。

我进去时，他像遇见鬼一样跳了起来。原来，他以为我死了。当时，这里被摧毁，我又失踪了，他以为我肯定被砸死在里面了，恳求救援队搜救，也没人理他，而且这里还被管制了。

前两天这里刚解禁，他就赶过来给我立了个衣冠冢，然后陪我喝酒祭奠。

他看到孙少，赶紧问我这位女士是谁。

孙少立刻抱住我的胳膊，说："我是他女朋友！"

我赶紧澄清："不是，这就是一个朋友，普通朋友！"然后对府大师低声说，"这是个富婆，回头我好好忽悠忽悠她，让她多买几块玉！"

府大师立刻紧紧握住我的手，眼泪都要掉下来了，说我忍辱负重，实在是太辛苦了！啥也不说了，他现在就去街上买只鸡，回头炖了给我补补！

说完，他推门就走，拦都拦不住，走之前还哐当一声把那个破门给关上了，还给上了锁。

孙少点点头："这个府大师有水平，他以后肯定能成为顶级大师！"

我问："为啥？"

"善解人意嘛！"

折腾了半天，我也累了，虽然这里千疮百孔的，好在这边也没人，我从千疮百孔的房间里找到了一些被子，找了一块干净的地方，弄了一个地铺，想着先休息休息。

以防万一，我把两个地铺分开搭，一个在最东头，一个在最西头。

我勉强睡了一会儿，醒来后天已经黑了，看到孙少在收拾院子，已经腾出了一小块地方。我吃惊道：“大哥啊，你这是在忆苦思甜吗？体验我们劳动人民的快乐！”

他满脸是泥，擦了擦说：“我打算挖一个菜窖。”

“做菜窖干吗？”

“你不是在北京待了好多年嘛！我刚查了查，说老北京人都喜欢在家里弄个菜窖，然后囤好多大白菜，等冬天的时候就可在家慢慢吃。我想啊，咱们也在这里弄个菜窖，多囤些白菜，冬天的时候咱们就可在院子里吃火锅、晒太阳，还要多养几只猫！”

“去去去，跟谁俩呢？谁跟你在这晒太阳吃火锅？我可跟你不熟！你赶紧出来吧，我还怕你给我埋炸弹呢！”然后，我把他挖上来的土堆都给推了回去！

他恋恋不舍地走出来说：“可惜了！可惜了！”

我给府大师打电话，让他给我们买两顶鸭舌帽、两个手电，送过来。府大师过来后把头灯递给我，然后紧紧握住我的手，给我眨了眨眼，明显是把什么东西塞给了我。我展开手掌看了看，是一瓶六味地黄丸。

我惊讶地看着府大师。他露出了坚毅的表情，朝我悲壮地点了点头，就像《大话西游》里周星驰裤裆着火后，吴孟达对周星驰使的那个眼神一样。

好容易挨到天黑，我和孙少偷偷溜到了寒山寺。

我从未晚上来过寒山寺，看着寺院大门紧闭，还是有些紧张的。

寒山寺始建于南朝萧梁代天监年间，初名“妙利普明塔院”。唐贞观年间，名僧寒山、希迁创建寒山寺，后成为中国古代十大名寺之一。

寺院围墙不高，我们找了个避人的地方，垫了几块砖，就翻了过去。夜晚的寺院很荒凉、空旷，巨大的佛塔，一尊尊佛像、假山，影影绰绰的，让我浑身起鸡皮疙瘩，总觉得他们在盯着我。

我问孙少：“怎么找？”

“你想想我们之前的线索是什么？”

“《枫桥夜泊》呀！”

“那我们就找《枫桥夜泊》！”

我搞不懂了，这古诗怎么寻找，莫非还要去扒诗人张继的墓不成？

孙少说：“《枫桥夜泊》这首诗实在太有名气了，它成就了寒山寺，让它天下闻名，所以寒山寺收藏了一座《枫桥夜泊》诗碑。这座诗碑比较神秘，被誉为‘诅咒诗碑’，就和埃及金字塔一样，据说很危险，谁碰谁死。”

我吓了一跳：“还真有诅咒啊？”

“据说是有的，还是来自唐朝的诅咒。据说唐武宗酷爱《枫桥夜泊》，让京城第一石匠吕天方刻制了诗碑。唐武宗死后，不仅将这块诗碑陪葬，更下了诅咒，说后人谁要敢擅刻诗碑，便是乱臣贼子，必遭天谴！”

“这个皇帝也太小家子气，自己把诗碑带到棺材里就算了，还不准后人雕刻，这首诗又不是他写的。”

“鱼宝说得太有道理了。但是呢，这个诅咒还真生效了。”

我吃惊道：“不会吧？”

“根据史料记载，后面第一个刻碑的人，是北宋时期翰林院大学士郇国公王珪。他刻碑后，家中连遭变故，后来本人更是暴毙。第二个做诗碑的，是明朝书画家文徵明，也是民间传说的‘江南四大才子’之一，结果碑成后不久，他就重病去世。第三块诗碑，是清代大学者俞樾手书的，结果手书后几十天就去世了，而雕刻这块诗碑的匠人，也很快去世了。最可怕的是最后一块碑文。当年日本人占领苏州后，日本天皇裕仁很喜欢《枫桥夜泊》诗碑，就想把它盗回日本。后来寒山寺住持静如法师为了保护这块诗碑，特请苏州刻石高手钱荣初仿制了一块。

结果钱荣初先生雕刻完诗碑后，没几天就暴死在寒山寺，而且死后在身上留下了血书：“刻碑、亵碑者死！勿忘祖训，合遭横事！”

后来消息传到日本，日本天皇也很怕这个诅咒，后来便没敢再动这块诗碑。

我说：“看来诅咒也有好处啊，起码保住了国宝！”

孙少说：“其实事情哪有这么邪乎，这些所谓的诅咒，都是设计好的，就是为了保住国宝。”

“怎么讲？”

“当年日本人想盗走我们的诗碑国宝，住持静如法师请苏州刻石高手钱荣初仿制了一块，想替换掉国宝，结果却被汉奸告发了。实在不行，他们就想到了诅咒这种说法，当年暴死的那个人并不是钱荣初，而是他的好朋友钱达飞。

“钱达飞是一个爱国志士，而且相貌和钱荣初很像。他听说日本人想要夺宝，气愤不已，毅然舍生取义，留下血书，冒充钱荣初自杀在寒山寺后山，‘制造’了‘枫桥夜泊诅咒’，才保住了国宝。”

我也朝寒山寺后山拜了拜，感谢钱先生大义，人民不会忘记他！

孙少说：“所以我怀疑，线索就在这个诗碑那里。”

我问他：“那诗碑现在在哪里？”

“不知道。”

“……那怎么找？”

“看缘分吧……”

我们很快就找到了一块碑，下面是一个水潭，晚上看起来黑漆漆的，有点儿恐怖。

孙少在大碑后面仔细找了找，很快找到一口古井，上面用青石板压着。

孙少说：“搬开它！”

我费尽力气把青石板搬开，用手电照了照，里面黑黢黢的，不知道有没有水。

孙少说：“线索就在井里！”然后他说找找有没有绳子之类的，要下去看看。

我吓了一跳，赶紧拉住他，让他不要作死，搞不好底下还有水，要是他再淹死了，那可真是自杀了。

孙少懒洋洋地点点头：“还是鱼宝关心我。”然后猛然一指我身后，“谁？”

我一惊，赶紧回头，就听见“扑通”一声，孙少已经跳进了井里。我吓了一跳，赶紧趴在井口喊他，结果从井下突然伸出一只手，猛然把我拉了下去。

我被他猛然拽到井下，两只脚乱蹬，蹬下了不少井壁上的泥灰，扬了我一头一脸，让我呸呸直吐。

孙少一脸嫌弃：“大家熟归熟，不过你老对着我吐口水，我还是会生气的！”

我使劲儿揉了揉眼，才发现井下是个挺大的空间，原来这口井是葫芦形，开口不大，肚子不小。不过，所谓的大，也是相对的，两个大男人挨在一起，也有些尴尬，加上井下闷热潮湿，说话都带回音，别提多别扭了。

孙少用手电照着井下的石壁，还用手掌按在井壁上，一寸寸抚摸着。

我问他：“你在找什么？”

“在找阿里巴巴的宝库入口。”

“不就是寺院的地宫嘛，没想到这底下还有一座地宫！”

“立大碑的地方，原先应该有座佛塔，佛塔下面一般都有地宫。你看这口井，位置很古怪，哪有井建在高处的？”

他摸了好一会儿，终于摸到了一个机关，扭动了一下，发现石壁开了一个口子，里面像是一个通道。

我忍不住赞叹：“不错啊，看来你也不完全是纨绔子弟！”

孙少一抱拳：“过奖啦！”又合十说，“远方的客人啊，欢迎进入阿里巴巴的宝库。”

说完他率先钻了进去，我也跟他进去了。里面是一条弯弯曲曲的地下通道，通道很窄，也就刚好过一个人，我们拿着手电，弯着腰，小心翼翼地顺着通道往前走。

走了大约十几米，终于开阔起来，形成了一个篮球场大小的地宫。我也很兴奋，以前老听孙伯伯说，好多寺院下藏着地宫，好多地宫规模宏大，甚至和地面上的差不多，就是影子寺院了。而且地宫里都藏着宝贝，像佛骨舍利、血经，以及一些佛教至宝，不知道这里有什么。

四处看看，地宫下全是汉白玉砌成，周围的墙壁都被凿空了，放着一尊尊佛像，中间还有一尊一两米高的佛塔。

最中间的石洞里，有一个石头雕刻的莲花宝座，上面放置着一个宝塔，里面是一个金色的宝函。

孙少看了一圈，把宝函拿了出来："应该就是这个了！"

我也掂了一下宝函，很沉，应该是黄金的。孙少从外面的塔顶里掏出来几把钥匙，他比较了一下，拿出来最大的一把，小心翼翼打开了这个宝函，却发现里面是小一号的宝函。这个宝函外面镶嵌着各色珠宝，看着珠光宝气的。

我赞叹着："怎么和俄罗斯套娃一样，还一层套一层！"

孙少说："好多宝函都是多重的，这叫多重宝函。"他连续打开七层宝函，到第八层出现了一个银质的棺材。

我吃惊道："怎么开宝箱开出来一个棺材？我要不要去东南角点根蜡烛？"

孙少说："好多地宫宝函的最后一层都是棺材，法门寺那个八重宝函最里面是个水晶棺材，放着释迦牟尼的佛骨舍利。"

我说："看来我们这个和法门寺那个是一个级别的，也是

‘八重宝函’。”

孙少说：“我们这个应该是九层，最外面那个宝塔也算一层。”他小心翼翼地把银质棺材打开，里面却没有佛骨舍利，而是一幅卷起来的画。

这幅画是布质的，保存得很好，我们展开后，发现是一幅花鸟图。上面画满了梅花，而且只有花瓣，没有梅花枝叶，看起来非常怪异。

我说：“这是一幅月下赏梅图？”

孙少摇摇头：“不是梅花，这是梅花篆。”

“梅花篆？”我猛然想起郭老师的段子，“想当初，你有一位二曾祖，从小就有神童之美誉！双手能写梅花篆字，太后老佛爷十分宠爱，封了御儿干殿下九千岁之职！”

孙少解释说：“梅花篆并不是画，这其实是一组密码，源自宋朝的一种皇家秘文，在小篆里嵌进去精心绘制的梅花，远看像梅花怒放，近看像字迹飞扬，其实是一种画中藏字的秘术。这种梅花篆最早专用于皇家内部秘密传递信息的，后来有些近臣也学会了，像当时著名的宰相寇准，就能双手写梅花篆。”

我说：“宋朝时期的皇家秘文，这个怎么看？”

孙少说：“我认识的一个赵家人，还是可以看懂的。”

“他在哪里？”

“就在苏州。”

我们回铺子睡了一觉，第二天一早，就去找那个赵家人。

没想到，这个赵家人就隐居在树山。

这里我太熟了，我和孙少坐着电车，一路叮叮当当来到了这里。

从市区到树山的路很美，外面是青山绿水，温泉梨花，没想到苏州还有这么漂亮的一段路，电车上有不少年轻情侣，手牵着手去树山。

孙少轻轻咳嗽了一声，坐在我身边说："为了更逼真一些，我们要不要也像情侣一样牵着手？"

看着他那张化得仿佛如花一样的丑脸，以及故意装成迷离的眼神，我吓得一脚把他踹走了。

那个赵家人，是一个姑娘，孙少说她正在山上画画，我们得去山上找她。

树山村沿山修建了一座很漂亮的木栈道，东起白墡坞，西至大石坞，贯穿栗坞、戈家坞、云泉寺，木栈道两旁都是杨梅树、竹林，以及层层叠叠的石碑。

我们站在木栈道往下看，一丛丛白墙黑瓦的苏式建筑隐藏在层层叠叠的茶树下，好多茶农在山下采茶，一只白鹤悠悠飞起，远处苍山云海，山上还隐约露出几点古寺，真乃人间仙境，世外桃源！

我忍不住赞叹："在这边住了几个月，还真不知道这里那么漂亮啊！"

孙少说："我们苏州好吧？以后我们在这边买个老院子，好好装修装修，喝酒品茶，著书立说，像当年你先祖谢安和王羲之一样，做一对'神仙眷侣'，岂不美哉？"

我听他越说越乱："你放屁！我先祖和王羲之可是清清白白的！"

孙少说："是啊，是啊，清白得就像黄河一样。"

我说："怎么讲？"

孙少说："黄河之水天上来，奔流到海不复回！"

我们很快找到了那个姑娘，她穿着汉服，看着很有古典气质。她看到孙少的女装打扮，笑得差点儿背过气去："你再怕我缠着你，也不用装扮成女人吧？"

孙少说："你不懂，这是最新的潮流！"然后简单跟她介绍了我，"这是我男朋友鱼宝。"

我冷冷地纠正："对不起，是男性朋友。"

孙少说："哎呀！还有外人在呢，不要这么直接嘛！"

"……敢问这位姑娘姓名？"

"哦，她就是赵家女。"

"那她叫赵什么？"

"都说了是赵家女嘛，你还问东问西的！"

"我知道她是赵家的女儿，我问她名字叫什么？"

姑娘托着腮一会儿看看孙少，一会儿看看我，最后说："我的名字就叫赵家女。"

我："……好任性的名字！"

孙少说："任性什么啊！还是赶紧谈正事吧！我们那幅画应该是用梅花篆的秘字写成的，只有你们赵家人才懂，你快给我们看看吧！"

赵家女说："凭什么？"

孙少说：“想不想知道你哥哥为啥失踪的？”

赵家女：“哦，我哥哥失踪了吗？”

孙少说：“唉！大家族实在是太无情了！鱼宝，看到了吧，皇家无亲情啊！你要是娶了她，估计早晚会红杏出墙，被她伙同奸夫把你乱刀杀死在乱坟岗。”

我：“……跟我有什么关系？”

赵家女问：“你们弄这个干什么？”

孙少一脸严肃地说：“拯救世界！”

赵家女说：“……我可以破解这幅画，但有一个要求。”

孙少说：“什么要求？”

姑娘说：“你们要带上我。”

孙少说：“凭什么？”

姑娘挺起胸脯：“就凭全天下只有 7 个人能看懂这个，而我就是你能搞定的唯一一个！”

孙少打了个响指：“成交！”我有些担心，孙少小声跟我说，“我现在没法用家里的力量，正好可以用她的。他们赵家，可是有钱的主！”

我们在山上找了一个图书馆，一个很小的、隐藏在竹林松涛里的图书馆，赵家女坐在那里，仔细研读着那幅画，她把画卷慢慢展开，优美得仿佛一幅画。

我掏出手机想拍了一张照片，被孙少一把打掉了，说私自拍别人不礼貌，不过我可以拍他，横着拍、竖着拍，全光、半光，都行。

赵家女专心看着那幅画，看了很久，也慢慢皱紧了眉头。

她说："这幅画上的确隐藏了一行字，但这行字很难翻译，我解释不了。"

孙少说："你不用解释，直接翻译出来就行。"

赵家女皱着眉头说了一句话："它要出来了。"

我一愣："要出来了？什么东西要出来？从哪里出来？"

姑娘皱着眉头说："这幅画上隐藏的意思就是'它要出来了'，但到底'它'是什么，我也不知道。"

第七章　穿越百年的苏绣神秘对决

赵家女又提供了一个新情报，说这幅画并不是画的，而是绣出来的，更确切地说，应该是用苏绣绣出来的。

她说，中国最好的苏绣大师在苏州高新区的镇湖，她拜的老师是苏州最年轻的中国工艺美术大师邹英姿的弟子，我们可以去找她老师看看，说不准会有一些线索。

我们很快到了镇湖。

镇湖在太湖旁，风景秀美，人杰地灵，它是中国著名的刺绣艺术之乡，也是国家级非物质文化遗产（苏绣项目）生产性保护示范基地。

这么一个小小的镇子上，竟然有两位国家级（非遗）苏绣传承人和一百多位工艺美术师。赵家女说，有关苏绣的一切问题，在这里都可以解决。

她拿着这幅苏绣找到了她的老师，也是苏绣的省非遗大师。说是苏绣大师，其实还是个很年轻的小姐姐。小姐姐看了看这幅苏绣，脸色大变，问我们："这幅作品是从哪里得来的？"

赵家女看看孙少，意思是让他解释。

孙少一脸诚恳地说："这幅作品是我奶奶生前绣的，她诗画双绝，尤善女红。老太太去世前什么遗言都没留，就绣了这幅画，所以这次找大师，是想看看她老人家有没有留下什么遗愿之类的，也是想借机会尽一尽孝道。”

年轻大师拿起一个茶杯，在孙少脑袋上敲了一下：“你奶奶还是苏绣大师啊！说实话！”

孙少讪讪地笑了：“其实这幅苏绣是我花了大价钱买的。”

年轻大师问：“哦，多少钱买的？”

孙少眼睛眨都不眨地说：“一百万。”

年轻的苏绣大师点了点头：“民国时期的顶级苏绣，应该差不多。”她仔细看了看，皱紧了眉头，说了声，“不对！”

我们赶紧问她：“哪里不对？”

“苏绣被誉为四大刺绣之首，除了苏绣‘平、齐、细、密、和、顺、匀、光’等技艺外，也因为它受到吴门画派影响，讲究含蓄、温婉的性格，最能代表旧时的江南风格。”

孙少问她：“旧时江南风格是什么风格呢？”

“旧时江南风格是很含蓄的，就像一个姑娘爱慕一个人，她不能直接说出来，要很含蓄地表达，比如说‘余生请多指教’，就是将一生托付于你了。”

孙少感慨道：“这样温婉的女子，这个世界上还有吗？”

旁边赵家女轻轻咳嗽了一下：“有的。”

他问：“哪里有？”

赵家女做了个万福，羞答答地说：“孙家哥哥，余生请多指教。”

孙少赶紧推开她：“算了，算了，我还是让鱼宝多指教吧！”

我没理他，问苏绣小姐姐："为什么说这件苏绣有问题呢？"

她继续说："因为苏绣这种含蓄的特点，所以后来就衍生出来了双面绣，正面是一幅画，背面是另一幅画，最常见的就是正面是只猫，背面是只狗，就像这样。"

她随手拿了把扇子，转了个圈，果然正面是一只猫咪扑蝴蝶，背面就是一只小狗懒洋洋躺在地上晒太阳。

孙少问她："那我们这幅画是不是也是双面绣？"

她摇摇头，翻过来苏绣，画后面是空白的，什么都没有。

我问："那有哪里不对劲儿呢？"

她用手轻轻捻了一下这幅画："厚度不对，这幅画厚了一点儿。"

我问："那是什么意思？"

她说："这幅苏绣图是双面绣，但有人在背面又绣了一层，把里面的苏绣给盖住了。"她感慨地说，双面绣已经够难了，没想到竟然有人绣完后又在背面绣了一层，只是为了遮盖里面那幅，真是挺奇怪的。

孙少兴奋了："那赶紧拆开看看！"

大师又敲了一下他的脑袋："这可是国宝级艺术品，怎么能动呢？"

孙少说："有道理！那能不能给我倒杯水？"小姐姐一转身，他就拿起一把剪刀，"咔嚓"把苏绣给剪开了。

小姐姐听到"咔嚓"声，像只豹子一般冲上去，就要夺孙少手中的剪刀，我怕剪刀伤到他们，先把剪刀给抢了下来。

赵家女拿着剪破的苏绣看了一眼，说："别闹了，出大问题了！"

我们问她："什么问题？"

赵家女严肃地说："你们看，刚才剪掉的这一块，里面的夹层苏绣不见了！"她解释说，刚才剪掉了外面的一块布后，露出了里面鲜艳的苏绣，结果就一瞬间，那块颜色就不见了，变成了白色的底。

我们都不相信，好好的苏绣竟然能消失不见？这又不是几百年的文物会风化掉。

赵家女用剪刀又挑断了一丝丝线，果然夹层里露出了里面的苏绣。不过也就一两秒钟，里面的颜色消失了，苏绣消失不见了。

我有些惊讶："会不会像古墓里的文物一样风化了？"

小姐姐摇头说："不可能，这也就是百年历史，如果里面的苏绣会风化掉，那外面这一层也会的。"

我问："那是什么原因？"

孙少碰了我一下，悄悄指了指天。我猛然一愣，才明白孙少的意思。他的意思是，这块苏绣就像那消失的古琴一样，被神秘力量给抓走了。想想也对，连时间加速这种事都存在，消失一幅苏绣又有什么稀奇的！

小姐姐很惊讶，她说这件事比较特别，她要请教一下老师。结果她去了没多久，就面色古怪地过来找我们，说她师公要见我们。

我们吓了一跳，她自己已经是苏绣省非遗大师了，她的师公得是什么水平啊？我们忐忑地进去后，发现一个老太太坐在屋里。

那是一个慈眉善目的老太太，她戴着老花镜，拿着那幅刺绣仔细端详，见我们进来，赶紧让我们坐下，然后问我们能否讲讲这幅苏绣的来历。

我说："这件事情非常怪异，说出来您可能不信。"

没想到老太太却说："你说吧，我都信。"我一时间不知如何开口。老太太解释说，"你们拿的这幅苏绣作品，是我师父沈寿亲手绣的。我师父沈寿，被誉为中国苏绣第一人，她本名沈雪芝。慈禧太后七十大寿时，她献上了几幅绣品，被慈禧誉为'绝世神品'，更亲手题写了'福''寿'二字赐给她，后来她改名为沈寿。即便是我师父，一辈子也没几幅神品苏绣啊！"

我问她："什么叫神品苏绣呢？"

老太太说："苏绣和书法一样，也分品级，类似书法的'神、妙、能、逸'，苏绣的最高境界就是神品了。即便是顶级苏绣大师，一辈子可能也就一两件作品可以达到这种品级。这幅作品就是神品。"

我们暗暗吃惊，没想到这幅苏绣作品竟是"绣圣"亲手绣的神级作品，可它为何会藏在寒山寺的地宫里呢？

老太太问："你们是张家的后人，还有其他家的后人呢？"

孙少问："请问这幅苏绣和张家有什么关系呢？"

老太太笑了："这幅苏绣是我师父当年留给张謇先生的啊！"

孙少不明白了："张謇是谁？"

我问："是慈禧六十大寿那一年的状元吗？"

老太太说："对，他点过状元。"

孙少说："原来是那个纺织大王，实业救国的民族企业家，还真不知道他点过状元！"

我说："张謇先生是清末状元，做官也做到三品大员，后来弃官从商，被誉为近代著名的实业家、政治家、教育家、书法家，'江苏五才子'之一。"

赵家女说："张謇先生和沈寿也很熟吗？"

老太太感慨地说："这是一对苦命鸳鸯啊！我师父在苏绣上举世无双，就是遇人不淑，丈夫余觉只知道逢迎官场，还讨了两房姨太太，对病重的沈寿不管不问。而张謇先生却很敬重师父，请她去纺织学校讲学，给她出版专著，还在她重病时请名医医治。后来我师父去世时，张謇先生不顾名声，趴在棺木上大哭。

"两个人都是清清白白的，发乎情，止于礼。我师父和张謇先生交往，一直恪守妇道，从未逾矩。她病重后，头发掉落，用自己的头发绣了张謇的手迹《谦亭》，最后葬在南通，不入夫家，也是对张謇先生表露心迹，约定了下一世再见。"

赵家女说："没想到他们之间还有这么深的感情。"

老太太说："是啊，可恨那个余觉，在我师父去世后，还登报辱骂张謇，其实是为了讨要我师父留下的绣品，想要高价拍卖。张謇宁愿顶着骂名，也坚持将沈寿的所有作品封存，收藏在博物馆里，就是因为这幅苏绣啊！"

我们吃惊了："因为这一幅苏绣？"

老太太点点头："我师父当时说过，这幅苏绣是给一个人绣的。等那个人什么时候来，就要交给他。她当时担心丈夫余觉会卖掉它，所以委托张謇先生代为保管。张謇先生为了隐藏住这幅作品，在她死后，把她的所有作品全部封存了，没想到今天会出现在这里。"

我问："那这幅作品到底是怎么回事呢？"

老太太摇摇头："师父生前对我说过，最好的作品就是这幅，不过希望它最好永远不要面世。不过如果有人要打开它，你要全力帮助他，这不是为了某个人，而是为了拯救天下苍生。我也不懂这句话的意思。不过既然你们找来了，看来最坏的事情已经发生了，那我这个老太婆也要做点儿贡献了。"她用手抚摸着这幅作品，"我知道如何保存下来这幅作品。"

我们眼前一亮："如何保存？"

她说："我把它重新绣出来。"

我忍不住说："大师，这幅苏绣有古怪，我怕会……会有危险。"

老太太笑了："古人说过，'人固有一死，或轻于鸿毛，或重于泰山'，我老太婆就不指望重于泰山了，不过在追随师父前，好歹也要完成她的嘱托，不然我怕她会骂我啊！"她爽朗地笑了起来。

老太太焚香祭拜了师父沈寿，然后召回了所有弟子、家人。她说："我年纪大了，眼睛也浑浊了，这很可能是我这辈子最后一次刺绣了，也是挑战难度最大的一次。大家都看好了，这才是我们苏绣的灵魂，神级绣品。”

她的徒孙——那个省苏绣非遗大师跪在地上，小心翼翼地拆开第一丝线。很快，那丝线消失了。人群中引起了一阵骚动。

老太太说：“看好了！”她稳稳地绣出来一丝，和之前那一丝绣色，没有丝毫区别。与此同时，她鬓角的一根头发消失了。

最坏的事情发生了。这种诅咒果然是不能打破的，谁要是打破，就会一起消失。

年轻大师的手猛然一抖，不敢再动。

老太太稳稳地说：“继续拆。”

拆开一丝线，老太太就绣出一丝线，也会消失一根头发。所有人跪下大哭，请求老太太不要再绣了。

老太太低声吼道：“哭什么？我们苏绣敢称中国四大刺绣之首，靠的就是这份从容淡定，临泰山崩于前，而面不改色。”

她一针接一针地绣着，最后整个人都仿佛透明了，只剩下一双手，接着只剩下右手，最后是一只手指，等那只手指绣完了最后一针，也消失了。

老太太消失了，只留下了一幅苏绣作品。她用自己的生命，换回来了一幅苏绣，一幅真正用生命绣出来的作品。好多人低声哭泣着，送别老太太。

这时，突然有人吼起来：“苏绣在消失！”大家抬头看去，果然发现老太太留下的这幅苏绣作品在慢慢变淡，慢慢模糊，仿佛也要消失了。

赵家女说：“快拍照！留下图片！”

大家含着泪水，纷纷掏出手机，拼命给这幅作品拍照。还有人拿来专业相机，也对着苏绣迅速拍照。

有人说：“不好，我拍的照片消失了。”

大家纷纷说，我的照片也消失了。

“我的还在，只是模糊了！”

赵家女说：“这股力量变弱了！大家继续拍，肯定会有人留下来照片！”最终，好多人的照片消失了，好在还是保留下来一张。这幅苏绣画的是一个人。

刺绣少女的眼泪都下来了，说：“这是张謇先生的绣像啊！”

赵家女将这幅图在电脑上放大了好多倍，发现张謇先生衣服上出现了许多特殊的符号，符号像一个长条形印章，上面雕刻着一些文字，但字迹太模糊，看不清楚，只能看出“金”“道”“玉”等几个字样。

第八章　御窑金砖、玉雕、香山工匠隐藏的秘密

有人说：“这是御窑金砖上的特殊符号，‘金’应该是‘金砖’，‘道’应该是年号‘道光’。”

御窑金砖是什么？是金子做的砖吗？

那人解释说：“御窑金砖是苏州陆慕镇出产的皇家特供砖。从明朝开始，这里就专为皇宫烧制细料方砖，被永乐皇帝赐名为‘御窑’。”

孙少问：“那金砖与这些文字又有什么关系呢？”

“苏工自古冠绝天下，在古代基本上都是皇家御用。但皇家的东西有一个潜规则，就是不准署名。像‘香山帮’工匠虽然修建了皇宫，但不管是房梁、柱子、屏风，工匠都不能署名。唯独‘御窑金砖’，每一块砖上都可以署名，这也是对工匠的最高奖赏了。”

我赶紧问她：“那这些金砖要去哪里找呢？”

“我认识一个古法做御窑金砖的老爷子，你们去找他吧。”

我们很快赶到了苏州陆慕镇。

在路上，我们了解到，陆慕是座千年古镇，挨着大运河古巷道，自古就是繁华之地。这里出好泥，除了做金砖的黄泥，还出青泥、白泥和紫泥，在南宋时期就给皇宫烧制“蟋蟀盆”，

著名的“陆慕蟋蟀盆”“楞伽蟋蟀陆慕盆”都出自这里。不过现在的陆慕，只是一座破败平凡的江南小镇。

我们按照地址找到了那个老爷子，发现他是一个穿着破旧的工作服、蹲在地上抽着旱烟的老窑工，而且态度很冷淡。

当我们提出想看看御窑金砖时，他冷冷地说：“没有了，都被你们这些公子哥儿拿走做茶盘、棋盘了，陆慕哪里还有金砖？”

我怕他误会，赶紧给他解释了一番，说我们不是要拿走金砖，而是因为里面涉及一个秘密，所以想看看御窑金砖上的文字。

他态度才好一些，说：“你们还知道金砖上有文字，看来还是懂一些的。”

我赶紧说：“是邹英姿大师介绍我们来的，说您这里还有一些金砖？”

“你们来晚了。要是早点儿，还有一些，现在都没了，一块砖能卖到几万块，村民早就卖掉了。现在啊，只剩下一些废砖了。”老人感慨地说，“做御窑金砖，需要二十多道工艺，选泥、练泥、制坯、装窑、烧制、窨水、出窑、打磨等，烧制一块砖，往往需要几年的时间，烧成后‘敲之有声，断之无孔’，故被称为‘金砖’，哪还有那么多呢？”

赵家女把苏绣上的图案打印了，这时就给老人看，问他有没有见过这种图案。

“这些图案的样式很像御窑金砖上的文字，但肯定不是。”老人解释说，“御窑金砖，虽然可以署名，但也有极其严格的署名方式，因为每一块砖都需要审核、登记造册，最后通过京杭大运河运到北京，在路上就要走大半年，哪能儿戏？”

他随手拿出来一块破损的断砖，这块砖看起来黑漆漆的，像一块生铁，十分沉重，我敲了敲，的确有金石之音。金砖侧边雕刻着：

光绪十一年成造细料二尺见方金砖

督造官江南苏州府知府魁元

监造官署苏州府照磨陈涟

大三甲王德裕造

老人说：“金砖都是严格按照这个标准格式署名的，这叫‘物勒工名’，既是荣誉，也是责任，后面出了问题，都要问责杀头的，哪能乱写？”

我不死心，问他：“这些断砖就是废砖吗？”

老人说：“有些是，有些不是。御窑金砖，都有很严格的规格，分为二尺二、二尺、一尺七见方的大方砖，每一块砖的重量、质量等都有要求，差一分、少一分，就是废砖了。”

孙少突然问了一句：“那这些废砖，有没有可能雕刻其他文字呢？”

老人愣了一下，然后点点头：“既然是废砖，那雕刻其他纹路是有可能的。”

我和孙少对视了一眼，说：“那我们能不能看看废砖？”

老人指了指：“这就是古砖窑，里面都是废砖，你们要是愿意看，那就看吧。”

我和孙少跳下去，发现里面一摞摞都是断砖，不知道有多少。孙少出了一大笔钱，雇了七八个工人，让他们一拨人过去捡砖，一拨人负责清洗，很快就把金砖清理出来了。

这堆砖清理到一大半的时候，我们终于发现了一块带有“金”“道”“玉”三字的金砖。

老人掂了一下，说：“这块金砖不对，它太轻了！”

孙少点点头，拿起大铁锤，就要砸砖。

我赶紧拦住：“先别急！”

老人突然说了声：“慢着！”

孙少误会了，以为老人想要钱，就要掏钱给他。

老人却摇摇头：“你们给我说实话，要这块砖到底做什么？”

我咬咬牙，说：“老爷子，这件事真没法告诉你。但我能说的是，我们找这个是为了救命的，它关系着好多人的性命。”赵家女也解释，说刚才苏绣那边，已经去世了一位老人了。

老人问了问情况，说：“我今年87岁了，研究了一辈子金砖，还没砸过一块金砖。砸金砖不祥啊，让我来吧！”

他不由分说，抢过铁锤，就朝着金砖狠狠砸了下去。金砖很硬，像生铁一般，砸了好多下才裂开，我们发现里面裹了什么东西。

孙少小心翼翼地撬开，发现里面裹了一块玉，一块拳头大小的和田白玉，还是红皮白肉的顶级羊脂玉。

老汉冷哼着：“假货终究是假货，真正的御窑金砖堪比钢铁，怎么能那么轻易砸开。”他坐在废砖上，狠狠吸了一口烟，看着青天白云说了声，“做了一辈子金砖，最后还亲手砸了一块假砖！老汉这辈子，值喽！”说完，溘然而逝。

我们跪在地上，给老人磕了头，孙少派人处理了他的丧事，要求以最高规格办。

接着，我们开始研究第三个线索——玉雕。

关于玉雕我很熟悉，毕竟我那个铺子就是专门卖和田玉的。我找了府大师，发现他在大师街，便匆忙赶了过去。

所谓的大师街，指的是苏州光福镇的光福工艺街，像玉雕、核雕、红木家具等好多非遗传承大师，都在这条街上，简直是掉下一块砖头，都能砸倒一个大师，所以被称为大师街。

到了大师街，我找到了关系较熟的玉雕大师，让他帮着看看这块玉。没想到，大师拿起玉石看了一眼就说：“这是一块造假玉。”

孙少他们不明白造假玉是什么意思，莫非这不是和田玉?

我赶紧给他们解释，行业内说的造假玉，并不一定说这块玉是假的，好多指的是以次充好的造假方式。

田玉分为山料和籽料，山料便宜，籽料贵，尤其是红皮白肉的羊脂玉籽料最贵，一克就要好几万。好多商家常用俄料造假，因为俄料比羊脂玉还白，在俄料外面用化学颜料做块假石皮，伪装成籽料高价出售。

大师又看了一眼这块玉料，突然一愣，然后戴上眼镜仔细研究，突然笑了：“这块玉石还真挺有意思。”

我问他：“哪里有意思？”

“这块玉是真的羊脂玉，顶级和田玉。”

“你不是说它是造假玉吗？”

“对，它也的确是造假玉。”

我彻底搞不懂了。大师自己也笑了，说：“这种情况我还真是第一次遇到，有人在顶级羊脂玉上造了一个假皮，让人一眼看上去就觉得是块假玉。但仔细看看，其实它是真正的顶级羊脂玉。”他感慨地说，“从来都是把假东西做成真的，我还是第一次碰到有人把真东西做成假的。

我们几个人相视无言，果然有问题！

我问他：“那是为什么呢？”

大师摇摇头：“这种情况从来没听说过。好好一块羊脂玉，为什么要加一个拙劣的石皮？”

我说：“是不是想增值？”

“这是块古玉。古人不讲究玩石皮的，古代看到石皮还要打磨掉，所以加了石皮不仅不会让玉石增值，还会掉价。”

孙少问：“那这个假皮怎么弄掉呢？”

大师摇摇头说，那就不知道了。

我拉了拉孙少，感谢了一下大师，就带他们出去了。

我跟他们说：“你们不懂，外人都知道苏工玉雕第一，其实苏工玉雕造假也是第一。在二十世纪九十年代之前，苏州玉雕大师主要做年代玉。所谓的年代玉，其实就是造假，按照古玉雕刻、篆刻，然后做旧，伪造成古玉，比如汉玉、明玉等。

“不过这也不能怪玉雕大师。因为当时受经济条件所限，买玉的主要是海外华侨，以及香港、台湾地区的玉石商人，他们只要古玉，而且指明了要造假的古玉。所以这属于市场倒逼造假，的确没办法。不过，现在苏州就没有做这种情况了，都是做现代工艺了。

“古玉其实不如现代玉雕好，首先因为古代开采玉料水平低，挖不到好玉料，其次是他们雕刻工具不行，和田玉其实很坚硬，用刀子都划不动，所以古人雕刻不了太精细的东西。

“大家都说乾隆工好，其实我们高新区的玉雕大师俞挺，他琢刻的薄胎玉器器皿，比故宫博物院收藏的玉器还要精美，一个直径 11 厘米的瓶子，瓶口只有 2 厘米左右，内膛只能用小工具一点点掏出来，后来被大英博物馆收藏了！”

孙少说：“少废话！我问你，那我们这个假皮怎么办？”

我说：“不用怕，我让小府找一个造假高手！”

我给小府打了个电话，他很快过来了，我让他赶紧找个人，把玉石外面的石皮弄掉。

小府看了看这块玉石，比我们还生气，说这个造假的人简直丧尽天良啊，那么完美无瑕的一块玉，都给糟蹋了！

我说：“你着急个屁啊，人家正主还没生气呢！你赶紧说，认不认识这种造假的高手？”

“我还真认识一个特别厉害的，厉害到什么程度呢？他烧制的一些瓷器，卖给了一个美国华侨，美国华侨装在皮箱里，过海关被查到了，说是国宝级文物，要判刑。结果华侨带着他们来找他，他笑得满地打滚，说这种国宝我还有一屋子呢！然后打开仓库，里面堆了足足几百个！

“他造假的东西，专家都鉴定不出来，因为他就是对照最新的考古成果造假，比如发现了什么铭文之类的，他就仿造上去，而且仪器也检测不出来。所谓仪器检测，就是碳十四检测年代。为啥要带着它坐飞机呢？因为坐飞机要过安检嘛，过一次安检，碳十四就增加五百年，只要计算好时间就行了。这个人很狂，经常去博物馆，指着某件国宝级藏品，说就是自己做的。”府大师说到这里，犹豫了一下，“这个人嘛，可能有点儿不太好谈。”

我问他：“有啥不好谈的？”

“主要是这个人要价太高了，我估计……估计……”

孙少拍拍他的肩膀：“你估计错了，这年头啊，还没有我孙某人买不起的东西。”

小府带我们找到了造假大师。

造假大师倒是爽快，只要给够钱，怎么都可以。他见孙少出钱痛快，还给我们免费普及了一下和田玉造假的几种手法。

他说，和田玉造假，主要是用山料冒充籽料，因为籽料外面有一层皮色，造假就在外面做了这层假皮。假皮不仅有颜色，更重要的是“毛孔”。所谓毛孔，就是玉石从山上滚落到玉龙喀什河，又在河床里冲击了数百万年，这期间玉石不断撞击河床、石头，撞出来许多密密麻麻的小坑。看籽料真假，首先要看皮色的毛孔，要是没有毛孔，或者毛孔一样大小，排列很整齐，就是后做的假皮。

造假的手段有很多种，如冷沁、烤皮、二层皮。

所谓冷沁，就是在玉石疏松的地方染色，用特殊的化学药水沁入，这样颜色会比较逼真。

所谓“烤皮”，指的是用高温喷枪把玉石结构烧疏松了，或者用强酸腐蚀一下玉石后，抹上化学染料，业内叫“点皮”，然后用浸泡了药水的棉布包裹住玉石，放在烤箱里慢慢加热，这样颜色比较有层次感，也叫“烤皮”。

这种“烤皮”皮色很显眼，市面上看到的好多所谓“红皮”，其实都是烤皮，这种玉使劲儿搓搓，会有一股酸味，而且玉质被烤坏了，声音都闷闷的。

最高级的是“二层皮”，这种是在籽料上造假。比如某些籽料颜色不好看，就给它上上色，加一层颜色，这是市场上通用的手法。

还有一些仿古的手法，比如好多古玉都有血沁。这血沁怎么弄呢？就是在牛腿上割开一个口子，把玉石缝进去，过几年就会出来血沁了。黄沁就简单了，直接往茅坑里一扔就行。所以这种沁色古玉啊，千万不能闻，能熏你一个跟头。

我问：“那我们这块玉到底是什么情况？”

“你们这块很特殊，极其特殊。”

“哪里特殊？”

“你们这块羊脂玉是真的，上面的石皮也是真的。”

这我们就搞不懂了。府大师也说：“这块石皮明明和这块籽料不是一块料呀？”

造假大师点点头：“那是有人把其他籽料上的石皮剥了下来，给黏在这块和田玉上了。”

我们几个都惊了。孙少问他：“那这块石皮能揭下来吗？”

“没问题。不过这种造假手法还真是少见，相当于用两块顶级羊脂玉造成一块假玉。”

造假大师拿着这块玉石进屋了，没多久他就出来了，一手托着那块玉石，一手拿着石皮。

我们吃惊地问：“你……你……你没事吧？”

大师奇怪地看着我们：“没事啊！”

我们左右打量，还让他站起来走了几步，的的确确没事。

赵家女说：“你们有没有发现？那股力量变弱了。”

想想也是，最开始的时候，是一架古琴直接湮灭，接着是苏绣大师整个人消失，后来虽然烧制金砖的老人也去世了，不过身体并没有消失，而这次的造假大师只是身体衰弱了，并没有去世。

孙少判断：“应该是往后的线索拉得越长，它能影响到的力量就越弱。”

我点点头，看了看玉石，上面也的确有东西，好像是一幅山水画。

孙少看了一眼，说他知道这地方在哪里了，付了钱便出来了。

小府陪我们走了一路，满脸通红，支支吾吾地说：“我这辈子还没见过那么好的羊脂玉，这块玉能不能让我雕刻呢？”

孙少直接把这块玉丢给他：“送你了！”

我们就听见“扑通”一声，回头看去，发现小府太兴奋，竟然晕倒了。

孙少说玉石上雕刻的地方是苏州赏枫的好地方——天

平山！

我吃惊地问：“你怎么看一眼就知道是这里？”

孙少有些不好意思：“那里是苏州名相范仲淹家的祖坟。范家祖坟风水极好，数百年的古松绕着坟茔排列，密密麻麻的，你从山下往上看，像是一个正卧着的佛头，那些古松神似佛头上的发髻。”孙少问我，“听过范仲淹选地的故事吗？”

“听过他之前买了一块宅基地，风水师说这是大富大贵之地。‘此当世出卿相’。后来范仲淹觉得这块地风水那么好，他不应该私吞，于是就捐给国家做书院了。”

“对，那个书院就是苏州文庙，后来被誉为‘江南学府之冠军’，苏州后来一半的状元都是出自这里，还真是‘此当世出卿相’。”

“看来风水之说，不能不信，也不能全信。”

孙少继续说：“后来范仲淹在洛阳给自己母亲看了一处坟地，结果风水师说这是一块绝地，万不可葬人，不然会断子绝孙！”

我吃惊地问：“这么狠？那谁还敢葬？”

孙少说：“当时范仲淹哈哈大笑，说这地那么凶，也不要害别人了，还是我们家承担吧！结果他不仅把母亲葬在这里，自己后来也随母亲葬在了这里。”

“那他们家后人呢？”

“后来他儿子也做了宰相，包括他的后人，千年不绝，延续至今！”

我说：“‘为天地立心，为生民立命，为往圣继绝学，为万世开太平’，还是我儒家浩然正气，什么都不怕啊！范相不愧是我们文人的楷模！”

孙少说：“北宋时期，宋仁宗赵祯把天平山赐给了范仲淹为家山，时称‘赐山’，又俗称‘范坟山’。所谓现在的天平山风景区，古时候就是苏州范家宗祠，葬着范仲淹的高祖、曾祖、祖、父四墓，至今每年还有范氏宗亲来这里祭拜。”

我点点头，说感谢孙兄指点，涨了很多知识，又问他怎么对这里那么熟？

孙少有些不好意思：“那里毕竟风水好嘛，所以我们家当时想把这块祖地买下来，不过不管出多少钱，对方都不卖。”

我哈哈大笑：“你看，金钱也并不是万能的吧？”

我们马上赶往天平山。

提到风景，赵家女就很有研究了，她和我们说：“天平山和北京香山、南京栖霞山、长沙岳麓山同属中国四大赏枫基地，其实苏州实际上占了两个，因为北京香山的枫叶其实也源自苏州天平山。当年永乐大帝朱棣修建北京城和明皇宫，是让手下第一谋士姚广孝负责的。姚广孝当时就启用了苏州香山的工匠，去北京修建。这些‘香山帮’因为思念家乡，就从家乡的天平山带了许多枫树苗，栽种在了工地旁的小山上，那座小山后来就被命名为‘香山’，即现在北京城香山。当时带来的小枫树，就是现在北京香山上的枫树了。”

到了天平山，孙少带领我们直奔范仲淹祖坟。不过祖坟处虽然有好多古松，但线索究竟在哪里？总不能把古松都砍掉吧！

赵家女把那幅图的拍照拿给大家仔细观察，孙少说像棵老树。我们分头找了半天，终于找到一棵相似的老树，枝繁叶茂，虬龙般的树根层层叠叠盘绕着，仿佛一头老龙。

孙少想了想说：“那幅画上水雾迷蒙，是不是需要下雨才行？”

我说：“这青天白日的，哪里找雨？”

孙少看了看赵家女。赵家女打了个电话，不大会儿有人开来了消防车，用喷水枪开始“救火”。

赵家女叫道：“看，那棵树在动！”远远看去，那棵苍老的大树在雨帘里一扭一扭的，仿佛动起来了。

我说：“这……莫非这棵树成精了？”

孙少说：“过去看看。”

我们走近才发现，并不是这棵树在扭动，而是大树身上出现了一些东西！原本白皙、光滑的树皮，渐渐变黑了，最后竟然变成了一幅画。我们十分吃惊，这是什么魔法？

仔细查看，发现原来并不是树干变黑了，而是树上爬满了黑压压的蚂蚁，远远看去就像整棵树变黑了。

赵家女说：“我知道了，这是黄山栾树，我在黄山写生时见过！这种树容易招蚜虫，估计虫子藏在树叶上，被水一冲都爬出来了。蚜虫最招蚂蚁，蚂蚁爬到树上吃蚜虫，结果远远看去，就像一幅画。”

孙少眯着眼说：“这不是一幅画。”他用手机拍了照片，仔细看了看，“这好像是一幅地图。”

我一愣，远远看去，这些蚂蚁盘绕的形状，还真像是一幅地图。

赵家女找了几个地图方面的专家，结果专家说，这的确是一幅地图，但这幅地图很隐晦，像是加了密码，需要专业的密码专家才能解开。

我给云起时打了电话，让他通过影子机构给我查查这幅地图。他很快给了反馈，说这幅加密的地图很复杂，共有三层，并问我是从哪里弄来的。

我直接告诉了他，还有最后两天，这个密码可能是解开一切谜底的关键。他让我等等，然后影子机构的“和尚”协助密码专家，一起破译这个密码——这幅地图指的是一个坐标，而坐标则位于太湖上的一个小岛。

确切地说，坐标位于太湖某孤岛上的一个荒村。荒村极其偏僻，中华人民共和国成立前只有几十户人家，中华人民共和国成立后政府把他们都迁了出来，现在已经是个彻头彻尾的荒村了。看来，所有问题都在这个荒村了。

终于要解开谜底了，赵家女却接到一个来自家族的电话，被迫退出了。她很抱歉，最后依次拥抱了我们，她说会在寺院为我们祈福，让我们一定要平安回来。

孙少说，他们家族和其他几大家族做了利益交换，换取我们在寻找线索时不干涉我们，但也不会给予任何帮助，以避免承担相应责任。

我有些担心地问：“要是找不到怎么办？”

孙少笑了：“那我们就一起私奔吧，浪迹天涯，做一对神仙眷侣，笑傲江湖！”

我也有些担心：“是什么力量费尽心思将所有线索隐藏在

这幅地图里？这会不会是一个阴谋，故意引诱我们上钩？”

孙少就笑了：“不用太担心，凭你我的小命，还配不上那么大的阴谋！”

想想也是，按照我们目前掌握的线索，这个局起码已经布局了几百年，甚至更早，岂是我们两个小人物能掌控的。况且离世界末日只有最后两天了，即便有人设局，我们也只能硬着头皮往里钻，只能见招拆招了。

我们开始准备去荒村。由于荒村在太湖的岛屿上，仅我们两人是明显不够的，需要团队协助。

孙家的人不能动，我们只能从民间找人，我跟他说：“放心，我有一票特别靠谱的兄弟！我只要说这是我自己的事，让他们务必帮忙，就肯定没问题！”

孙少点点头，紧紧握住我的手：“鱼宝，我们俩的将来和幸福，就全靠你了！”

第九章　史上最“强”探险天团

说到荒村探险，我还真有关系不错的朋友。

十几年前，我大学退学后在北京浪荡了几年，当时经常参加这种户外活动，像铁陀山探洞、门头沟露营，也认识了一帮喜欢户外活动的人。

这些人三教九流，什么人都有，富豪、酒鬼、大学生、流浪汉……大家在德胜门集合，包一辆大巴车，去昌平或门头沟扎帐篷野营，消耗掉一个周末。

那是一段无比快乐的时光，露营时那墨绿色的天空，红彤彤的篝火，烤着吱吱冒油的羊腿，喝着泛白沫的啤酒，大家坐在一起打趣、吹牛、唱歌……肆无忌惮地开着粗野的玩笑，乘兴而来，尽兴而去。这种生活，也算是现代社会难得一见的乌托邦式聚会了。

后来，我去深圳做网游，再去上海做高管，工作太忙，偶尔在群里冒个泡，慢慢就和他们疏远了。但我一直记得那蓝色的忧郁天空，皎洁的月光，新鲜的青草气息，木头烧得噼啪作响，山风刮过树枝，像有人在夜里窃窃私语。这种感觉，我相信参加过户外活动的人，永远也不会忘记。

我马上联系了以前一起玩户外的专业领队天涯，告诉他这里有个富二代朋友，人傻钱多，咱们搞个探险活动，坑他点儿钱，简直美滋滋！

天涯听到后激动不已，觉得我是真真切切的真兄弟，这等好事还想着他。然后赶紧问我，能搞多少钱。我告诉他，至少十万，而且再送我们各一套始祖鸟的装备！

天涯高兴得嘴感觉都要歪了，连连回复没问题，并叮嘱我一定把这个大棒槌给按死了，他第二天就带人过来！

我也多次嘱咐他，一定要组建个专业团队，就像以前救援会在铁陀山营救人的队伍一样！天涯满口答应，然后第二天就带队赶了过来。

只是，他没带什么精英，而是带了一群乌合之众。真的是乌合之众！他这个队伍有网红、有白领，甚至还有两个电视台的人！

我当时就怒了："你干吗呢？是探险来了还是拍片子来了？"

天涯说："切勿动怒，你要多理解我呀！你催得我那么急，当时就赶紧找人了。因为时间紧迫，我就索性发了一个召集帖，相当于做了一个苏州荒岛求生的探险活动，召集大家一起来做一场户外探险！"

我越听越生气，敢情给我搞了一个业余队伍，搞不好还收钱了！

他支支吾吾地说："倒是也没收多少，就收了点儿油钱！"

我大怒："老子不是答应给你钱了吗？"

天涯苦兮兮地看着我："咱们这不是穷怕了嘛！我跟你说

实话，这次也有你的份，2000块呢！”

我挥挥手，让他闭嘴，又问他：“那两个电视台的是怎么回事？”

天涯这次倒得意了，跟我说：“你瞧瞧！哥们儿这路子野吧？他们是拍纪录片的，想做一期户外探险的节目！哥们儿想着，你这不是要忽悠富二代嘛，咱们给你整个全套，让他看着也得意，说不准多给咱们万儿八千的，你说是不是这个理？”

我听了，眼泪都要下来了。

天涯还在那说：“瞧你激动的，咋还哭了呢！我都说好了，让他们多给你拍些镜头，就你那个‘于生一’玉石店也给拍进去，打个软广！你尽管放心，都是铁磁，保证不多收费！”

我一屁股坐在地上，死的心都有了。

天涯找了个领队。不过为了省钱，他并没有找苏州当地的领队，而是找了一个河南领队，说都一样，他以前也来苏州探过险。

这个领队叫老驴，我们找到老驴后，他却把头摇得像个拨浪鼓，死活不去：“恁可白说啦，俺真去不了！”

天涯也不怕，说你要是不去，那你就回河南吧，反正车票我也不报销了！

老驴说：“恁还敢坑俺，俺回去就发帖子，说恁潜规则俺！”

天涯说：“你可以骂我没有职业道德，但不可以侮辱我的审美！”

老驴说：“俺揍是发！还要配图！”

天涯说："你还配图？你要配啥图！"

老驴拈了一个兰花指，绘声绘色地说："一百块，一百块钱你都不给俺！还要打俺！"

天涯："胡说！我明明预付款都给过你了！"

老驴："别胡扯……恁啥时候给的钱？"

天涯支支吾吾地说："就那次跟你说完后，我不是发了个红包吗？还挺吉利的数字！"

老驴更生气了，骂道："恁还有脸说！俺这辈子第一次收到八分钱的红包！"

天涯搂着他的肩膀说："哎呀！切勿动怒，切勿动怒嘛！大家都是文明人，君子动口不动手！关于费用的问题，我们都可以谈的，但事到临头，你总不能撂挑子吧！况且我上次不是跟你说了，我们这个团最大的特点就是美女多，我到时候给你介绍个女朋友，不光赚钱，连你的个人问题都一起解决了！"

老驴说："俺眼光可高哩，不是啥人都要滴！"

天涯拍着胸脯说："放心吧，都是大美女，老铁见了都说666！就这么办吧，钱和美女，恁说中不中？"

老驴说："中！"老驴也解释了一下不愿意去的原因，"这次去的地方属实有点儿邪门，是真的不敢去！自己之前也来过苏州做活动，苏州几大户外路线，他大概也都知道。但这一次的荒村，是真正的绝户村，很怪异。其实荒村也挺多的，尤其是大山深处，或者太湖小岛这种，好多因为交通不便，村民迁到了更好的地方。有些因为其他原因，比如1949年前有些麻风病患者被集中到一个偏远的村子里，称为麻风村。但这个村子和其他都不一样，这村子是一个鬼村。”

鬼村？我不理解了。

他说：“所谓的鬼村，并不是说它闹鬼，而是它偶尔会突然消失，然后又突然出现，有点儿像百慕大的幽灵船。

“这个村子有几点很怪：第一点，就是这个村子没有任何活物。所谓的没有任何活物，指的是这个村子没有任何有生命的生物，甚至连一只蚊子、一只蚂蚁，土里连一条蚯蚓都没有。

“这个村子的土壤很怪异，像被烈火煅烧过，上面的小山也很怪，像是矿石山，经常遭雷劈的那种，电子产品在这里都会失灵，连渔船都不敢路过，据说附近经常无风起浪，莫名翻船，被誉为‘江南百慕大’。后来我查了一下，据说民国时期有一帮流民去岛上避难，发现了这个村子。当时村子里有个学生出去求学，一走就是半年。结果等他回来后，就发现了极其可怕的一幕。他发现整个村子静悄悄的，大门还开着，就是人没有了，据说有人家炉子上还做着饭，杯子里还泡着茶，但所有人都消失不见了。整个村子呈现出一种绝对的宁静，那种墓地一般压抑的宁静，他就疯狂往外跑，结果跑到山顶的时候发现了最可怕的一幕。”

我赶紧问：“什么？”

他说：“尸体，无数的尸体！”

天涯也忍不住问：“啥？人全死道上啦？”

他摇摇头：“是老鼠。遍地都是老鼠，还有各种虫子、蛤蟆、鸟，甚至还有野猪、山羊什么的，密密麻麻的全是尸体，趴在山路边，甚至摞了一层又一层，有老鼠爬上去，又摔了下来，形成了一座动物的墓地，堆在山顶上成了一座尸山。”

我吃惊了：“这是怎么回事？”

他说：“谁都搞不懂，就像是村子外面有一个透明的罩子，把它们罩进去了，它们跑不出去，就全死在山顶上了。”

我说：“据说有灾难要发生时，比如地震、海啸、火山爆发，动物都会提前感受到，然后疯狂地往外跑。那里会不会有地震？”

“对，那里还经常闹地震，三天两头地晃起来，墙灰簌簌地往下掉，但很奇怪，出去看看，外面风平浪静的，太湖连个波浪都没有，好像就那个小岛在震动。”

天涯感慨地说：“怪了，难怪电视台那两个屎孩子听我说来这里，马上就同意了，敢情是这里邪乎啊！真是失策啊失策！钱要少了！”

天涯终于说服了老驴，他最后发表了慷慨激昂的演讲：“老驴同志，作为新时代的青年，我们必须排除万难，战胜自己！前面不管是枪林弹雨，还是地狱魔窟，我辈都要一往无前，死而后已！”

老驴更害怕了：“就搞个生存探险而已，咋还玩上命了呢？”

天涯赶紧给他道歉：“兄弟，不要误会！自己这不一直想着录节目嘛，编导让我表现出一种大义凛然的情绪，我这边入戏太深了，有点儿出不来！哎呀，兄弟多理解啊！”

天涯高高兴兴地把老驴带上旅游大巴，给大家热情洋溢地介绍了一番，拼命吹捧了他一把，说他是中国最厉害的领队，十岁成功横穿罗布泊，十二岁勇登珠穆朗玛峰，十五岁足迹布满全世界，请大家用热烈的掌声欢迎老驴带我们探险荒村！

老驴是个实在人，支支吾吾地说自己只是一个小领队，然后让我们有点儿心理准备，因为那个地方“不太中”！

话音未落，天涯就给他嘴里塞了一个青团，堵住了他的嘴。然后他端着一大盆青团，热情地给大家分发：“来来来，发福利啦！苏州时令美食，一月元宵，二月撑腰糕，三月青团子，四月神仙糕。大家都尝尝，苏州地道老牌子，刚上市的青团子，百年老字号！不要钱，就是交个朋友！”

我看着不像天涯的风格，就低声问他：“怎么那么大方了？”

天涯低声说：“也是广告商赞助的！回头我给你介绍介绍，特别好的一个人！让他给你搞二百斤送读者啥的，不用多，回头在你的新书里给他打个软广就行！”

我大吃一惊：“这还能接广告？”

天涯说：“经济不景气嘛，有什么法子！不过我跟你说，我可不是什么广告都接的，都是经过严格筛选的，那些出钱少的、要求还特别多的，咱们根本不带他玩！”

“你还找了哪些赞助方？”

“很少，特别少，简直屈指可数！一个淘宝卖户外用品的秋裤哥，你知道的，人家赞助了不少户外用品，虽然都是山寨货，但好歹实用嘛！还有一个搞直播的小网红，胸大无脑，人气一直不太行。我这人吧，心善，见不得人吃苦，况且人家赞助了两个新手机，你回头在书里给她好好宣传宣传……”

我上去掐住他的脖子：“……你给老子说实话，到底拉了多少赞助？”

天涯被我掐得七荤八素的：“真没啦！也就十六七八个吧，后面还有一百多家小商家！啊，这个不用专门介绍，你回头在书里给大家集体打个鸣谢就行！都是朋友，就收了一点点儿小钱！”

看着孙少朝我挤眉弄眼的表情，我连弄死他的心都有了。

第十章　荒村诅咒

这次参加户外生存的有十几个人，人员构成非常复杂，不仅有专业的户外探险人员，还有网红、女老师、翻译、大学生，简直就是一个旅游观光团。

他们把这次探险当成了户外旅游，顺带上电视露个脸，好多人带了 DV、相机、笔记本电脑，小网红还兴奋地给粉丝做了预告，打算实地直播这次活动。

我还挺不好意思的，专门找机会跟孙少解释了一下。他摆摆手，很大度地说："没关系，没关系，只要是你的朋友，就是我孙某人的朋友！"他花钱买下了天涯一年的户外广告，还让他好好讲讲，我之前露营的糗事，两个人在一旁窃窃私语了半天，时不时发出猥琐的笑声。

我没有理他们，给云起时发了一条微信，告诉他我们即将前往荒村，估计时间加速的秘密就在那里。过了好久，他才淡淡地发过来两个字——加油！

看着他淡定的态度，我觉得时间加速的问题应该没那么严重，说不准就是一个巧合，看着团员们在路上嬉戏打闹，自己也放松了下来。

我们沿着著名的太湖大桥，慢慢开进西山岛。

太湖大桥北起太湖国家旅游度假区渔洋山，连接长沙岛、叶山岛、西山岛，就像一条白丝带，将太湖上的几粒珍珠镶嵌了起来，我们坐在车上，看着左右都是浩浩荡荡的太湖，一群群白鹭等水鸟在湖面上盘旋着，车子不断驶入太湖深处，有种悲壮的史诗感。

大家纷纷拿起相机拍摄，闹闹哄哄的，孙少这时候已经恢复了男装，他穿着一身板板正正的制服，背着一个特别大的皮匣子，端端正正地坐在那里，看着特别严肃。

我忍不住碰碰他："怎么那么严肃？"

他咧嘴笑了："我刚才看了一本杂志，说男生普遍喜欢穿着制服、一脸严肃的男孩子！"

"什么杂志？还讲这种乱七八糟的知识。"

他微微一笑："不告诉你。"

"没听说过。那个……你爷爷之前说过，不让你去太湖，是不是因为太湖有什么危险？"

他点点头："有的。"

我赶紧问他："什么危险？"

他说："太湖底下，可能藏着一只水怪！"

我吓了一跳："啊？真的吗？"

他笑了："假的。"他搂着我的肩膀，"放心吧，鱼宝！即便有水怪，我也会挡在你前面的！"

我赶紧拉开他的手，去天涯那边坐了。天涯看看我，又看看他，把屁股挪远了一些，要跟我保持距离。

我们到了西山岛后，又从那里坐着渔船驶入荒村所在的那个小岛。

这个小岛很荒蛮，连名字都没有，我们找了好多渔民，最后只有一个老渔民听说过那里，说那是著名的地狱口，去不了，底下有个海眼，经常无风起浪，白日下雾，小船过去了就会被打翻，后来我们好说歹说，给了几倍的价钱，他才同意带我们过去。

我们在湖里开了很久，久到我们都怀疑是不是出了江苏，最后终于见到了那个孤岛。这个小岛的形状很特别，远远看去像一枚巨大的菱形宝石，漂浮在太湖上，周围笼罩着一层薄薄的雾气，看着有些神秘。

老渔民对这个岛很忌讳，我们一下船，他就立刻逃难般地开走了。

孤岛很怪，按说湖泊里的岛屿多长满杂草灌木的，好多地方简直就像一个小型森林，但这个岛却光秃秃的，简直寸草不生，好在山下有一条小路，歪歪斜斜通往山上。

上山的路很滑，好在并不太陡，秋裤哥赞助了大家每人一根手杖，我们小心翼翼地往上走，大约走了半个小时，终于爬到了山顶。

到了山顶，视野就开阔了，四处看看，下面是烟波浩渺的太湖，远处是跌宕起伏的群山，还真有些震撼。

大家欢呼一声，都过去找了好地方合影，尤其是一个叫“大屁”的大学生，非常兴奋，摆着各种造型，还要搂着小网红合影，嘻嘻哈哈的。

“大屁”之所以叫大屁，是因为他特别爱放屁，而且越紧张越喜欢放，经常出其不意地给我们来一个臭气弹，弄得我们苦不堪言。这次他过来，天涯考虑到环保因素，原本是不同意的，后来他答应给天涯介绍个漂亮学妹，天涯才勉强同意，不过也让他签了“旅行途中不准大规模放屁”的军令状。

老驴和天涯小声讨论着进山的方案，秋裤哥则不停地向大家推销自己带来的山寨产品，让大家记住他的店铺，以后多多惠顾，凡是这次参加活动的队员，一律八折！

有个姓林的老师拿着一本破旧的日记本，上面画着什么，在仔细核对着地形。

孙少则沉默地看着太湖，抽了半根烟，把剩下的半根插在了地上。

领队见这里风景不错，就招呼大家合影，拍照留念。电视台的两个人招呼我们围成一个圆圈，每个人做一个怪异的手势，那种手势让人觉得很不舒服，看着像怪异的宗教仪式。

天涯说：“切勿着急，切勿着急啊！”然后拉出了一条巨大无比的横幅，上面打着满满的广告 LOGO。我一把把横幅拽了下来，扑到天涯身上，招呼大家一起合影，留下了一张珍贵的照片。

拍完照，大家刚要下山，下面就急匆匆跑来一个身穿空姐制服的小姑娘，拼命地冲我们招手：“等等，等等！老队员归队啦！”

天涯过去问了几句，姑娘从包里拿了一个厚厚的信封，塞给了他。天涯立刻眉开眼笑地回来了，告诉我们，这是我们探险的队员，还是个小空姐，刚下飞机，就赶紧过来了，还好没错过。大家跟她打了个招呼，开始继续朝山下的荒村走。

下山的路非常难走，绕来绕去的，有些甚至吊在悬崖峭壁边上，人要踩在岩石边，慢慢滑下去，碎石哗啦哗啦地掉下去，很可怕。

电视台的拍摄装备很多，但他们坚持自己背，不让我们帮忙，有几次差点儿掉下去，有些女队员甚至靠天涯他们背下来，才算勉强到达山下。等到了荒村，大家赶紧丢下背包，长舒了一口气。

领队老驴不断加戏，反复渲染这里多邪乎，说这里不仅有古怪的鬼魅声，还有不少野兽，如野猪、狼、花豹等，“邪乎得很哪！”说得女队员一惊一乍的。

大屁自制了一个弹弓，准备射点儿鸟雀烧烤，但他又很担心待会儿万一真来个豹子，那可怎么办？爬树顶用吗？

领队说：“要是遇到豹子，最好的办法就是赶紧挖个坑把自己埋了……”

秋裤哥说：“说到挖坑埋自己，我这里倒是有一款不错的工兵铲……”

小网红一直在调试手机，后来终于放弃了，说这里完全没有手机信号，她原本想做个直播，看来也不行了，只能先用 DV 拍摄了，以后再剪辑发视频吧。

“大屁”听领队说得那么可怕，吓得来了一个连环屁，惹得天涯勒令他单独待着，不准靠近营地十米以内。

我低声问天涯：“老驴不是说这个荒村连只蚊子都没有吗？怎么连豹子都出来了？”

天涯说：“你听他放屁呢！这是戏精上身，不受控制了！”

我笑了一声，两个电视台的人小心翼翼地把机器拿出来，仔细检查有没有问题，天涯赶紧过去帮忙。

孙少喊我去旁边抽烟，他眯着眼，狠狠抽了一口，低声说了一句：“这个摄制组有问题。”

我一愣，才回想过来。那个怪异的摄制组，他们的精力明显不在拍摄中，反而老在各处研究，还不时拿出各种怪异的仪器到处测量，孙少装成不经意去看了看，那边很谨慎，马上就收起来了。

他使劲抽了一口烟，悠悠地吐出烟圈，低声对我说：“他们那个仪器我刚才扫了一眼，上面都是俄文。我以前交过一个北外的女朋友，学俄语，所以能看懂几个字。这鬼东西是个老仪器，有点儿像当年老苏联的装备，我以前去过矿区，他们就用一些苏联的军事装备，从黑市高价买来的，很好用。这些人有点儿邪门，不知道啥来头，得多注意着点儿。”

我说：“我去问问天涯！”

他摇摇头：“我信不过他。”我一愣，吃惊地看着他。“那个摄制组是天涯找的，谁也不知道他们是不是一伙的。在这里，除了你我，都不可信。”

回头看看，太阳快要落山了，大山也渐渐模糊起来，荒村掩映在黄昏下，几十套房子稀稀拉拉地排列着，死寂、荒凉、苍茫。我收紧了衣领，仔细看着这个被笼罩在阴影中的小村子，那股神秘力量煞费苦心地通过苏绣、玉雕、御窑金砖等给我们传递了这里的地图，到底这里隐藏着什么秘密呢？

我们先去村子简单查看了一下。这个村子不大，也就十几户人家，很快就看完了，都是典型的苏式建筑，白墙黑瓦，屋子很高，有些房子坍塌了，屋顶漏了，很有一种荒芜的美感。

好多人家大门还开着，进去看看，屋子里积了一层厚厚的灰尘，灯绳都腐烂了，一拉就断。

老驴给我们打手势，让我们注意，村子里果然没有任何生物，甚至连只飞虫都没有，所以格外安静。大家都说乡村安静，其实安静的乡村也有许多声音的，虫子稀稀疏疏的叫声，溪水的流水声，层层叠叠的蛙鸣声，鸟叫、蛇嘶，声音是很丰富多彩的，但这里什么都没有。

抬头看看，天空也是阴沉沉的，连一只鸟儿的影子都没有，一切都是死气沉沉的，仿佛墓地一般。大家在荒村转了一圈，选择了在村口一户比较干净的院子扎营。

我们在村口扎好帐篷，姑娘在最里面，莽汉子在外围，封得死死的。

孙少独自在外面扎了一个帐篷，把那个巨大的黑色皮匣子放了进去，然后点了一根烟，叼在嘴里，对着村子露出一种半嘲讽半忧伤的表情。他依旧把剩下的半支烟插在地上，然后就回帐篷了，并告诉我，晚饭他不吃了，让我们不要打扰他。

天涯看着奇怪，低声问我："你那个男朋友什么来头？"

我现在对这个很敏感，赶紧纠正他说："是男性朋友好不好！你别对外说啊，他是江南首富的儿子，著名阔少，经常上花边新闻的那种纨绔子弟！你要对他好点儿，这次赞助费就是他出的！"

天涯使劲儿一拍大腿："你早说呀！竟然是他！哎呀，那我们这次收费收少了，血亏啊！要不然你再去和他谈谈，色诱一下，让他再加点儿钱！"

我说："想得美！"

天涯意味深长地说："看来还是小看了这帮纨绔子弟！他可不简单啊！

我问他："怎么说？"

天涯说："我之前跟他握手时试过，他指头上都是茧子，这是经常玩弓弩的老手了。还有，他背的那个匣子起码有一百多斤，走了那么远山路，还能面不改色，这是一个高人啊！"
我大吃一惊，就孙少那种醉卧花丛、酒醉金迷的人，还能是个高人？

天涯拍拍我的肩膀，意味深长地说："这次队伍里有好几个高人啊，看来这次的行程有意思喽！"

我又问他什么高人，他却摇摇头，什么都不肯说了。我不愿意理他，独自走了，就看见那个后来的小空姐坐在那里，一件件收拾着自己的东西。

她很有气质，有点儿赫本的感觉，那种独立优雅的美感。

开始我们都觉得，空姐不就是个花瓶嘛，没想到她却很独立坚强，也没有让人帮着拿行李，赢得了我们的尊重。

这个空姐的出现也挺怪异，看天涯收钱的姿势，肯定是个关系户。我估计是队伍里谁的女朋友，但不好意思说，所以假装是她自己找过来的。

我开始以为是孙少，没想到孙少意味深长地看了她几眼，就走了。后来我又怀疑秋裤哥，毕竟他这种直男，估计会喜欢空姐。

没想到秋裤哥眼神古怪地看了我一眼：“别装了，她不就是你小子带来的嘛！”

我大吃一惊：“我？”

秋裤哥说：“还跟老子装？老子第一眼见到这小妞，就想下手了，然后找天涯打听了一下，他说让我死一边去，那小妞早就是你的囊中之物了！”

他不断摇头：“那么水灵的小妞，竟然成了你的囊中之物，真是禽兽啊！”

我和他解释，他却死活不听，拉着“大屁”他们四处转，说看看能不能找到野猪，晚上来个野猪烧烤。他们家新出来的烧烤架烤这个特别合适！

我也有些恼火，恨天涯只知胡说八道，这不是凭空毁人清白嘛！不行，老子非得找他说道说道！没想到天涯却告诉我，是那个小空姐自己告诉他的。

我更加吃惊了：“你说啥？”

天涯斩钉截铁地说：“你这不是废话嘛！要不是你的禁脔，就她给我塞了一个大红包，我就能让她进来！一个小小的红包，就想混进我们队伍，那根本不可能！哼，起码要三个！”

我更加糊涂了，可是我真的不认识她啊！

天涯一脸鄙视地看着我：“装，你再给我装！老子当时问她了，她开始说是你朋友。我说这朋友可区别大了，你到底是哪种朋友？人家说，就是级别最高的那种。”

高到什么程度呢？那姑娘就说，就是随时随地可以一起睡觉的那种。天涯原本想调戏她，反而被她说了个大红脸，就没敢再问，让她赶紧加入队伍了。

天涯这时想了想，语重心长地跟我说：“老鱼啊，别说老哥没提点你，这个姑娘必须要严惩！今天晚上我给你把风，你必须要重振雄风，提枪上马……我跟你说，哥哥我有一个方子，保证你金枪不倒，笑傲江湖……”

我一把推开他：“你给我滚蛋！”我装成若无其事地走开，其实心里早乱成了麻，看来秋裤哥说得没错，那小空姐绝对有问题。但我还美滋滋的，想着这姑娘该不会是我的读者吧，她其实早就在关注我的一举一动，这次从天涯那知道了我要来参加活动，所以特别赶过来参加的吧。

正胡思乱想，旁边那个小空姐却朝着我走过来了。

我摆出一副胜利者的面孔，对她说：“同学，听说你是我女朋友？”

她有些疑惑：“没有吧。”

“那你跟天涯胡说？”

“我没说是你女朋友啊，我只是说，可以随时陪你睡觉而已。”她放肆地笑起来，“小帅哥，你长得那么美，有时间一起睡觉啊！”

说实话，虽然我老自诩是“从小被表白大的男生”，其实主要是吹的，我实际上是个挺腼腆含蓄的男生。我当时就有点儿蒙，又觉得有些丢人，就硬着头皮说：“你长得美，你说什么就是什么喽！”

她就笑了："那你可要对我好一些呀。"

我立刻调戏她："别人对你好，都是想跟你上床。我不一样，我沙发也行，马桶也行。"

她像一条蛇，慢慢凑了过来，几乎要贴上我的脸了，直勾勾看着我："说，最喜欢什么姿势？"

我慢慢往后退，硬撑着说："什么姿势？白鹤亮翅行不行啊？"

没想到她猛然贴上来，一手搂着我的脖子，然后朝我的嘴唇贴了上来，吓得我差点儿摔倒在地，想要把头缩回去，却被她的手死死勒住，动弹不得。

在外人看来，我们像在亲热，天涯还在旁边吹了个流氓哨，猥琐地大笑。我其实苦不堪言，说句有些丢脸的话，我其实被她给强迫了。真的！我们当时看着暧昧，其实她一只手死死卡住我的脖子，另一只手上的利刃顶住我的腰，让我一动也不能动。

她虽然面带微笑，但眼睛里毫无波动，看起来特别诡异，就像一个身经百战的女杀手。

我本来想开个玩笑，说你休想霸王硬上弓，小生我宁死不从，但看着她冷漠的眼神，我哆嗦了一下，什么都没敢说。

这时，她慢慢俯下头，外人看着像在吻我，其实她贴着我的脸，在我耳边轻轻说了一句话。这句话，让我浑身的汗毛都竖起来了，再也没有任何其他心思了。

她说："这村子里都是鬼，谁也不要相信！包括我！"

第十一章　荒村超自然事件

说实话，小空姐猛然说出来这句话，让我浑身的汗毛都竖起来了。在那种情况下，那样阴森的荒村里，她又是那样怪异的举动，真把我镇住了。

我结结巴巴地问她：“你说什么？什么鬼？”

她却摇摇头，暗示我不要说话，不要让别人发现。接着又严肃地说：“记住，谁也不能相信。”然后她又强调了一句，“包括我。”

我原本被她严肃的表情镇住了，结果她用手臂勒住我的时候，袖子掉下去一截，露出了一只和田玉镯。

我看了这只镯子，忍不住笑了：“原来是你！”

她用手臂勒紧了我：“不是我！”

我说：“就是你！”

她紧张了：“……那你说说我是谁？”

我说：“你是影子机构的小公主！”

她更加紧张了：“你……你……怎么知道的？难道是我的完美化妆术失灵了？”

我说：“同学啊，你手上的镯子是从我的铺子拿的，我们每一只镯子都雕刻了工作室的 LOGO，你用口红涂上去，就看到了。”

她泄了气，放开了我，有些恼火地说：“原来是这样！哼，那就不吓唬你了！”

她揉了揉我的脑袋：“不用怕，小可爱，我会保护你的！”还没等我反应过来，她就蹦蹦跳跳地哼着歌跑远了。

四处看了看，大家全都意味深长地看着我，尤其是天涯那个坏胚子，在那给我挤眉弄眼，意思是待会儿去他那边拿方子。

我啐了他一口，赶紧找孙少商量了一下，告诉他影子机构也进来了，不过他的态度很冷漠，说他知道了，然后又说要睡了，问我要不要一起。我赶紧跑掉了。

天黑了。

我们捡了些干柴、枯枝，点起了篝火，秋裤哥又赞助了一大堆东西，锅炉、烧烤架……大家煮上一壶开水，又烤了一些鸡翅、鸡腿，开了几瓶啤酒，气氛还挺足。

大家喝了点儿酒，小姑娘们脸颊红扑扑的，大家就哄笑着开起了隐晦的玩笑，林老师脸红了，拉着小网红回帐篷了。

我偷偷观察，没发现小公主，不知道她去了哪里，也不好意思多问。

宋教授很细心，给她们削了几根棍子，让她们放在身边，既能防身，也能壮胆。

天涯说：“大家都是文明人，不怕的！不需要的！”

我说：“主要就是为了防你！”

天涯说：“切勿胡说，我可是土生土长的正经人！”

秋裤哥举起酒杯："对，你是土生土长的正经人，我们都是嫁接的正经人！"大家哄堂而笑。

宋教授年纪大了，今天走了半天路，有些萎靡不振，这会儿烤着火，也恢复了一些精神，在那感慨起来，说这个荒村就是理论上彻底死掉的村子。

大屁问他："什么是死掉的村子？村子还能死掉吗？"

宋教授说："如果一个村子彻底没有人了，以后也不会有人了，以前的建筑也都逐渐老化坍塌，就是彻底死掉了。其实中国好多城市都死掉了，古代那么多鼎鼎大名的城市，现在还剩下几个？即便还在，也都迁址了、改建了，终究还是不一样了。你们说，现在的开封和以前的汴州能一样吗？"

想想也对。我忍不住问他："宋教授，那中国有没有从未死过的城市呢？"

宋教授点点头："还真有！"

我问他："那是哪里？"

"就是咱们这里。"

我大吃一惊："咱们这个荒村……"

"不是，是咱们这座城市——苏州。苏州，可能是中国唯一一座从未真正死过的城市。公元前 514 年，伍子胥奉吴王阖闾之命，'相土尝水，象天法地'，建造阖闾大城，也就是现在的苏州城，距今已有二千五百多年了。其实，在中国上千年的城市，比苏州城还古老的也有很多，但都湮灭了，或者迁移了，只有苏州城从未动迁过，哪怕经历过兵祸、匪乱、水灾、地震、迁都，哪怕被烧毁、打烂、屠城，它依旧一次次在废墟上原址重建，从未改变过地址。所以，我们经常开玩笑地说，苏州是中国历史上唯一一座从未真正死去的城市。”

天涯问：“教授，那苏州城为什么会坚持到今天呢？”

宋教授说：“这里肯定有各种原因，比如政治原因，经济原因，不过我私下觉得，更重要的可能是风水原因。”

我不明白了：“风水？”

“是的，风水。其实古人很讲究风水的，建筑从来都是和风水息息相关。大家可以看看，凡做过皇都的城市，基本上都很少发生地震、台风等大的地质灾难，其实就是风水好。”

天涯说：“这个风水怎么看呢？”

“其实风水没那么复杂，大家看看当地的特产就知道了。一个品种的水果，有些地方特别甜，那就是风水好了。”

我点点头：“有道理。其实全中国的大闸蟹都是同一个品种，中华绒螯蟹，不过就是苏州阳澄湖的最好，阳澄湖大闸蟹的蟹肉是甜丝丝的。”

大家聊起吃，又聊起酒，接着聊起女人，气氛很快达到了高潮。这时，就听见村子里猛然传来一阵中气十足的唱腔。

在这个鬼魅阴森的小村子里，猛然传来几声唱腔，差点儿把我们给吓死。秋裤哥正端着一个茶缸子喝啤酒，吓得手一哆嗦，一缸子啤酒全扣在了天涯头上，天涯猛然跳起，又碰翻了篝火上的热水锅，热水飞溅，大家全跳了起来，被烫得龇牙咧嘴，破口大骂。

旁边的领队老驴猛然大喝一声：“都闭嘴！”我们才猛然回过神来，这里是个荒村，恐怕已经有十几年没住人了，自然也没有电，这声音像是村委会的大喇嘛放出来的，哪来的电呢?

仔细听听，那声音拿腔拿调，一板一眼的，还有伴奏，像是在说评书，就是词完全听不懂。

宋教授听了几句，低声说：“这是苏州评弹——《杜十娘》的开篇！他低声给我们翻译：

窈窕风流杜十娘，自怜身落在平康。

她是落花无主随风舞，飞絮飘零泪数行。

青楼寄迹非她愿，有志从良配一双，但愿荆钗布裙去度时光。

在青楼识得个李公子，啮臂三生要学孟梁。

她自赎身躯离火坑，双双月下渡长江。

那十娘偶尔把清歌发，呖呖莺声倒别有腔。

哪晓隔舟儿听得魂无主，可恨登徒施计要拆鸳鸯。

那李郎本是个贪财客，辜负佳人一片好心肠

……

唱到这里，声音突然停了，接着就传来了一声叹息声，然后就平静了，过了一会儿，又传来一声极低又极压抑的声音：“你们……终于来了。”

我手一哆嗦，烟头掉在了身上，这声音仿佛是电脑合成的，完全没有任何感情色彩，显得特别怪异，尤其是深更半夜的，在这样一个荒村里，真是让人毛骨悚然。

大家也都紧张起来。

大屁说：“这……这是村口的喇叭播放的吧？”

领队狠狠瞪了他一眼：“你看看这像个有电的地方吗？”

大家才反应过来，毕竟这是个荒村，别说人了，连只野兔子都没有，更是断水断电久了，哪能有什么人唱戏。

有个男队员说：“会不会有人……在唱？”他自己说完，也吐了吐舌头，不敢说话了。

秋裤哥还比较镇定，他问领队：“这种情况……以前也出现过吗？”

领队也是脸色惨白，摇摇头：“不知道。反正我带队去其他地方……从没遇到过。”

我不死心地问：“那有没有类似情况出现过？”

他说：“有一年，有个女队员发癔症，也唱过戏，但没……没这么……邪门啊！”

我明白他的意思，发癔症唱戏，哪怕你遇到一个鬼在唱戏，那都能理解，但在这个十几年都不通电的地方，突然有了电，那才是最恐怖的事。

大家正在争论，天涯突然问了一句：“那几个姑娘怎么不怕？”

想想也是，刚才动静那么大，她们不可能听不见啊！大屁脸色大变，他迅速爬起来，几步就蹿到了帐篷前，一把拽开了帐篷门，就听见猛然传来了几声尖叫。

我们以为出了大事，大叫道：“快去看看！”

结果赶过去一看，就发现错了，全错了！原来那几个姑娘屁事没有，她们正在那里睡觉，迷迷糊糊的，看见大屁猛然闯进来，吓得连声尖叫。

大家搞了一个大红脸，赶紧背过身去，大屁结结巴巴地跟她们解释。她们却死活不信，说迷迷糊糊刚睡着，还有一个用手机看小说的，要是真有那么大动静，她们怎么可能听不见，然后她们让我们赶紧走开：“你们这帮臭流氓！”

大家讪讪地回去，也都是一脸尴尬，想想这事不对啊，难道刚才真的出现了幻觉？不过大家反复确认了一下，没问题，刚才确确实实听到了那种怪声，即便出现幻听，也不可能所有人全都幻听了。

这时，天涯突然说了一句：“有没有一种可能，就是和地段有关，我们这边的都能听见，她们那边就听不见了？”

我觉得有些扯，就看见孙少“唰”一下拉开了帐篷，朝着唱戏的地方大步流星走了过去。

我赶紧拉住他：“你要干什么？”

他说：“我去看看。”

我说：“等天亮再说吧。”

身后传来一个声音说：“没时间了。”

说话的人是小公主。想想也是，还有不到两天就到世界末日了，哪还管他闹不闹鬼，我赶紧披上外套，就要跟他们走。

天涯见我们半夜要出去，吓了一跳，以为我们疯了，他劝不住，便也披上了衣服，坚持带我们过去，接着又有几个队员加入了我们，包括小网红和林老师。

我们几个人深一脚浅一脚地走在村子里，凛冽的冷风呼呼吹着，月亮悬在天上，洒下一层淡淡的光辉，我们一行人默默地赶路，有一种新鲜的探险感。

孙少捏了捏我的手，让我不要怕。我一阵恶寒，赶紧捏了捏小公主的手，让她不要怕。她瞪了我一眼，给我做了一个手势，意思是你这种文弱书生，老娘一个能打倒十八个，还用你保护？

村子没多大，我们很快找到了那个唱戏的地方，是一间普通的老屋，唱戏的声音就在里面，断断续续的，在夜里显得格外怪异。

天涯低声说："切勿冲动，切勿冲动，我们现在要好好计划一下，看看怎么杀进去！"

话音未落，孙少一脚踢开门，一马当先杀了进去。几乎同时，唱戏声戛然而止，像被人掐住了脖子。我犹豫了一下，也跟了进去，却被小公主一把拉了回来。

我怒道："你干吗？"

小公主犹豫地说："能不能……能不能不进去？"

我问她："你怕啊？"

她的脸"唰"的一下红了，扭扭捏捏地说："人我倒是不怕，就是有点儿怕黑……"

我哑然失笑，没想到影子机构英姿飒爽的小公主竟然怕黑！我立刻涌起了一股豪迈之情，让她不用怕，万事有我！她点点头，使劲拽着我的胳膊，天涯不停地在旁边大声咳嗽，让我注意场地，这边还有孩子（他指的是大屁）在呢！

大屁咧着嘴冲我笑着，给我比了一个加油的姿势，不过他笑得太淫荡，忍不住放了一个屁，被天涯捂着鼻子给踢了进去。我和小公主也跟着进去了。

这座房子院子很大，地上铺了层青砖，也不知孙少去了哪里。天涯说着“切勿惊慌”，就发现了一口古井，上面盖着一个很大的木盖子。

天涯说：“咦！竟然还埋伏了一个陷阱！”又看看，“不对，是一口井！哪有在院子中间挖井的，小娃娃掉进去怎么办？”

小网红问：“这底下会不会有鱼？随手捡起一个竹竿，往里面捅了捅，捅着捅着，突然手一松，一屁股坐在了地上。”她脸色大变，大声喊起来，“有人，这下面有人！”

我和天涯赶紧过去，踢开井盖，用狼眼手电照照，发现里面很深。我问她：“你刚才碰到什么了？”

小网红解释：“我用竹竿往里捅，捅着捅着，就觉得捅到了什么软乎乎的东西，像是个动物，就加了把劲儿，结果竹竿一下子被什么东西抓住了，接着猛一下给拽走了，把我摔在了地上。”

天涯仔细看了看：“不对，这不是井，是一个地道！”他怀疑，这里像小时候看的电影《地道战》一样，底下都挖空了，是打日本鬼子用的。

我说：“你说的是冀中平原，人家那里原本就有挖菜窖囤菜的习惯，把菜窖扩宽就是地道，苏州哪有这种习惯。”

天涯说：“那是什么？莫非是水窖？”

宋教授说：“挖水窖主要是陇中，黄土高原缺水，所以家家户户都要挖水窖。苏州这边挨着太湖，又雨水充沛，肯定不会缺水。”

大屁趴在水窖边用手电往里照了照，问：“会不会是个小动物，咬住了竹竿？”

小网红犹豫了一下：“下面的东西比较大，而且力量很足，一下子就夺走了我手里的竹竿！”

天涯咂着嘴说：“莫非是个水猴子！”

林老师说：“这里不是没有什么活物吗？怎么会有水猴子？”

小网红没说话，气氛有些尴尬。

天涯就打圆场说：“切勿惊慌，切勿惊慌！我看这底下还真像个地道，说不准地道通往外面，给它跑了！”

正说着，突然传来一阵“咔咔”的声音，接着是断断续续的唱腔。

我们光顾着看水窖，几乎忘了唱戏的事，猛听到这个声音，又是吓了一跳。天涯正蹲在上面看水窖，吓得差点儿从上面掉下去，幸好被我拽住了。

他说：“咋了？又闹了？”

我说：“听声音好像在屋子里？”

小公主死死抓住我的胳膊，拼命摇头，不让我进去。我拍拍她的头，自己抢先一步，小心走过去。刚进房间，那唱戏的声音又戛然而止，显得非常鬼魅。

大屁紧张地来了一个连环屁，被天涯低声骂了一顿，让他非常时刻务必要夹紧屁股，别把脏东西招过来！

小网红说：“不怕的，混元金斗也辟邪的！”

大家互相打气，说没事的，毕竟孙少已经进去了。

天涯靠近门口时，猛然站住：“屋子里有个人！”

我一看，明晃晃的月光下，有一人端端正正地坐在太师椅上，跷着腿，直勾勾地看着我们，就像传说中鬼村半夜出现在藤椅上的老人。

第十二章　木雕、缂丝

小公主吓得身子一纵，就跳了出去，被天涯赞叹一声“好功夫”。然后太师椅上那个人开口了：“是我。”

原来是孙少！我们松了一口气，问他发现什么了。

孙少指了指脚下，是一个很破的收音机，他踢了一脚，收音机断断续续地放着声音,原来那个半夜评弹就是它发出来的。

孙少说：“不知道谁把它丢在地窖里了，我刚给它捞出来。”

大家都松了一口气，感慨地说以为真闹鬼了，搞了半天原来是个收音机。

孙少走过来，朝我耳边吹了一口气，吓了我一跳。我刚想发怒，他就做了一个噤声的手势，低声说：“有人把收音机放在这里的，故意引我们过来！”

我心里一紧：“怎么说？”

“看看有没有之前那种线索。”我点点头，想起苏绣、玉雕上的线索，我们两人分头开始找。

这户人家摆放着成套的红木家具，天涯在那琢磨，这桌子弄出去能值多少钱，又问宋教授，这些家具贵不贵。

宋教授说：“很贵。这些是明式家具。我之前采访过明式家具制作技艺国家级非遗传承人许建平，他徒弟许达给我讲过明式家具的事情。他说，明式家具指的是明代中叶以来，用紫檀木、杞梓木、花梨木等制作的硬木家具，这些家具多为苏工打造，所以也被称为‘苏州明式家具’。明式家具风格简洁干净，线条流畅明快，比较符合现代人审美，所以还比较受欢迎。”他看了看大厅里放的几把太师椅，皱紧了眉头，“这把椅子有问题。”

我赶紧问：“什么问题？”

“苏工木雕的特点是轻简、素雅、婉约，雕刻的纹路都比较简洁优雅，关键它绝对不会雕刻龙纹。因为龙是皇家专属的，尤其是紫檀雕龙，更是大忌讳。苏工自古给皇家打造家具，不可能不懂这个。而且这个椅子上雕刻的是九龙盘珠，更是大大的逾矩。”

我心里一动，嘴上却说：“也许这把椅子是单独配的，你们看，其他椅子都没有雕龙。”

宋教授让天涯搬起一把太师椅，屋子里积了好多灰尘，椅子下面就印出了清晰的椅子四脚印子。他让天涯搬起另外几只太师椅，让它们板凳腿也对着那四个脚印印下去，拿走后发现还是原来的四个脚印，分毫没有溢出来。

宋教授皱紧了眉头：“果然有问题！”

天涯赶紧问：“怎么了？发现指纹了？”

宋教授解释：“苏工木雕最高的工艺叫‘掉五门’，就是将一套椅子的四脚在地上印一个印子，这些印子要分毫不差才行。你看，这些椅子印分毫不差，说明肯定是一套椅子。那么一套椅子，只有这把太师椅和其他的不一样，这肯定是不对的。”

我心里一动，过去仔细看了看，发现椅子九龙盘珠的珠子里，好像雕刻了什么东西。我赶紧问，有谁带了放大镜。

小公主走过来说：“不用那么复杂，现在手机都自带放大镜功能了。”

她放大后拍了照片，我仔细看了看，果然有问题！在那颗珠子上，出现了一幅图画，画上是一座低矮的房子。房子天井里还有一棵小树。

天涯拿过手机看了看：“这不就是村子中间那套房子吗？他们院子里还有一副棺材！”

没想到，林老师脸色大变，一把抢过手机，仔细看着这张图，嘴里还念念有词，像是在核对着什么。林老师怪异的表现，也引起了我们的注意。

天涯咳嗽了一声，小心翼翼地问：“林老师，您有什么发现吗？”

她猛然一回头，充满怀疑地看着天涯，又看了看我们，然后摇了摇头，站了起来。

小网红性子比较直，说：“林老师，我们都是一个团队的，你不要有什么害怕的，有什么事情，你直接说出来就好了！”

林老师却说：“我没有什么害怕的。”

小网红还想说什么，就被天涯拉住了，对她摇摇头，意思是别问了。我和孙少对视了一眼，看来线索就在那个有棺材的屋子里。

既然破解了唱戏之谜，我们决定先回去，等天亮了再去看看那个有棺材的老屋。但我们赶回去后，却发现怎么也找不到营地了。我们那个营地，好像突然消失了……

这件事说起来很让人费解，但的的确确发生了。

我们营地扎在了村口第七户人家，门上还有一个门牌号，清清楚楚写着 XX 村 07。但回去后我们找到了 06 号，也找到了 08 号，唯独没有 07 号！我们甚至走出村子，从村头第一间屋子开始找，可就是没有 07 号。

我们试着用对讲机联系营地，对讲机也没有信号，我们和营地彻底失联了。

小网红有些紧张："要不我们还是别找了，我以前看过一部长篇小说《鬼藏人》，就讲过类似的事。'鬼藏人'是老猎人圈里流传的一个禁忌，说的是猎人在深夜打猎，经过老坟圈子、荒地破庙时，会突然消失一个人，活不见人，死不见尸，但却能听到那个人的声音，非常诡异。按照老猎人的说法，这人就是被鬼'藏'了起来，要把'鬼'给'打'走才行。"

天涯说："扯淡，这作家一看就是胡说八道的！"

我说："哦，这本书是我七八年前写的。"

"难怪，我就说这个书名听着就很有大家风范嘛……"

这时，就听见身边传来一阵"刺啦"的声音，把天涯吓得一哆嗦，仔细一看，原来是他身上的对讲机发出的声音。说来也怪，这对讲机自从到了荒村后，就没有成功启动过，没想到突然有信号了。

深更半夜的，就听见对讲机"刺啦啦"地响，听起来也有些怪异，像是在接收什么信息。天涯把对讲机调到探险队约定的频道上，然后慢慢调试信号，渐渐对讲机里出现了声音。这个声音很怪异，既像在笑，又像在哭，越听越瘆人。

大屁吓得浑身鸡皮疙瘩都起来了，自己摩挲着胳膊说：“可惜啊，没带辟邪的桃木枝！”

我突然想起，老猎人传说遇到鬼打墙什么的，就朝着外面尿尿，据说童子尿辟邪。我让女眷先去旁边避避，然后问大屁：“那个，还是处男不？”

他脸“唰”的一下红了：“十八年前就不是了！”

我说：“十八年前你还是个液体呢！赶紧的，脱裤子！”

大屁死死捂着裤子，问：“做……做什么？”

“少废话，童子尿辟邪！”

“那……往哪里尿？”

“随便吧，冲着外面就行！”

他哆哆嗦嗦尿了一阵子，赶紧提上裤子，问我：“有没有效果？”

我想，这效果怎么测试，要不然试试对讲机信号，就拿起对讲机调试了一会儿，没想到还真接通了。

那边传来一个焦急的声音：“喂？有人能听到吗？有人能听到吗？”

我精神陡然一阵，竟然是领队老驴的声音！

我赶紧回话：“我是老鱼，我是老鱼！你们在哪儿呢？”

那边好像根本没听见我说话，继续在那说：“喂？喂？有人能听到吗？有人能听到吗？”

我接连回了好几遍，那边还是神叨叨重复着那些话，显得有些神经质，对我的回复根本没有任何理睬。

大屁也沉不住气了，对着对讲机喊道："我是你屁哥！你们在哪儿啊？"

这时候，古怪的事情又一次发生了。大屁的话音刚落，那边神叨叨的话突然停止了，就像是那句话被一刀切断了，戛然而止。接着，那边传来几声尖利的噪音，接着是沙沙的声音。我们大气都不敢喘，在那支棱起耳朵听着，生怕漏过任何一丝声音。

这时，对讲机又一次传来声音，却不是领队老驴了。先是粗声粗气的呼吸声，然后是很轻的细碎声，接着又一次传来了呼吸声。

我在一旁听得清清楚楚，那是一个女人在冷笑，笑声阴冷而恐怖，然后她轻轻说了句话："你终于来了。"那是一种压抑到极点的声音，声音极低，感觉像在你耳边说话，所以也极恐怖，让我浑身的汗毛一下竖起来了，

我吓得整个人愣在了那里，就听见对讲机里继续传来那种怪异的声音，孙少一个箭步冲过来，抢过对讲机直接摔得粉碎。

天涯有些着急："你给它摔坏了，我们怎么联系人？"

孙少冷笑着："还人？联系鬼差不多？"

我赶紧劝住他们，在这种紧要关头，大家千万不要起内讧。

我说："之前听一个开长途车的老司机光哥说过类似的事情。他说，以前往南疆开夜车时，经常遇到这种事情。要是遇到，你就装没看见，然后去个热闹点儿的地方转一圈，等回来

再看看，可能就正常了。”

大家点点头，决定先往回走，虽然没什么热闹的地方，不过先转一圈再说，说不准管用了呢。没想到我们转了一圈，就发现了那个屋里有棺材的房子。

孙少问：“要不要过去看看？”

小公主很紧张，拉了拉我，意思是不想去。我就说，要不然还是先回营地吧，黑灯瞎火的，姑娘们也害怕。

小网红扯着脖子说不怕，她正好给自己的粉丝拍点儿鬼村探秘的现场镜头，现在网上直播鬼楼探险正火！

天涯说：“小妹啊，你都那么红了，还缺那点儿流量啊？”硬是拉着她走了。但没想到的是，等我们转了一圈回来，又到了这里。

真是邪门了，按说这村子也没多大，就几十栋房子，稀稀拉拉排列着，但我们走来走去，就是走不出这间房子。

大家深夜看着这间房子，都有些害怕。

孙少低声说：“这是有人不想让我们走啊！”

天涯结结巴巴地说：“要不我们先回去，从长计议，从长计议！”

孙少点点头，示意我们往回走，我们刚松了一口气，就看见他猛然一脚踹开大门，冲了进去。那大门“吱呀”一声开了，映入我们眼帘的就是一口朱红色的棺材，端端正正地躺在我们面前，月光下看起来格外诡异。我专门看了看，天井并没有树。

天涯皱紧了眉头：“这寿棺怎么放在这里？”他解释说，

这种寿棺多是老人健在时买的，每天刷一次油漆，涂得厚厚的，这是增福增寿的，一般放在厢房，里面放一些碎木材，意思是家里有财，很少有直接对着大门放的。

说着说着，他就绕到了棺材另一头，突然愣住了，然后后退了一步，给我打了个手势，指了指棺材一角，意思是这棺材有问题。我看了看，寿棺一头的盖子没盖紧，上面隔了一根很粗的木棍，明显是留下的呼吸口。

这棺材有问题！因为棺材无论里面有没有安葬人，都一定要盖紧的。葬了人要用棺材钉封死，即便没放人，也要盖得严丝合缝，不能漏出半点缝隙，怕耗子什么的钻进去，弄脏了棺材。

这棺材里藏着人！天涯继续说着什么，慢慢走过去，猛然伸手把支撑棺材的棍子拽了出来，那棺材应声合拢了。

天涯说："这村子里有人在装神弄鬼，刚才那个收音机估计也是这孙子弄的，他应该就在这口棺材里！先把这幕后黑手关一会儿，吓唬吓唬他。"

宋教授比较担心："会不会闷死在棺材里？"

天涯说："放心吧，不会的。那个棺材还挺大，里面的氧气也够他吸一会儿的。再说了，他折腾我们那么久，咱们也要吓唬吓唬他，给他个教训不是？"他得意地挥挥手，"走，进屋看看！"

孙少正在屋子里仔细察看家具，我也看了看，茶桌、八仙桌、衣柜，都中规中矩的，没有什么不对的地方。反复找了几遍，连桌子上的遗像都没有放过，怕里面含有什么线索，结果仍是一无所获，这就是一间很普通的房子。

到最后，房间只剩下一排大衣柜了，我下意识地就给拉开了。没想到，刚拉起来里面就出现了一股力量，又把它关上了。

我以为柜子里有弹簧，就使劲儿拽了拽，还是没拽动。我也有些恼火，两只手一起用力，柜门被我猛然拽开，强大的反弹让我失去了重心，一屁股坐在了地上。

而最可怕的是，在我打开柜子的一瞬间，我看到一个人藏在柜子里，直勾勾地盯着我。在那一刻我的头发一阵发麻，像触电般浑身起了一层鸡皮疙瘩。

这个人……或者不能说是人，是一张僵硬的、麻木的、惨白色的脸，直勾勾地看着我！换句话说，这是一张鬼脸！

我“啊”的一声尖叫，吓得坐在了地上。

孙少第一时间赶来：“怎么了？”

我指着柜子说：“有人！有人！”小公主听说有危险，站在了我身前，让我放心，她会保护我！

我想了想又说：“不对，有鬼！有鬼！”小公主立刻躲到了我身后，把我推在了前面。

孙少一把拉开了柜门，没有任何动静。天涯也凑过去看看，说：“和葛优的脑袋一样。”

我问：“怎么讲？”

“连根毛都没有！”

“不可能啊，他就在柜子里！”我过去看了看，柜子空荡荡的，只有几件老式的对襟衣服，确实没有人。

天涯说：“你自己好好看看，这柜子那么小，也装不下人啊！”仔细看看，还真是这样，莫非自己刚才看花了眼？我有些难堪，自言自语地说：“莫非是一个小孩？”

天涯瞪了我一眼：“你还以为是鬼娃娃花子啊！”

林老师她们也过来了，天涯向她们解释，说我太紧张了，受到了惊吓，把衣服当成鬼了，没事没事，都是误会，都是误会！人生自古谁无错，洒去犹能化碧涛嘛！

林老师从衣柜里拿出一件衣服，仔细端详。那是老式的对襟衣服，布料是丝绸的，上面绣了几个人带着一只狗踏青，近处是一丛花，上面飞舞着一只蝴蝶。

她看了一眼，面上露出了疑惑，就把衣柜里的其他衣服都拿了出来，边看边摇头：“线索找到了，就在衣服上。”

我们赶紧围过去，看了半天也没发现什么不同。天涯还专门摸了摸衣服料子：“这好像不是的确良的。”

林老师解释：“我是国学老师，平时也喜欢研究传统服饰，对于古人来说，如何穿衣服是一门大学问。江南人家，女主人每天要换好几件衣服，又不能让人轻易看出来，所以会在细节上下功夫。尤其是江南的中心苏州，很讲究细节之美，比如这三套衣服，看着图案几乎完全一样，其实还是有细微差别的。

“大家仔细看，第一件衣服上的花丛里的花瓣含苞待放，花叶上还有晶莹的露珠，而蝴蝶是从远方刚飞过来，还没来得及采蜜。这明显是清晨时分，所以这件是清晨时穿的；第二件衣服上花丛争相开放，欣欣向荣，蝴蝶落在花蕊，尽情采蜜，这是中午穿的衣服；第三件衣服是花儿有些打蔫了，蝴蝶也飞走了，这明显是黄昏了，所以是晚上穿的。”

大家这才恍然大悟，没想到小小的一套衣服，竟然隐藏着那么多的学问。

小网红就问："林老师，那你说的线索在哪里呢？"

"按照苏工的细节来看，三件衣服上的蝴蝶应该出自三个不同的方向，毕竟一个是飞过来采蜜，一个是落在花蕊上，一个是飞走了。但大家仔细看，这三件衣服上的蝴蝶都是一个方向。"

我一拍手，说："明白了，线索就是蝴蝶飞往的方向！"

天涯说："会不会是巧合呢？比如这户人家其实根本不懂这些，就是随便找绣娘仿照的，她们也不懂这些，就随便绣了几只蝴蝶上去？"

孙少看了看，肯定地说："不会。"

天涯问："为什么？"

宋教授摸了摸布料，才恍然大悟："的确不是山寨货！这不是刺绣，而是'缂丝'！"

我们不明白了，"缂丝"是什么？用刀子在蚕丝上雕刻？

宋教授解释："缂丝和苏绣一样，也是世界级的非物质文化遗产。这个缂丝的'缂'，不是用刀子雕刻的'刻'，这是一种特殊工艺，指的用生蚕丝和熟蚕丝去'编织'图案，以生蚕丝为经线，彩色熟丝为纬线，以通经回纬的方式，用小梭子织成的平纹丝织品。缂丝很昂贵，从明朝万历年间到清朝乾隆时期的龙袍衮服、官员官补，都是缂丝工艺，所以被誉为'一寸缂丝一寸金'。这种精工艺术品，的确不会犯这种低级错误的！"

就这样，我们顺利找到了第二关的线索。

临走时，宋教授焦急地说他有个学生失踪了！那是一个看起来斯斯文文的男生，戴着一副眼镜，总是一脸很认真严肃的样子，低声和宋教授交流一些问题时，会用一个本子不断做记录，一看就是个勤学好问的优秀学生。

大家听后吓了一跳，赶紧四处寻找，大家呼唤着他的名字，却怎么也找不到。

宋教授急得要哭了，说小涛是一个特别认真的学生，甚至有些迂腐。这次带他来，也希望他能和大家多接触，多了解这个世界，没想到转眼就不见了。

天涯说切莫惊慌，切莫惊慌，让宋教授好好想想，最后一次看到小涛是什么时候。宋教授仔细回想，说好像是在棺材那里，他当时在用笔记录着棺材上的手印什么的。

天涯脸色大变："莫不是棺材里的人作怪！"

大家奔回放置棺材的房子，但使出牛劲儿也没有撼动棺材半分。旁边的小公主"扑哧"一声笑了，让我们退后，她飞起一脚就把棺材盖踢了下来，伸头往里看了看，"咦"了一声，还在里面摸了摸，然后说："里面什么都没有。"

天涯也过去看了看，疑惑地摸了摸头："怎么没人呢？"

小网红也泄了气："哪有什么人嘛，你们是在耍我们玩吧？"

林老师问："能否将棺材盖翻开，我想看看盖子里面。"

好容易翻开盖子，林老师看了看脸色大变，说："这棺材有问题！"

我们也凑过去细看，顿时也是脸色大变。那棺材盖里全是一道道的抓痕，有深有浅，还有一些斑驳的暗色，感觉像是干涸的血块。

这……看起来分明像是一个人被活生生关在棺材里，临死前用手在棺材板上绝望地抓出来的痕迹。

小网红也害怕了：“这……这是怎么回事？难道刚才真有人被关进去了？”

林老师摇摇头：“不对，这些抓痕是很久之前的。你们看，那些暗黑色的是干涸的血块，这应该是好多年前的事情了。”

孙少说：“这里面封了一个人，被人救走了。”

小网红问：“那是什么人呢？”

天涯说：“鬼才知道。”

为了让宋教授安心，我们留了个纸条，如果小涛发现后向西寻找我们。

第十三章　桃花坞年画、核雕密码

有人失踪了，加上无缘无故出现的收音机，以及怪异的棺材，大家怀疑村子里藏着危险，于是决定将团队分成两人一组，让大家互相盯防，确保不会出问题。

考虑到小公主武力值爆棚，大家让她保护小网红和林老师，她很勉强地同意了，一脸委屈地看着我，惹得大家哈哈大笑。

我和另一个姑娘小希分到了一组，她身材高挑，活泼健谈，说自己在北京开了一家猫咪主题的咖啡馆，还邀请我们过去玩。

大家重新组建分队后，开始向西出发。这次的指令很模糊，只说往西，西边有稀稀拉拉的几座房子，我们也拿不准到底是哪一个。

天涯表示先一路向西，既然没给特别指向，说明那个地方一定很特别。走过几座房子，我们发现前面有一处很大的荒坟。

小网红有些担心："前面会不会是坟地？我们还是不要过去了。"

天涯独自过去看了看，向我们拼命招手："就是这里了！"

我们吓了一跳，难道第三关的线索在坟地？

大屁有些担心："要不要再看看？"

天涯斩钉截铁地说："切勿质疑，肯定是这里。"

我问："为啥？"

天涯指了指坟堆上烂成渣的大门："你看看上面写的什么？"

我定睛一看，发现破败的大门上写着两个大字——西门。

小网红说："西门又怎么了？西门吹雪？"

天涯揉了揉她的脑袋："这个门的朝向是北。"

我们才恍然大悟，这人故意把门写错了，看来这里确实是第三道关卡了。

我还是有些担心："这处坟地为什么还有门呢？"

天涯敲了下我的脑袋："什么坟地？这是个砖窑，塌掉了，看着像一个个坟堆。你们看，前面还有砖窑的基座呢！"

小网红欢呼一声："是不是古砖窑啊？那我要拍个照，回头发在网上，说不准火了呢！"

宋教授说："小心，还是要小心！"

天涯也赶紧说："切莫乱跑，保持队形，保持队形！"

大家按照队形，两个人一组，试探着进入了砖窑。

这个砖窑很古老，外面看像个光秃秃的大土堆，上面镶嵌了两块大木板，就是门了。天涯拽了一下朽烂的木门，门瞬间就坍塌了。

拿出狼眼手电，朝里面照了照，发现是一个狭窄的通道，底下散落着一些烂木头、黄泥块，还有几个支撑着砖窑的大木头。砖窑里堆着一些砖坯，几个老式扁担，以及一些烧制的半成品。

大家四处查找，没发现有什么特殊之处，只好找了块地方坐下，商量对策。

我说："大家要从根本上考虑，比如，为何这条线索要设计成砖窑？"

天涯沉思了一下："莫非因为我以前是个搬砖的？"

小网红突然问林老师："林老师，你以前是地理老师吧？"

林老师说："我不是地理老师。"

小网红又问："那怎么笔记本上画的都是地图呢？"

林老师不客气地说："你不懂，这不是地图。"

小网红冷笑着："能不能给我们看看，我们也跟着学习学习？"

我赶紧转移话题，说大家还是在砖窑附近找找吧，说不定能找到线索呢。

小公主拉着我，羞答答地表示想和我组成一队。大家跟着起哄，以前和我组队的小希姑娘也笑着跑开了。

小公主娇羞地藏在我怀里，说要跟我出去走走。结果她一出去，就警惕地看了看周围："给你看一个东西！"

我问："什么？"

她拿出来一张老照片，上面是孙少和一个姑娘偎依在一起。

我说："这姑娘挺漂亮的，你闺蜜吗？"

小公主低声喝道："仔细看！"

我仔细看了看，没什么特别的啊，又看了看背景，猛然愣住了，背景是一棵老树，地点就是刚才那座老房子！

我问她："你从哪里捡到的照片？"

"刚才从棺材里捡到的。"

仔细看看这张照片，是拍立得那种立刻成像的相机拍的，照片已微微发黄，应该有些年头了。我心里有些慌张，莫非孙少以前来过这里？

小公主说："你这个最佳拍档，好像有事情瞒着你。"我没说话，茫然地看着照片。小公主点了一根烟，抽了一口，朝我脸上吐着烟圈，最后用两根手指托起我的下巴说，"没事啦，我都说会保护你啦！来，给大爷笑一个！大爷大大有赏！"

我挥手打开她："别闹！"又吓唬她，猛然回头说，"谁？"

话音未落，突然刮起一阵旋风，夹着地上的灰尘朝我们直卷了过来。

我们赶紧用袖子护着脸，就听见旁边一户人家的大门"吱呀"一声开了，那声音生硬又刺耳。转头看看，我的身体一下子僵住了，在那个塌了一半的屋子里，清晰地看到一个小姑娘贴着门缝直勾勾地看着我们。

小姑娘的脸怪异又惨白，表情僵硬，尤其在这种阴森灰暗的房子里，更显得恐怖，而且一闪就不见了。

这个怪异的面孔，我见过！就是柜子里的那个鬼脸！之前我就说过，柜子里说不定是个孩子，没想到还真是……

小公主吓得脸色煞白："有人！有人！"

我拼命找理由，说估计是旧报纸什么的，根本没有人。

小公主使劲儿摇头："不对，不对，是一个人！"

我也觉得有些邪门，拉着她要走，她却坚持说里面有个小姑娘，还要把她救出来。我没办法，只好带着她过去看看。

到了门口，她又死活不敢进去了，没办法，我只好让她等在外面，自己学着孙少一脚踹开房门，用手电照了照。

院子里铺着青黑色的老砖，因年久失修，房顶塌了一半，大门也朽烂了，像裂开的黑洞洞的大嘴，一些破烂的桌椅、瓷盆丢在地上，看着特别像鬼片拍摄现场。屋子里黑漆漆的，看不出有什么，但越是这样越显得恐怖。

我强撑着看了看，就跟小公主说：“这里什么都没有，赶紧往回走。”

刚走了几步，就觉得身后有些怪异，背上一股热辣辣的感觉。这种感觉特别强烈，虽然没有回头，却能清晰感觉到身后有东西直勾勾看着你，朝你的脖子吹气。

我心里一惊，坏了，莫非真撞上鬼了？一面心里默念着祖宗保佑，一面想着千万不能回头，但越这样想越不由自主地想回头看，就像中了邪一般。

我一步步地慢慢往门口挪，心都要跳出嗓子眼了，整个身体快僵住了，无法迈动步子。这时，脚下不知踢到了什么，身子一晃，差点儿摔在地上，跌跌撞撞地甩出好几步，才直起身子。

此时我还是禁不住回头望了一眼，就看到那张鬼脸几乎贴到了我的脸上，正直勾勾地看着我。我脑袋“嗡”的一声，像要炸开了。

好多人以为，遇到这种情况会吓得大叫，然后迅速跑开。其实，你如果真的经历过，就知道并非如此。在极度的恐惧下，人的大脑会直接短路，一片空白，直接傻在那里了，别说跑，连嗓子都是干的，像被塞进一把石灰，发不出任何声音。

好在小公主见我没出来，感觉到了不对劲儿，便进来找我，她用手电照在我的脸上，惊问：“亲爱的，你怎么哭了？”

说来也怪，随着手电光照过来，那种被死死掐住的感觉一下子消失了，我顾不上解释，嗓子里憋出来一句“快跑”，拉着她就往外奔。跑出很远之后，我蹲在地上大口大口地喘粗气，并赶紧联系天涯等人。

孙少听说屋子里有一个鬼脸，非要过去看看。这次人多，我也没那么害怕了，大家打开那朽烂的大门，小心翼翼走到尚未坍塌的一间正房。

孙少在门框上找到了一个鬼脸面具，问我：“是不是这个？”

我有些恍惚，记得那是一个小姑娘的照片，可这种地方又怎么会有小姑娘呢？会不会是自己记错了？可是当时明明是一个小姑娘，一张惨白的僵硬面孔。

小公主过来看了看，也有些拿不准，不过在这个时候，我也只能安慰自己，说是虚惊一场，竟然被一个面具吓着了。

天涯过去用手电照了照：“哇！这家潮啊，墙上还贴了一幅色情漫画！”

我看了看，那是一个光着屁股戴着红肚兜的胖娃娃，抱着一个大鲤鱼，躺在一片荷叶上。

宋教授说：“这是桃花坞年画，胖娃娃抱着红鲤鱼，典型的苏州风格。”

我看了一眼，就“扑哧”一声笑了。小网红也指着画，笑得前仰后合。宋教授搞不明白了：“这幅画有什么不对的地方吗？”

小网红对他说：“那个抱着鲤鱼的胖娃娃，是蜡笔小新！”

宋教授不明白蜡笔小新是什么，我就跟他解释，说是一个日本动画片里的角色，特别喜欢搞怪，这个角色出现在中国风的年画里，显得十分怪异。

宋教授点点头：“的确很怪，看来这就是线索了。”

小希听我们这么说，就兴冲冲地跑过去，她个子比较高，踮起脚尖就够到了那幅画，要拿给我们。

她眼睛笑成了一条缝，几步就跑了过来，在距离我三五米的时候，她猛然露出了恐怖的表情，甚至失手丢掉了年画，不可思议地指着我身后说：“鬼！有鬼！”

我吓了一跳，赶紧转身，却发现身后空荡荡的，什么都没有。我还以为她在和我开玩笑，回过头来，却发现她消失了。

真的消失了！一个大活人，就在我们眼皮底下消失了。

我们几个人疯了一般地寻找，甚至将她走过的每一寸土地都仔细找了一遍，宋教授用登山杖反复敲打地面，防止有什么陷阱密道什么的，但还是一无所获。小希就这样神秘失踪了。

那是一个活泼可爱的姑娘，对生活充满了热爱，她一路上都在兴致勃勃地和我聊着她的猫咪咖啡馆，馆里有 7 只小猫，其中有 3 只公猫，4 只母猫，全都是她收养的流浪猫。

她说有一只小母猫特别乖，她只有 3 只爪子，但每次都乖乖地站在门口迎客，还跟人挥手，一点儿也不矜持，简直就像个酒吧女招待。

我失魂落魄地站在那里，十分自责，说自己当时若对她寸步不离就好了，要是不交换就好了。小公主瞪了我一眼，不理我了。

天涯说切勿伤心，切勿伤心。这种事情谁也不想的，你也别太难过了。这个鬼地方，你就是抱着她，估计两个人会一起消失。我们还是打起精神来，继续寻找线索，争取早点儿离开这个鬼地方，然后报警再找人。

孙少也拍拍我的肩膀，以示安慰，然后出去了。

宋教授拿起那幅年画，在荷叶里发现了镶嵌的美术字，他一字一个字地念了出来："管乐四重奏，村头第一间。"

这个指示很明确，就是村口第一间房。连续失踪了两个人，我们已经没有退路了，只能被迫往前走。

这一次，我们没再要求两人一组。天涯说得对，在这种鬼地方，真的是什么事情都可能发生，就像超自然事件一样。

气氛很压抑，大家互相鼓励着朝村头第一家房子赶去，还不知道后面还有什么等着我们。

小公主因为小希的事情跟我闹别扭，主动拉着林老师往前走，把我甩在了身后。

小网红也磨磨蹭蹭地落在了后面，她看看左右没人，一把拽住我，把我抵在了墙角："那个林老师肯定有问题！"

她快速地向我分析，主要是怀疑失踪的人和林老师有关。最开始失踪的那个人，和林老师有一些过节，当时那人看到林老师的笔记本掉了，于是帮她捡起来，给她送回去了。但林老师非但没感谢她，反而一再逼问他有没有偷看笔记本的内容，简直是咄咄逼人。

后来失踪的小希，也是看不惯林老师嚣张的样子，帮那人说了几句公道话，所以她判断，这一切肯定是林老师搞的鬼！

我听她说得有些可笑，就安慰她不会的，林老师一个文弱书生，她哪有这本事！

小网红却很认真，说你不要小看林老师，她胳膊上全是一道道的伤疤，都是自己用刀片割的。林老师说，自己曾经历过一件特别痛苦的事，几乎要活不下去了，每到绝望的时候她就用刀片在自己胳膊上划一刀，用痛苦来麻醉自己。一个对自己都这么狠的人，对待外人岂不更加无情？

我又安慰了她几句，也保证会警惕林老师，她才满意地离开了。离开前，她还在我脸上狠狠亲了一口，留下一个鲜艳的口红唇印，并说："别忘了你的承诺，让老娘先给你盖个戳！"我赶紧把口红擦干净，狼狈地追上了天涯他们。

小公主意味深长地看着我，我有些心虚，赶紧进屋了。

天涯他们已经把这户人家研究了一遍，也没什么特别的，只是发现了一个怀旧版的儿童房，墙上贴着四大天王和足球明星的海报。当年我小的时候，这种画很流行，好像是五毛钱一张。当时，我房间里几乎贴满足球明星——罗纳尔多、贝克汉姆、巴乔等。

我打开抽屉，里面装满了玻璃珠、陀螺、弹弓、纸牌，还有几个大大的泡泡糖和几个果核。天涯捡起一个弹珠说："我小时候打这个很厉害的，一下子能赢一口袋，哐当响！"

我十分感慨，说罗纳尔多当年也是我的偶像呀！年轻时我踢球很有天分的，差点儿就成职业球员为国争光了！宋教授也跟着笑，说自己的孩子当年也喜欢这些。

林老师在本子上又记录了一些，寻找线索可能存在的地方。她说：“从目前发现的三个线索来看，分别是木雕、缂丝、桃花坞年画，大家有没有发现，它们有一个共同点？”

天涯赶紧问：“什么共同点？”

“这些都是苏州传统的工艺，或者说是最纯粹的‘苏作工艺’。”

“有道理！那苏作主要有哪些产品呢？”

宋教授说：“苏绣、玉雕、缂丝、木雕、核雕、香山工匠等，都是最有代表性的苏工了。”

我说：“那我们就分头寻找，看有没有这些东西。”

我们分头行动，每人负责一片区域，就差掘地三尺了，都没有找到有用的东西。天涯甚至把家具上贴的老报纸都撕下来了，也没发现什么。事情麻烦了。按说之前的指引都属于较明显的线索，为何这次线索如此神秘？

我想了又想，问天涯：“刚才咱们看到的那堆小玩具里，有没有核桃？”

天涯说：“核桃好像没有吧？你想吃核桃啊？”

“吃个屁！我想的是苏州不是有核雕嘛，那么看看是不是有核桃，说不准里面藏着线索？”

小网红在那边翻了翻，说核桃属实没有，倒是有几个果核！

宋教授兴奋地推了推眼镜：“核雕并不是核桃雕刻的东西，而是果核雕刻的东西，主要是橄榄核，也有一些桃核。”他仔细看了看，说：“果然是核雕！”

我们凑过去，发现果核差不多有大半个拇指大，外面看着是果核，转过来再看，里面镂空了，雕刻了东西，惟妙惟肖，能看到是一处四合院，院里还有屋子，屋子里还摆放着太师椅，一个人坐在那里，拿着一把扇子，指着前方，神态表情都能看得清清楚楚。

林老师也赞叹不已："之前在小学课本上学过《核舟记》：'明有奇巧人曰王叔远，能以径寸之木，为宫室、器皿、人物，以至鸟兽、木石，罔不因势象形，各具情态。'本以为是文人杜撰的，没想到核雕真能做成这样。"

宋教授说："《核舟记》里的那个巧人王叔远，就是苏州人，核雕自古就是苏州的代表文化传承之一。"

我说："会不会是扇子上雕着什么古诗之类的，我听说这种都是从小见到的。"

大家用手机的放大镜功能查看那小小的扇面，上面还真雕刻着东西，但实在是太小了，根本看不清楚，只能看到依稀是两座山，没有题诗，也没有落款。

两座山，这是什么意思呢？大家在那里开始琢磨，这村子外倒是山，但也不是两座，而是像田螺一样重重叠叠的，这到底是什么意思呢？

大家想了又想，后来还是天涯看出了端倪，他举着那枚核雕说："你们看，它像什么？"

我问："像什么？"

"你仔细看看咱们这里，再看看这个核雕？"

我赶紧看了看外面，又看了看核雕，猛然一拍大腿："嘿！

这核雕雕的就是咱们这个屋子！”

天涯哈哈大笑：“这核雕大师可是个能人，你们看，连屋子里的八仙桌都雕出来了，还一模一样！”

我说：“那就简单了，我们看看这个核雕和屋子有哪里不同？”

大家开始仔细对比。这时，林老师说：“最大的不同，就是核雕里多了一个人。”

我说：“的确，这把太师椅上少了一个人。”

小网红笑嘻嘻地说：“那让我坐上去，不就可以了！”

我当时觉得有些不吉利，想劝她，但她死活不听，非要坐上去，然后随手拿了一个东西当扇子，往外一指：“小的们，上山巡山去喽！”

看着她的姿势，我脑子里猛然一亮，有一个想法闪过，却一时又想不起来了，就这么纠结着。我看了看天涯，他也是若有所思。

接着，我们两个猛然眼睛一亮，一起喊出来：“是扇子的方向！”的确，那个人拿扇子的姿势不对！别人都是摇着扇子，他却抓着扇子柄，像是用扇子给大家指路，而且身子也特意倾斜了一下，像是故意给我们摆出了这个姿势。

我们兴奋地说找到了！天涯夸赞道：“这次小主播立功了，要给她刷个火箭才行！”结果我们一回头，发现身旁的太师椅上空荡荡的，小主播神秘消失了！

我扑过去仔细寻找，还搬开了太师椅，找了镐头刨开了地面，地上结结实实的，确实没有什么机关、地道之类的。天涯见我情绪不对，赶紧上来拉住了我。我坐在地上，冷汗直流。

这时，我突然想起小网红的话，仔细看了看林老师，却发现她掏出了那个笔记本，好像在对比着什么。想想小网红说过的话，我也对这个女人保持了警惕，毕竟她也是刚和林老师吵过架，就失踪了。

又神秘消失了一个人。

我又想起了领队老驴对我们的告诫，这个村子里的人神秘消失过，当时还觉得他是危言耸听，现在来看，还真是无比恐怖。

刚来荒村的第一个晚上，我们就损失了三个人，气氛压抑到了极点。我们现在唯一的希望，就是赶紧走出这个怪异神秘的荒村，然后马上报警，让政府派人过来地毯式搜救，务必找到失踪的几个人。

第十四章　一个经常“消失”的荒村

已经凌晨两三点了，正是夜里最困倦的时刻，大家经历了一系列变故，兴奋劲儿也过去了，都困得人仰马翻的，走出这里，冷风迎面吹来，让人脸颊生疼。

用强光手电照照，前面影影绰绰，荒村隐藏在一片阴影间，显得格外诡异。我也有些担心，要是再找不到营地，我们今晚怎么过呢?

大家沿着土路慢慢往回走，小路坑坑洼洼的，没走多远就看见前面点起了一堆篝火，大家赶紧跑了过去。

篝火熊熊，老远就看见秋裤哥他们脸色铁青地看着我们。我们兴奋地冲过去，没想到刚靠近，那伙人却“呼”一下站了起来，充满敌意地看着我们。

大屁以为找到了组织，兴奋地扑了过去，却被人用登山杖冷冷挡住了。他有点沉不住气，冲上去骂道：“你们疯了吧？”

没想到秋裤哥却严肃地问道：“报一下你们的名字！”

我看着情况有点儿不对，便拉开大屁，问秋裤哥：“连老子都不认识了？”

秋裤哥没说话。天涯也赶紧拦开大家，说：“切勿动怒，切勿动怒啊，同学们！”

领队挠挠头，对秋裤哥说：“用探照灯照照中不中？”

秋裤哥点了点头，从背后翻出一个探照灯，朝我们身上照过来。

我们刚走了半天冤枉路，已经很生气了，现在又被人怀疑，实在有些恼火，有点沉不住气了，大屁要冲上去和他们拼命，被我死死拉住了，让他们尽管照，先确定了身份再说。

秋裤哥用探照灯绕着我们左右照了几圈，点点头说：“没问题，都有影子！”

大屁气极反笑：“没影子，难道还是鬼不成？”

谁知道秋裤哥却严肃地点点头：“我们刚才还真遇到鬼了……”

我以为他在开玩笑，后来看他们的表情，才知这事没那么简单。

领队老驴打了个圆场，说黑灯瞎火的，先回去再说。

我们人多，头灯、狼眼手电将道路照得亮如白昼，不知道是不是因为人多，这次没遇到什么邪门的事，很顺利地回去了。

回到营地，看着熟悉的帐篷、篝火、几个忙着做饭的姑娘，大家才松了一口气，放下装备，坐在篝火旁，开始复盘这件事。

原来，刚才我们走后，秋裤哥不放心，也去找我们了，结果没找到我们，反而迷了路，最后走到一户人家，看到有个老太太抱着一个小姑娘躺在藤椅上，通过话匣子听戏。

他当时多喝了几杯，头蒙蒙的，也没多想，就问老太太有没有遇到一伙人。老太太顺手指了一条路，他们也没多想，就顺着路走了，结果越走越偏，仔细看看，这竟然是出山的路。

他觉得不对，想着我们再怎么跑，也不可能往山外跑。他就折回去，想仔细问问老太太，结果走回去一看，哪有什么老太太，院子中央放着一口棺材，差点儿把他吓死！

他吓得掉头就跑，后来遇到了带人过来的领队老驴。老驴听了，也没多说什么，就在村口升了一堆火，在那里等我们。

老驴狠命吸了一口烟：“之前我做领队时，也遇到过这种事情。一个哥们儿在前面探路，结果就稀里糊涂地走错路了，我们找到半夜才在山里找到他。他说，当时走到一个岔路口，旁边有一刨地的老大爷，他问了问路，老大爷给他指了一下，结果走了半天才发现那条路根本不是进村的，是出村的。他不甘心，自己往回走，结果迷了路，幸好被我们找到了。”

秋裤哥吃惊地张大了嘴：“啊！你说那老太太故意指错路？”

领队直勾勾地盯住他：“您觉得，这地方会有啥人吗？”

秋裤哥一愣，才回过神来，确实，这里可是荒村啊！我们这次走了几个小时的山路，自己背着干粮和水才能进来，怎么可能会有听戏的老太太？那刚才遇到的又是谁呢？他脸色苍白地看着领队，张口结舌，不知到底该说什么才好。

领队拍了拍他的肩膀，有点儿自嘲地说：“没事，没事，习惯了就好了……”

我们也讲了遇到的怪事，以及失踪的三个人，大家都觉得这里太诡异了，决定今晚都不睡了，大家凑合一夜，第二天早晨赶紧出村报警。

两个电视台的哥们儿还想着拍摄的事，希望大家再坚持一天，秋裤哥当时就怒了，劈头骂了一嗓子，他们也不敢说什么了。两个人在一旁嘀嘀咕咕的，后来又鬼鬼祟祟地走远了，不知在商量什么。

我偷偷观瞧，没发现小公主，不知她去了哪儿，也不好意思问。

孙少也破例没有回帐篷，和我们坐在一起，不过很少说话。自从他到了荒村，就像变了个人，经常一个人发呆，也经常走到人群外，看着荒村默默抽烟，然后在地上插上半支。

大家重新点起篝火，都折腾了一圈，也饿了，又烧上了鸡腿、鸡翅，弄了点儿啤酒。

在这样荒凉神秘的大山深处，鬼气森森的村子，熊熊的篝火，大家围坐在一起，确实有一种说不出的刺激和紧张感。

我们心情都有些凝重，只有大屁少年心性，还在那嚷嚷着要大家秉烛夜谈，围着篝火彻夜讲鬼故事。领队老驴很担心，说大半夜的最好别讲那些怪力乱神的东西，对鬼神不敬，容易出事!

大家喝了酒，满脸通红，一个个拍着胸脯说大话，让老驴不要担心，要是出来女鬼，哥几个正愁没媳妇，当时就能给她收拾了！要是来了男鬼，也没跑，留给大屁搞定！大屁则不以为然，说完全不要怕，要是有什么恶鬼狐狸，就冲着他来好了。

秋裤哥先抱了抱拳，给我们来了一个江湖最高礼节，然后讲了一个他当年在荒山打猎时撞鬼的故事。几年前他迷上了玩弩，先是玩国内的，后来玩国外的，像巴力野猫、巴力鬼系列，都入手了好几把，这玩意儿在家里也没法练，就经常开车去野外练手。

他后来觉得自己技术没问题了，30 米外下斑鸠，就高价买了一把进口好弩“掠夺者”，然后去了铁陀山。

铁陀山野、杂、乱，啥玩意儿都有，很危险。

但秋裤哥头脑一发热，带着干粮和水就上山了，还寻找了一个不错的地形，在一处山沟旁，旁边有一棵歪脖子老树。

当时，他在树上架了一个吊床，想趁天黑赶紧睡会儿。

不知过了多久，秋裤歌懵懵懂懂醒过来了。当时他脑子还没清醒过来，混混沌沌的，差点儿从树上摔下去，才反应过来自己是在夜猎呢！

往下看看，是明晃晃的月亮地，草地上蒙了一层霜，像铺了层白花花的银子，煞是好看，蛐蛐、蛙等叫声乱成一团，就是没有野猪！

秋裤哥当时别提多丧气了，在树上像个活老鸹忍冻挨饿，苦熬了半宿，一头野猪都没见着不说，关键是回去准还得被那帮孙子嘲笑！就在他无尽懊恼之时，前面突然出现了一个红点！

秋裤哥开始还挺高兴，他想着半夜三更突然出现一个红点，肯定是有人上山来了。

这红点是什么？不用问，准是那人嘴里叼的一根香烟。想到这里，他的烟瘾也犯了，想着千不该万不该，怎么就忘带烟了呢！这烟瘾一犯，嘴里直打哈欠，这下可好，有人主动送上烟来了。

高兴是高兴，他也留了个心眼，这大晚上的，有谁会上这荒山野岭看风景？再想想当年任老师莫名其妙地在这里失踪了，连个影子都找不到，该不会是遇到什么歹人了吧？在这荒山野岭的，要是被一些不法之人撞到，怕也会跟任老师一样活不见人死不见尸了。

想到这里，他赶紧揣起弓弩，小心爬到树上，身子猫在上面，想看看那叼烟的人到底是干什么的。

眼看着那红点越来越近，秋裤哥却傻了眼，黑灯瞎火的，怎么只看见有一个红点，其他啥也没有啊！他使劲揉了揉眼，还蘸了点口水，再伸头往那边看去，就发现一个红点缓缓朝这边飘了过来，确实啥也没有，就一个红点！

就在秋裤哥怀疑这红点是不是像萤火虫一样的昆虫时，只听那红点处传来了几声清晰的咳嗽声。在这寂静的夜晚，咳嗽声十分清楚，像个上了年纪的老人在那剧烈咳嗽，甚至能感觉出那老人咳嗽得太厉害，捂住了胸口，甚至吐了一口痰！

但秋裤哥在树上明明白白地看到，地上确实什么也没有，只有一个红点，缓缓走了过去。那红点慢慢走过山沟时，秋裤哥害怕得简直就要叫出声了，他死死咬住嘴唇，两只手死死扣住扳机，想着那红点过来时，只要有一丁点儿异常，别管是妖还是鬼，先把这几支箭射出去再说！

好在那红点虽然古怪，却没有发现秋裤哥，径直一路咳嗽着向山沟中慢慢走远了。

等那红点一消失，秋裤哥才在树上剧烈哆嗦起来，伸手摸摸，浑身都被冷汗浸透了，手抖得像筛子，连弓弩都要拿不住了。

他哪还敢多待，当时便溜下树来，也顾不上两腿发软，提腿就往回跑，然后跳到车上，连家都没敢回，直接去了一家熟悉的洗浴中心，在那好歹过了一夜，以后晚上再也不敢乱出去了。

秋裤哥讲完自己的灵异经历，大家想着他当时狼狈的样子，忍不住哈哈大笑，笑过之后，想想我们现在的情况，又不由觉得有些发冷。

我跟着笑了几声，也觉得气氛有点儿不对，就端着杯子喝水。

篝火很旺，一阵风吹来，火苗乱窜，火星蹦得老高，差点儿烫到我们。

秋裤哥喝多了，开始挨个敬酒，让大家多支持他的山寨品。他说，自己那个店铺固然多是山寨品，但确实便宜耐用啊！况且人总要成长嘛，只要能活下来，就有希望，未来说不定能开创民族品牌呢！

他敬了领队老驴一杯："兄弟，你经常带队出来，也给我们讲讲遇到的灵异事件呗！"

老驴没说话，缩着身子，一动也不动，明显不想理他。

秋裤哥还想催问，天涯在底下轻轻踢了他一下，让他别说了，又招呼大家喝酒，为这美好的夜晚干一杯。

秋裤哥又问我："老鱼，你是专门研究神秘文化的作家，你给咱们说说这世界上到底有没有鬼？"

我说："鬼我不知道，不过我相信人是有灵魂的。"

大屁惊讶了："怎么？你见过？"

"鬼倒是没见过，但我经历过一次灵魂出窍。我初中有一段时间迷上了钓鱼。那时候钓鱼都是野钓，大家顺着大河走，找一截没人的野河钓，越荒凉越好，而且早出晚归的，很容易撞到脏东西。

“后来钓着钓着，我就觉得身子越来越弱，成天晕乎乎的，饭也吃得很少，而且身体越来越飘，不过我也没当回事。再后来，基本上就不怎么吃东西了，反正就是觉得很困，老想躺着睡觉。当时是暑假，我母亲成天出去打麻将，也没当回事，后来她有一次出了几天差，回来发现饭菜一点儿没动，才觉得不对劲儿。

“那时候，我已经两三天没吃过任何东西了。母亲见我眼窝深陷，眼角都是青的，而且面色苍白，手心全是冷汗，赶紧拉我去了医院。结果，在路上我就晕倒了。那时候的感觉很奇特，就觉得身子猛然变轻了，轻飘飘的，竟然飘了起来，离地面也没多远，就一米多高，感觉视线是俯视的，可以‘看’清楚很多人。

“我可以清晰地看到‘自己’躺在地上，母亲惊慌失措，拼命喊人，很快来了好多人，大家围着我七嘴八舌的。甚至有个姑娘一脸惊恐地看着我，说我的嘴唇是黑紫色的！我当时能清楚听到他们的话，还低头看了看‘自己’，发现一群人围着我慌慌张张的。

“那种感觉很怪异，就是你明知下面的人是自己，也知道大家在为你奔走哭号，但你却没有任何情感波动，有种比较超脱的感觉，像个局外人，在冷静旁观这个世界。

“后来，一个赤脚医生路过，叫半截子蒋。他是一个很传奇的中医，当时拿着银针在我身上扎了几下，我就感觉身体突然产生了一股吸力，一下子就把我给吸回去了。我当时就恢复了感觉，觉得脑门上火辣辣地疼，人中也疼，后来才知道跌倒时把脑门摔破了，人中也被他们给掐肿了。

“我也找了很多灵魂出窍过的人讨论过，发现大家都有一个特点，就是灵魂出窍的人对自己、对世人都有一种强烈的疏离感，感觉对躺在地上的自己没什么感情，对家人痛哭流涕也没什么感情，那种强烈的陌生感就像是……就像是你不属于人类一样。

“我也找科学家研究过，科学上解释这叫‘镜像触摸同感’，意思是神经受刺激后的反应，不过到底是怎么回事，那就不知道了。”

大家也很感慨，说难怪好多人大病一场后大彻大悟，原来是灵魂出窍了，看透了人生。还有的说当时灵魂要是没回来，是不是就真的死了，那死后的灵魂又会去哪里呢？是不是真的有黑白无常过来索魂？是不是阴曹地府也真的存在？

其他人也讲了几个故事，多属于个人的真实经历，大半夜的在荒村听着，还是挺刺激的。

最后大屁一锤定音，给我打了个 99 分，扣掉 1 分，因为只能算见过“半个鬼”，不能算是一个完整的“真鬼”。

大家正在胡扯，后面突然传来一个声音，说了一句：“我，见过百分之百的真鬼。”

我们回头，发现是小公主。她穿着一件仿军装，皮靴、牛皮腰带、军领，一样不少，大步朝我们走来，在夜色中看着冷峻而诱人。

天涯咳嗽了一声，挤眉弄眼地说：“大家都悠着点儿！看看你，秋裤哥！口水都要下来了！注意素质！素质！人家是老鱼的女人！”

我哭笑不得，又没法解释，看她直朝我走来，只好给她腾出一块地方，让她靠着我坐下。

她随手拽开一瓶罐装啤酒，冲大家敬了一下，“咕咚”一饮而尽，立刻激起了一片赞叹声。

我搞不懂她到底要干吗，突然想起那两个摄影也没来，扭头看看，发现周围黑黝黝的，不知道他们去了哪儿。问了问天涯，天涯说他们两个早早就睡下了。他还冲我眨了眨眼：“那两个娘娘腔睡一个帐篷，还是情侣帐篷！”

再看孙少的帐篷，也是黑漆漆的，估计也早就睡了。

这时，有人问小公主：“小姐姐，你不是见过鬼吗？说说呗！”

她一脸羞涩：“见倒是真见过，就是不太方便说。”

大家就起哄：“这还有啥不好说的？”

“主要是这个鬼比较厉害，我怕你们害怕！”

大家就笑，说我们哥几个都是走南闯北的人物，有什么好怕的，你尽管说！

她微微一笑：“是色鬼。”

大家顿时不言语了。这姑娘伶牙俐齿，才思敏捷，大家远不是她的对手，没多久，她就把大家给说服了，开始在她的指挥下划拳喝酒。

过了一会儿，小公主就跟大家告饶说不行了，有个色鬼非要掳走她，她先去处理一下！请组织上放心，快则 15 秒，慢则 3 分钟，必须解决！说完，她拽起我的手，就往外走。大家哈哈大笑，秋裤哥在后面拼命打口哨，让我多坚持个三五秒，为男人们争口气！

我不知道小公主到底什么意思，只好装傻跟她走，走到帐篷里，她警惕地看了看周围，然后说："这个村子果然有问题！"

我问她："怎么了？"

"今天我在你身上贴了一个热感应器。这个仪器比较复杂，你可以把它想象成一个摄影机，不过这个摄影机并不是对着人拍摄，而是对温度拍摄。它对温度特别敏感，如果在你身边有超出自然环境温度的东西，比如人、老鼠、兔子等，它就会对准热源自动拍摄，温度越高，拍摄的图像就越亮。"

她给我看了一张图，是一个人站着撒尿的图，图像上明显是一个人弯着腰撒尿，前面一截清晰的水柱。

我忍不住问："后面那团喷雾是什么？"

她"扑哧"一声笑了："那人放了个屁！"

我也忍不住笑了："该不会是大屁吧！"

她也哈哈大笑，说就是他刚才撒尿时拍的！

我问她："有什么问题吗？"

"他倒是没问题，你有问题。"

她打开电脑，上面是荒村地图，上面有三个亮点。她耸了耸肩，对我说："拍到了 3 个人。"

我不明白她的意思："3 个什么人？"

她平静地说："在你身边，一直跟着两个人。"

我皱紧了眉头："两个人？"

她点点头："是的，监控显示，你身边一直有两个人跟着，或者说两个有温度的人形物体。"

"会不会是天涯他们？"

她摇摇头："都是你一个人的时候。你以为我真怕黑啊，我那是保护你好不好！"

"有两个人在我身边？那不可能啊，我什么都没看到。"

她犹豫了一下："问题的关键就出在这里。那两个人都在你脚下。"她打开了电脑监控画面，果然是一个人身下有两个人，那种感觉特别怪异，像是踩着两个小鬼在走路。

我有些怀疑仪器的准确性，小公主给我打开了其他图片，分别是我在篝火旁、我和孙少说话时、我和天涯骂战时，以及和小公主在一起时的画面，都没问题，只有一个亮点，唯独在我一个人时，亮点变成了三个。我拼命地用鼠标点击地图，关掉了，又打开，放大，又缩小，结果还是一样。

这到底是什么情况？

小公主说："村子里还有一伙人，而且还是看不见的人。"

我问他："那为什么会在我脚下？"

小公主笑了："你猜？"

我猜不出来。她抽出一支烟，点着了，又丢给了我。我使劲儿抽着烟，火辣辣的烟气呛得难受，不过这种强烈的味道反倒压制住了心里的恐惧。

小公主说：“别紧张，习惯就好了。毕竟都要世界末日了，什么牛鬼蛇神都出来了。不用怕，我会保护你的。”

我又问她：“这个村子到底是怎么回事？”

她摇摇头：“不好说。影子机构担心跟着我，会导致不可控的意外，于是借口被调回北京了，其实一直在监控我们，包括我们发现的几条线索，最后跟着我们进入了荒村。在进入荒村之前，他们就调出了关于荒村的所有档案，却发现这个荒村的级别非常之高，高到影子机构都没有权限打开。”

“你们都没有权限？”我不理解。

她点点头：“我们的权限只能查到，这个荒村绝对神秘，而且超脱世外，它并没有进入国家监控，或者说它并不存在于各种政府普查的村志。也就是说，起码在行政上，这个荒村是不存在的。不过我们在一些古籍里发现了关于这个荒村的记载，古人称之为‘蜃岛’。”

我问她：“什么是‘蜃岛’？”

“‘蜃’是海市蜃楼的‘蜃’，本意是海怪，也有虚无缥缈的意思，通过分析古人的意思，可得知这是一座虚无缥缈的岛屿。”

我问她：“那是什么意思呢？”

“就是说，这个岛屿经常会消失。因为这个岛屿会消失，所以村史才没有关于它的详细记载。至于有关它的那些零星传说，也大多与一些志怪故事相关。”

我不明白了：“会消失？岛屿怎么会消失？”

她摇摇头：“那就不知道了。”

我又问她：“那民国时期荒村人口消失的事情是真的吗？”

她点点头：“是真的。村子里所有人全失踪了，所有生物全部自杀了。”

“那最后调查的结果呢？”

“完全无法解释，只能归结于超自然现象。”

我也十分感慨，说连时间都能加速，消失个把村子、死一些人又算什么？她笑了，说不能这么说，这个世界上比生死还重要的事太多了。

第十五章　死亡游戏开启了

我听她话里有话，刚想追问，外面突然传来一阵脚步声，像是从篝火那边传来的，朝我们走来。

接着有人喊我："老鱼，老鱼，3 分钟到了啊！快出来喝酒！"

要是以前，我肯定会说几句俏皮话回过去，但此时我下意识地看了一眼电脑屏幕，发现屏幕上依然是我和小公主两个亮点，并没有其他亮点出现。

小公主的眼神瞬间凌厉起来，她迅速打了几下键盘，发现监控没有坏，天涯他们篝火那里一群亮点，就外面那个人没有！

这个人，并不是人！

那人继续拍打着帐篷，让我赶紧出来，不然他就闯进来了！

小公主皱着眉头，打开了帐篷里的一个背包，丢给我一把大号的军刀，冲着我做了一个"杀头"的姿势。

我一脸苦笑，别说鬼了，就算是个人，我也打不过啊，况且外面还有那么多，这怎么打？

小公主从手上摘下一个猴皮筋，扎了个马尾辫，自己拿起军刀，做了个噤声的手势，慢慢站起来，就等着外面那个人进来。

那个人终于走到了帐篷边，他突然说了句话，而这句话吓得我忍不住叫出了声来。

“老鱼，你们的事发了，快跟我们走一趟吧！”

我使劲握着刀子骂道：“你脑子有病吧！老子有什么事可发的？”

外面一阵淫笑：“还不承认，你们俩都勾搭成那种关系了！”

我总算松了口气：“白痴！我们俩啥时候不是那种关系了？你八成是嫉妒吧！”

那人咧嘴一笑：“有道理！”然后哈哈走了。

我刚松了一口气，小公主就贴了过来：“你终于想起我们的关系啦？”

我脸一红：“这不是骗骗他嘛！”

她看着我突然笑了：“看来你真不记得了。”然后她拧开一个扁扁的俄式老酒壶，“喝点儿！”

我接过来，仰脖喝了一口，就觉得一股火线顺着喉咙流了下去，呛得我使劲儿咳嗽。小公主哈哈大笑，抢过酒壶“咕咚咕咚”灌了下去。

我赶紧给她抢了过来，让她慢点儿喝。她就感慨：“古龙说，‘酒之所以好喝，正是因为它难喝’，你怎么看？”

我点点头：“因为人生远远比烈酒苦涩。”

她跷起了大拇指：“正确！”

我忍不住问她：“你当时跟天涯胡说什么呀？”

她白了我一眼：“我没胡说啊！”

“随时随地睡觉，这样的话还不是胡说？”

她用煤油打火机点了一根烟，说：“那也是真的。你……要不要试试？”

我浑身燥热起来，觉得衣领里像是爬进去几只蚂蚁，酥酥麻麻的，忍不住咳嗽了一声，脸都红了。她大笑起来，笑得前仰后合，让我看得神魂颠倒。

她斜躺在帐篷里，摆出了一个极具诱惑的姿势，说：“小作家，我给你讲一个故事吧。”

二十世纪七十年代，许多苏州知青被下放到大兴安岭劳动。大兴安岭多白桦树，树皮软、白，晒干后有点儿像宣纸，好多知青爱用白桦树皮写信件、写日记、写情书、抄普希金的情诗。

笔直的白桦树，神秘的原始丛林，穿着旧军装的姑娘。

有个姑娘很喜欢一个人，一首《我曾经爱过你》，她抄了许多遍，却始终没有寄出去。

那时，日色慢，车、马、邮件都慢，一生只够爱一个人。

她说：“我母亲死的时候，我才 7 岁。我一个人送她走。我当时还很小，站在那里看着她。她还那么年轻，那么漂亮，就这样走了。我一直想，那个让她等了一辈子的人，会不会根本不知道有这么一个人一直在等她。”

她狠狠喝了一口酒，大笑起来，笑得眼泪流了出来。

她说：“我母亲就是那个写了一辈子信却从未寄出的人。所以，小鱼，我此生不会等任何人。”然后她犹豫了一下，又说了一句，“记住了，在这里不要相信任何人，包括那个孙少，还有我！”说完，她“唰”的一下拉开帐篷，猛然把我推了出去。

我没想到她会突然把我推出去，一个不留神，狼狈地摔倒在地上。天涯他们正关注着这边，见我狼狈出来，都笑炸了。

有人看着手表喊："不多不少，正好 3 分钟！"

还有人说："你这个银枪蜡枪头，老娘真是看走了眼！"

叫得最响的是天涯："老鱼啊，咱们不怕啊，咱们有方子啊！保证你生龙活虎赛过活泥鳅！"

我爬起来，和他们对骂了几句，就过去喝酒了。几杯酒下肚，我也有了几分醉意，顿时也胆子大了，觉得肯定是小公主的仪器坏了，说不准刚才就是天涯派人过去逗我的。

我就问他们："刚才是哪个混蛋过去敲帐篷的？"

天涯说："敲个屁啊！你小子不就是 3 分钟嘛，我们还没过去，你自己就先结束了！"

"不是啊，当时明明有人过去找我了，还说话呢！"

孙少猛然抬起头，问我："他说的什么？"

我回想了一下："他好像说的是'老鱼，你们的事发了，快跟我们走一趟吧'。"

秋裤哥和天涯迅速交换了一下眼神，都没有说话。我觉得有些不对，便问："你们当时……真的没去找我？"

大屁说："我当时想去的，结果被秋裤哥拽住了，说春宵一刻值千金，你也不容易，30 岁还是个处男，还是给你个机会吧！"

天涯补充说："大屁当时就说，谁也不许去，我们就掐着表看，到底能不能撑过 3 分钟……"

我一愣："你们真没去？那是谁敲的帐篷呢？"

孙少马上站了起来：“快去帐篷那看看！”

我一愣，才感觉到了危险，赶紧朝小公主那边跑了过去。刚走过去，老远就看见帐篷里一片凌乱，像是有人在这里打了一架。掀开帐篷，发现里面放的电脑、仪器、皮箱全都不见了，人自然也没了。

我刚要喊天涯他们，就发现帐篷门上画了一个祈祷的标志，下面还有血淋淋的两个大字——快跑！！！

我看了一眼，整个人都炸了。那几个字就写在帐篷的挡门处，字迹凌乱而模糊，有些地方血迹浓一些，有些地方淡一些，显然是在特别匆忙的情况下咬破指头写成的。

我一时间没有反应过来，呆呆地看着帐篷，好久才反应过来，然后拼命喊着天涯他们。

他们以为我遇到了危险，赶紧举着铁锅、铁锨赶了过来：“怎么了？怎么了？”

我心乱如麻，不知怎么跟他们解释，只是大概说了一下，然后指着那血字给他们看。

孙少冷静地看了一遍，然后拍了拍我的肩膀，什么都没说。天涯他们也过来看了看，也没说什么。我有些着急，拽着他们就往外跑，说都愣着干吗？赶紧救人去啊！

天涯犹豫了一下：“老鱼，你先冷静一下！”

“冷静个屁？快去救人啊！”

天涯还是这么说：“那个……你先冷静一下，救人也要商量下怎么救。再说了，我们也要分析下她是不是想让你救啊？”

我更加生气了，一把夺过他手里的东西，狠狠摔在地上：

“你们不去，老子自己去！”

说完我就要去救人，结果被天涯从后面一把抱住，大声喊着让我冷静！孙少也一把拽住我，大声吼道：“你还没看出来吗？她根本不想让你去找她，而是让你好好活着！”

我猛然一个激灵，问他：“什么意思？”

孙少指着那行血字，没好气地说：“你看看，这写的是什么？你自己也动动脑子，一个人被劫持了，能有机会留下几个字，她会写什么？”

我一愣，如果我被人劫持了，那么我肯定要第一时间留下相关线索，比如劫匪是谁，或者把我劫持到了哪里，好让其他人看到后去营救。但小公主竟然完全放弃了留下线索，而是选择咬破指头，给我留下这两个字，这又是什么意思呢？

我心乱如麻，脑子完全乱了，只是机械地想着：“这是什么意思呢？”

孙少叹息着：“她知道你根本救不了她，留下线索反而会害了你，所以干脆什么都不留，只是让你赶紧跑！”

天涯在旁边感叹道：“这姑娘……倒是有情有义得紧！”

我一下子愣住了，小公主突然神秘地出现，又突然神秘地消失，就像一场梦、一阵风，就这么蓦然消失了。她到底是什么人？又是什么身份？她跟我说的那些话又是什么意思呢？那些劫走她的人又是谁呢？

我脑子里乱糟糟的，一时间有些恍惚，仿佛这一幕曾经历过一般，一些童年的碎片记忆扑面而来，脑子里乱糟糟的，好像生命中曾经有这么一个人，但却怎么也想不起来了。

我失魂落魄地站在那里，心里特别难过，觉得自己太没用，所谓百无一用是书生，眼泪都要流下来了。

大屁在旁边拼命安慰我：“老鱼，你先别急。我想啊，会不会是她家人把她抓走了。你们说，她会不会是什么大家族的继承人，我看韩剧不都这么演的嘛！”

天涯狠狠抽了一口烟，问我：“老鱼，你跟我说实话，这姑娘到底是什么来头？”

我凄然地笑了一下，什么都没说，只是摇了摇头。关于她的身份，关于神秘的影子组织，关于时间快速推进了7天，这些事情我即便说出来，他们又能信吗？

孙少抬头看看荒村，说：“出去只有一条路，他们走不远！说完背上那黑色的匣子，就朝路口走去。”

我迅速跟了上去。天涯他们也跟了上来。

我们戴着头灯、武器，朝路口赶去，周围漆黑一片，远远望去，全是黝黑的山石、荒草，冷风呜呜吹在山上，发出诡异的号角声，简直像地狱恶鬼在哭号。

气氛实在太压抑了，我们只能没话找话，排解压力。

秋裤哥说：“咱们离那么近，都没听到声音，说明劫持她的人身手非常好。”

我说：“肯定不止一个人。因为她帐篷里还有不少东西，像电脑、仪器什么的，都被人带走了。”

天涯也感慨地说：“真是高手啊，简直就像侦察连干的！这姑娘也是个狠人，愣是没吭一声，硬生生咬破手指得有多疼啊！”

我心如刀绞，不愿意再提这个话题。

正说着，我们已经走到了山路上，结果刚上去没多远，就听见前面“轰隆”一声巨响，接着碎石飞溅，无数碎石滚了下来。

孙少叫了一声：“不好！”拉着我拼命往外跑！

大家不知道出了什么事，也跟着拼命往外跑，好在山路虽然难走，但并不陡峭，我们一溜烟儿跑了下来，差点儿摔断腿。

大家站在黑暗中，听着远处传来轰隆隆的巨响，不知道发生了什么。过了好久，孙少才说了一声：“是雷管！他们把出去的路炸断了！”

天涯说：“竟然用重武器！我们又不是敌人！”

秋裤哥吓得哆哆嗦嗦：“他们到底要做什么？”

大屁他们也赶过来迎接我们，天涯问：“你们来干什么？”

孙少问他们：“你们都来了？”

大屁说：“你们走了没多久，就有人叫我们，不是你们吗？”

孙少脸色大变：“快回去！可能是调虎离山之计！”

迅速赶回去，发现营地一片狼藉，大家的背包被翻得乱糟糟的，衣服丢得到处都是，而且地上全是水。

孙少略检查了一下，发现有人把食物拿走了，水袋也被人戳烂了，水流得到处都是。

领队老驴很紧张：“他们这是要干吗呢？”

孙少眯眼看着荒村：“有人不想让我们走。”人群里一阵骚乱。孙少大步流星回到帐篷里，“好好睡一觉吧，明天估计不会轻松。”他走过我身边时低声说：“小心点儿，那些人就藏在我们中间。”

我一愣，猛然明白了他的意思。能在那么短的时间炸毁山路，毁掉食物，他们只可能隐藏在我们中间，而且还不止一人。我狐疑地看了一下周围：那又会是谁呢？

晚上，大家情绪十分低落，天涯安排了两个人同时守夜，也相当于互相监视。我和孙少被安排在下半夜守夜。

我困得七荤八素的，脑子也乱糟糟的，岛上半夜很冷，我抱着腿坐在篝火旁，茫然地看着满天星空。孙少像个道士一样盘腿坐着，也仰望着星空，倒是难得正经了一回。

荒村外，升起了一层淡淡的薄雾，映衬着篝火、黑夜，漫天星辰，恍惚有些仙境的感觉。

孙少突然问我：“你信命吗？”

这次他第二次问我了，他上次问我，还是半年前，当时我春风得意，意气风发，找他拉投资，哪想到半年后竟然来到了这个鬼村子，还遭遇了那么多意外事件。

我恼火地说：“不信！我诅咒这个贼老天！”

孙少合十说：“冥冥之中，自有定数。对待天地，还是要有些敬畏心的。”

我说：“我命由我不由天，信个屁！”

他宽容地对我笑了一下：“你倒是和小时候一样，还是想什么就说什么，其实有时候我也挺羡慕你的。”

我心想，你自己也就是个大孩子，还装得像个老气横秋的老头子。

我没好气地说：“你们这种大家族，哪知道我们平民的苦啊？”

孙少叼了根烟，淡淡地说：“大家都说我们家九代单传，其实我还有个哥哥。”

我说：“哦！没听说过啊。”

孙少低声说：“因为他早就死了。”

我一惊，赶紧安慰他：“抱歉。”

他眯着眼看着星空，用一种没有什么音调的平常语气说：“我和哥哥是双胞胎。好多人都知道，双胞胎会有一些心灵感应，不过好多人不知道，双胞胎的性格往往是截然不同的。我从小就很顽劣，属于那种怒起来连房子都赶点的孩子。我哥哥少年老成，性格沉稳，什么事情都放在心里。

“大家族就是这样，最看重的是传承，所以生意只会传给最优秀的孩子，让我哥哥掌舵，希望把家族企业发扬光大，其他孩子会每年分红，这样企业才安全，可以一代传给一代。至于我嘛，父亲说只要多生几个孩子，就算对得起列祖列宗了。

“所以，鱼宝啊，我有时候去一些花街柳巷，真是为了完成家族使命，人在江湖，身不由己嘛，你不要多想！”

我说：“跟我有什么关系？你继续往下讲！”

他继续说：“后来，我哥哥喜欢上了一个姑娘。不过像他这种企业未来的掌舵人，婚姻不可能自己决定的，甚至在他没出生之前，家里就已经替他确定了。他当时犹豫了很久，痛苦了很久，后来我就鼓励他，干脆你们私奔吧，不用管其他的！结果，他真的反抗了一次，想要带那个姑娘私奔，然后第二天，那个姑娘就消失了。”

“消失？”我问他，“什么意思？”

“就是你理解的那个意思。”

“那你哥哥呢？”

他指了指远处：“就在这里。”

我一愣：“什么意思？”

“我哥哥后来调查到，那个女孩被投到了太湖里，所以他也投湖自尽了。”他眯着眼睛，“在他投湖的前一个晚上，他和我坐在院子里聊了一夜。那个晚上就像今天一样，星光璀璨，冰冷刺骨。”

他闭上眼，感慨了一句：“现在想想，这已经是快十年的事情了。”

我有些犹豫地开口：“——你？”

他摇摇头：“我不是他。谁要敢这么对我，我就先把他给沉湖了。”

我也笑了，这才是孙少的性格。

他站起来，把半支烟插在地上，揉乱了我的头发，说：“放心吧，鱼宝！这个鬼地方，虽然妖魔鬼怪多，我们也不怕的！哪怕还剩下最后一个人，我也会陪你战斗到最后一刻！”然后，他就去帐篷睡觉了。

我抓起鞋子丢过去：“哪个要你陪？老子不知道多能打好不好？”

孙少说会陪着我战斗到最后一刻，我还是有些感动的。谁想到，第二天一早，他就又一次跑路了。

天涯也怕了，担心有人失踪，从裤兜里掏出来一个破破烂烂的本子，开始清点人数，一遍又一遍的，好在人都在，大家才松了一口气。

这时候，大屁突然说了一句话：“不对，我们还少了两个人！”

天涯说：“不可能啊，所有人都在这里了！”

大屁摇了摇头：“那两个摄影师不在。”

我们几个人一愣。的确，大家光注意队员了，都忘了那两个电视台的摄影师，他们去了哪里？会不会就是幕后黑手？

秋裤哥当然要问天涯，那两个摄影师到底是什么来头？天涯支支吾吾的，给我们打马虎眼：“关于这件事嘛，就是小孩没娘，说来话长，所以我就不说啦！”

“不说就打死你！”我狠狠打了他一下，他终于说了实话。

他就是看着那边给钱多，才同意做这次探险拍摄活动的，至于他们是不是电视台的，或者说有没有其他目的，一概不知。

秋裤哥说：“大家有没有想过，他们到底是为了什么？”我一愣，不明白他的意思。秋裤哥说，“先是 3 个人失踪，然后小公主被抓，山路被炸，偷走了食物和水，他们到底想做什么？”

天涯说：“是想把我们逼上绝路。”

秋裤哥继续问：“那他们把我们逼上绝路是为了什么？”

大屁说：“是不是想害死我们？”

秋裤哥摇摇头：“要是想害死我们，有更简单的办法，比如把雷管丢在篝火里就好了。”

大家倒吸了一口冷气，想想还真是有这种可能。

领队问：“那是为什么？”

秋裤哥说：“他们是逼我们进入村子，找到出去的路。”

领队点点头：“是的，我觉得他们是想和我们做一个死亡游戏，要么找到出村子的路，要么死在这里。”

大屁又激动了，他抽出了腰刀，说：“中国版《大逃杀》啊！干他娘！冲呀！”

说完还放了个响屁，不过这时大家都没笑。

第十六章　怪异的俄式建筑

天涯宣布，从现在开始，我们要进行计划经济，大家把身上所有的食物和水统一上交，我们集中分配。

我们的食物还有一些，就是水太少了，幸好昨晚林老师她们在帐篷里留了几瓶水，大家用珍贵的水熬了一锅稀饭，既是饭，也能补充水，大家吃完后，我们就朝着荒村进发了。

秋裤哥用多功能斧子，砍了不少村里找到的竹竿，做成了许多一米多长的长矛，顶上绑了几块尖锐的石片，也算是比较实用的武器，给大家挨个发了下去。

大家把笨重的装备留在营地，只携带武器、粮草轻装上阵，希望能尽快找到出去的路。

这一次，大家没有了旅游的心态，一个个悲壮得像要上战场，天涯尽量活跃着气氛，不过巨大的压力笼罩在团队头上，谁也没精神和他打闹，连大屁都消沉了许多。

孙少突然不辞而别，让我压力很大，原本和他过来探索荒村的秘密，没想到他却自己走了，还有突然失踪的小公主。没想到连神秘的影子机构都应对不了，这个荒村的势力有多深啊！

天涯悄悄问我：“那个孙少到底是什么情况？”

我苦笑着说：“我真不知道，要不然我都跟他走了！”

天涯鄙视地看着我，说就知道我嫌贫爱富，老想脱离他们劳动群众！然后又说，这个孙少一定要注意，他很有问题。

我看了看天涯，莫非他知道了什么秘密？天涯严肃地看着我，斩钉截铁地说："我觉得他可能不想给我们钱，所以连夜跑了。"

领队老驴试着对外联系。他觉得我们的手机、对讲机、无线电之所以没信号，是因为村子环山，如果能爬到高一些的地方，估计能联系上人。

我们试了试，小山光秃秃的，寸草不生，而且很陡峭，完全攀不上去。大家叠罗汉，让老驴尽量爬到高一些的地方，先后试了试手台、手机等，发现完全没有信号，这里还真像个绝地。老驴很丧气，说看来只能等接我们的人了。

天涯这时又给了我们沉重一击，说他当时为了省钱，就没有让车接，想着出去后叫车会便宜一些。老驴当时就急了，和他扭打起来，说恁赚钱不要命啊！天涯也不甘示弱，嚷嚷着有钱就行了，要命干什么？

我们好容易拉开他们，让他们还是省省力气，先找找看，说不准哪户人家有电话什么的，就可以联系上外界了。

我们顺着村子走了一圈。村子很小，让我们也感到很奇怪，怎么昨晚就是找不到营地？

除了昨晚去的几个房子，其他地方大多坍塌了，成了一堆废墟。好在家家户户都有水窖，老驴挨家找，发现了一些积水，这倒是一件好事，可以补充我们急缺的饮用水。

大家去昨晚那几个房子又检查了一遍，宋教授的学生还是没有任何音讯，让他非常担心。

大家商量了一下，还是决定按照第四个房子留下的线索往西走，不过一直走到西边的尽头，走到光秃秃的山脚旁，也没有发现哪里有什么特殊之处。

线索戛然而止，大家都有些绝望，天涯赶紧哄着大家，说天无绝人之路，肯定还有线索，大家不用急，先坐下来吃点儿东西，填饱了肚子才能闹革命嘛！

领队老驴也安慰大家，说实在不行，我们就把老房子给点了，多撒点儿土，浓烟滚滚的，也是个求救信号，咱们在苏州，又不是海外孤岛，肯定会有人来救我们。

大家这才恢复了信心，开始捡柴火，搬石头，准备生火搭灶。

我心里乱糟糟的，独自走出去抽烟。我习惯性地倚着小山包抽烟，抽着抽着，猛然一抬头，发现头上一块石壁被人打磨出来，露出了白生生的石面，上面用木炭写了4个字：烤鸡腿，有！

我呆呆地看着那4个字，冷风嗖嗖地吹在我的脸上，觉得火辣辣的，因为这4个字是我写的！是的，这4个字完全是我的笔迹。

因为我的字奇丑无比，甚至签名都不好意思，还要找人代签，最多就是亲手画条鱼，所以肯定不会被人仿造，真真切切是我亲手写的。而且这几个字的角度特别刁钻，它藏在山崖下，除非我倚在树上，用我习惯的角度往上看，否则肯定看不到。

我有些怀疑，这是我给自己留下的线索，因为不可能有人那么熟悉我。想想还真有可能，因为按照影子机构的说法，我当时失踪了 7 天，很有可能那几天就来过荒村，给自己留下了线索。

不过这几个字不伦不类的，又是什么意思呢？

“烤鸡腿，有——”有什么呢？

下面的字没有了，留下一截白生生的石面，像被什么人给擦掉了，后面到底有什么呢？莫非是走出荒村的秘密？甚至是时间加速的秘密？

不过想想也不对，要是有人发现了这行字，想毁掉证据，他为什么不干脆把所有文字全部毁掉，还要留下半条线索？

我心里乱糟糟的，拼命抽着烟，烟灰簌簌地往下掉，总觉得像抓到了什么线索，但又千头万绪的，什么也抓不住，到底是什么呢？

抬头看看，天涯他们正在组织大家做饭，“垒起七星灶，铜壶煮三江。摆开八仙桌，招待十六方”！

我喊了一嗓子，让天涯烤几个鸡腿！

天涯骂了一句：“都火烧屁股了，你还想着吃！”

我说：“你知道个屁啊！”

大屁赶紧说：“什么屁啊屁的，我可没放屁，你们不要乱讲！”

领队说：“没说你，赶紧去搬块石头过来！当时要带点儿苏工产品来就好了，好烧！”

“苏工产品？好烧？”我反复咀嚼他这句话，好像有一道灵光突然打通了我乱糟糟的思绪，我终于想明白了！原来是这样！

凡关于时间加速的线索，都会神秘消失，像最开始的古琴湮灭，苏绣大师的失踪，御窑金砖老人的去世等。

不过，这些还是有区别的。像苏绣传人虽然消失了，好歹保存下来了照片，后来御窑金砖的制砖老人虽然去世了，不过身体还在，再后来玉雕造假大师仅仅是身体变差了一些，赵家女还分析过，说应该是线索越多，那股力量就越弱，不过它还是会千方百计阻止我获得线索。

所以，我这句话应该涉及时间加速的秘密，却被那股力量给干掉了，也因为它的力量越来越弱，没办法把整句话去掉，于是就抹掉了最关键的几个字！

我猛然站起来：“关键就在烤鸡腿上！”

刚站起来，就听见天涯叫我：“老鱼？老鱼！”

我答应一声：“干吗？

他突然说：那个……上次你说要借我钱，要借多少呢？我现在给你啊！

我一愣，就天涯这个把钱看得比命还重要的人，怎么会借给我钱？

我抬头看看他，他冲我使了个眼色，意思是让我配合他。我含糊地答应了一声，就朝他走过去，他也迎过来，装模作样地往外掏钱包，“都是自家兄弟，你要多少就跟哥说啊，千万别客气！”其实，眼角一直盯着烧烤架。

突然，他大叫一声：“招！”撒腿就往烧烤架那边跑，我也发现烧烤架上的一个鸡腿突然掉到了地上，然后“嗖嗖”地往外跑！我简直惊住了，这鸡腿竟然自己跑了，莫非是长腿了？

我猛然想起小公主说的那句话：“在你脚底下有两个人！”莫非那个人就藏在地下？可他如何藏在地下的，莫非他是土行孙转世？

来不及多想，天涯已经追上了鸡腿，他上去一脚踩住鸡腿，叫道：“看你往哪里跑！”然后招呼大家赶紧过来，他抓住了一个偷鸡腿的贼！

等大家来了，他得意扬扬地松开脚，却发现鸡腿没了。天涯傻眼了：“这是什么情况？莫非这个偷鸡腿的贼还有障眼法？”

我说：“什么障眼法？这底下有地道！”

天涯说：“对对对，这底下肯定有问题！”

领队老驴也是两眼放光：“有地道！那就能出去了！”

我们这次过来，都带了折叠的工兵铲，大家看着终于有了出去的希望，一个个两眼放光，把工兵铲使得飞快，很快就挖出来了一个大坑，果然，下面露出来一个地道。用头灯照照，地道还挺深，且四通八达，好像通向各个地方。

天涯拍拍手说：“好啊！我还以为真是邪性！估计昨晚失踪的人，都被拖到地道里了哇！”

宋教授有些紧张：“这底下有没有危险？”

大屁说：“喝水都有可能被呛死，做啥没危险？富贵险中求，说不准这底下还有啥宝藏之类的！”

领队也说：“这地道看着四通八达的，不知道走哪个方向合适？

这时林老师说了一句：“向西走！”

我猛然想起昨天最后一间屋子里的指示，原本以为向西没路了，没想到竟然是走地下。

领队老驴自告奋勇，愿意先去探路，他戴着头灯钻进去，过了一会儿才出来，说里面黑漆漆的，不过倒是挺安全，连只老鼠都没有。他在里面走了好久，也没找到出口，而且空间很大，他不敢继续往前了，就回来和我们商量对策。

天涯想了想说：“要不我们几个人先过去看看？要是没问题，再来接你们？”

宋教授说：“你们要是走了，剩下一帮老弱病残也顶不住，索性一起走吧，相互还有个照应。”

想想也是这个道理，大家就决定让领队和天涯打头阵，我们跟在后面。

我原以为底下会像地道战那样，是一个狭窄闷热的通道，没想到里面空间很大，几个人并排走进去，毫不费劲儿。

我暗暗吃惊，莫非这里也是一个秘密军事基地，怎么隐藏得那么深？我们顺着地下走了很久，偶尔也会听到一些声响，还有一些脚步声，这里估计也有其他人或者野兽什么的。

我们开始很紧张，大家小心戒备着，让女人和老人藏在里面，大家围成一个防御阵型，慢慢往前走。后来发现那些人对我们并没有敌意，反而很警惕，只是远远地跟着我们，并没有对我们发动攻击。

天涯怀疑失踪的几个人应该就是被他们抓了，不过这时候我们还是尽快找到出口，先出去再说。

下面阴暗潮湿，我们很快就迷失了方向，而且里面四通八达，看着像一个地下城，我们几个在里面像盲人摸象一般，完全没有方向感。

大家越走越乱，周边不时传来各种声音，有窃窃私语的声音，还有一些冷笑声，总觉得有什么人跟着我们。

突然，有个女队员尖叫了一声，我们赶紧问："怎么了？"

女队员喊着："有人……有人抓我！"

我们赶紧过去查看了一下，发现那个姑娘的脚腕上有一道血痕，看着像被长指甲抓破了。

天涯低声说了声："小心！"

大家都抽出武器，小心戒备着。黑暗中防不胜防，不时有人过来偷袭，而且都是一击即走。好多人受伤了，好在伤口都不严重，并迅速包扎了起来。

老驴和天涯一前一后，我和秋裤哥、大屁守在左右，宋教授指挥着姑娘给受伤的队员包扎伤口。周围的嘈杂声越来越多，黑暗中老传来不怀好意的笑声，仿佛地狱一般，好在他们只是围而不歼，没有一哄而上。

天涯皱紧了眉头："不对，这些人是想消耗掉我们的体力，把我们全都留在这里！"

领队老驴也说："赶紧退回去！"

结果往回走了一段，就发现我们一路做好的标记被人破坏了，明显有人想把我们留下！

用狼眼手电往外照，黑漆漆的地下城，仿佛是被挖空的巨大防空洞，除了几根支撑的柱子，什么都看不到。

我们进退两难，被困死在了这里。

这时，一个小女孩朝我们跑了过来，朝我们使劲儿挥手，让我们跟着她走！我一愣，这个小女孩我见过！就是我在荒村蜡笔小新那间屋子看到的小女孩。当时，她趴在门缝里脸色惨白，突然就不见了。

她，到底是人是鬼？我们也有些拿不准。

天涯看了看受伤的队员，以及黑暗中一闪而过的影子，果断地说："跟上她！"

领队老驴还有些担心："会不会是陷阱？"

我说："要是陷阱，在荒村就把我们处理了！"

天涯说："这次我打头，大家扶着伤员，赶紧走！只要出去就安全了！"

大家跟着小女孩往前走，小女孩在里面左拐右拐，爬进了一个通道。我们也跟着爬了进去，这个通道有点儿像老式的下水道，只能勉强通过一个人，压抑得要命，我们费了好多力气才钻过这一段。

小女孩迅速爬过去，用一块棱角分明的条石堵住了通道。

天涯给我们使了个眼色，意思是这个小女孩的力气很大，让我们提防着点儿。他抱了抱拳，和小女孩道了声谢，结果小女孩头也不回地跑远了。

我们追了几步，里面错综复杂，根本追不上，只好先回去。

好在这里空间很大，而且地道上空凿开了一些小洞，有些阳光透进来，终于有了一些光亮。我们在黑暗里行走了那么久，一直很压抑，终于看到了阳光，也看到了希望，大家总算松了口气。好多女队员一出来，立刻就哭了起来。

领队老驴也松了一口气，赶紧招呼大家打开背包，补充水分，先休息休息。

我们迅速观察着周围，大家才发现底下简直像个巨大的广场，一直往前延伸，很难想象它到底有多大，感觉整个村子都被挖空了，里面撑着许多柱子，还堆着各种巨大的石头。

我们休息了一会儿后继续往前，发现越往里堆的石头越多，简直就像一个巨大的石料厂。

宋教授觉得有些奇怪，他让我们先关上狼眼手电。手电关闭后，周围就出现了一片绿莹莹的光芒。咦！哪儿来的光芒？

大屁说："是石头！"扭头看看，石堆往外散发着绿莹莹的光芒，看着分外古怪。大家仔细看看，才发现这些石料很漂亮，五颜六色的，散发着各种光芒。

天涯赶紧把石头往口袋里装："发财了！发财了！这里会不会是古人的藏宝洞啊！"

宋教授捡了一块石头，仔细看了看："不对，这是萤石！"

天涯问："萤石是啥？"

"就是能发光的石头！像萤火虫一样能发光！古人说的夜明珠，好多就是这种石头雕刻的珠子。"宋教授看了看，"这里怎么会有这么多？"

我问："怎么了？"

他说："这些萤石有辐射。"

天涯问：“什么是辐射？”

我说：“知道哥斯拉不？”

“日本那个怪兽吗？”

我随口胡说：“对，那个怪兽原本就是一只蜥蜴，就是被辐射了以后，才变成那样的。”

天涯吓了一跳，赶紧把手里的萤石丢了出去。

宋教授说：“没事的，萤石的放射性物质含量很少，不会对人体有危害。”他用手电照了照四周，发现整个地下城堆的都是类似的矿石，也皱紧了眉头，“终于明白荒村里为何寸草不生了。”

我问他：“为什么？”

“这里应该不光有萤石，还有其他辐射性矿石。”他指了指前面一组五颜六色的宝石状石头说，“这些是铜铀云母，人们主要用它提炼铀，这是造原子弹的主要物质之一。”

领队老驴问：“莫非这里是一个核武器制造基地？”

宋教授摇摇头：“铀含量其实比金、银还高，铀矿也不罕见，最难得的其实是浓缩，这需要尖端的气体离心机技术。不过，这里堆了那么多铀矿石，也挺可怕的。毕竟当年美国在日本广岛投下的原子弹也只有1000克的铀235进行了裂变反应，就炸死了10万人。”

大家也觉得这里很邪门，不敢再歇，决定还是赶紧出去，搞不好这里辐射超标，大家都成僵尸了。

我们继续往前走，走了差不多半个小时，终于看到前方有一处白光，大家兴奋起来，赶紧跑过去，果然发现了一个很隐蔽的出口，大家一个跟着一个，终于爬了上去。

刚爬上去，就听见了风浪的声音，接着就看见了茫茫的湖水，原来这个通道凿穿了整座小山，我们顺利从小山底下钻了出来，来到了太湖边。

终于逃出荒村，大家死里逃生，也是欣喜不已，纷纷朝着太湖吼叫着，使劲扔着石头，最后喜极而泣，紧紧拥抱在了一起。

天涯和老驴顺着湖边走了一圈，发现湖边光秃秃的，连一棵树都没有，全是大块的岩石，也有些犯难，因为我们这个小岛极其荒凉，如果不能点堆篝火发信号，还不知道什么时候才能获救。

他俩试了试，能否回到荒村搞一些燃料回来，结果下去后就发现底下的通道错综复杂，完全找不到原来的路了，只能放弃。

好在不管怎么样，湖边有水有鱼，我们都带了专业的捕猎设备，可以捉鱼充饥，哪怕在这里待一个月都不怕。

我们找了一个避风的地方，再次驻扎了营地，大家又发现了一处水潭，可以洗脸洗手，大家终于恢复了原本乐观的心态，开始洗漱，重新恢复了活力。

天涯走过来，碰碰我，示意我出去跟他抽根烟。我们走出去很远，他使劲儿吸了一口，低声对我说：“这伙人有问题！”

我点点头，问他：“你觉得谁的问题最大？”

他皱着眉头说：“那个林老师，你有没有注意，她手里那个笔记本？”

我点点头，林老师不管什么时候，都拿着一个笔记本，在上面密密麻麻地记录着什么。

天涯说："我刚才看了一眼，那个笔记本上有一张地图，就是咱们这个村子，而且还有现在我们所处的湖边！"

我吃了一惊："哪里来的地图？"

天涯摇摇头，说他问过老驴，老驴说他来之前联系过苏州最知名的领队，没人有这里的地图，更不会有人知道这个秘密通道。

我点点头，这件事的确非常怪异。而且几次找到线索，都是她有意无意提供的，难保不是她在有意引导我们。再想想，之前小网红跟我说过，她有些害怕林老师，林老师还威胁过她，看来这个人的确有问题。

我又问天涯，林老师是如何加入队伍的。天涯有些尴尬："咱们户外组织队伍你也知道，天南海北的都有，她只要交钱，咱们就不能拒绝客户！"他慢慢吸了一口烟，"不过，她当时用的 QQ 号我记得很清楚，那是一个老号，我在好多户外群都看过，绝对是个老户外队员。因为她的头像是一把自制的猎刀，做得很好，我还专门和她交流过，她说是自己做的。"

我说："一个女人怎么会做刀？"

天涯说："我估计那是她男朋友的号，不过不知道为什么，她用这个号报名了。"

我摇了摇脑袋，觉得整个探险越来越魔幻了，又忍不住想起了小公主、孙少，不知道他们在哪里。

我问天涯："这里到底是什么鬼地方？还有那地下到底是

什么人？那个小女孩是人是鬼？”

天涯摇摇头，说正常人谁会待在那个鬼地方，吓都吓死了！想想也是，看着苍茫的太湖，心里不由涌起一股荒谬感，想着世界末日就在这里度过，也不失为一种黑色幽默。

我们在这里建了营地，大家捡了好多白色的鹅卵石，在湖边的空地摆出了一个大大的“SOS”，希望路过的飞机能看到，又捉了一些鱼，弄了点儿烤鱼，好歹混了过去。

现在最珍贵的反而是油料，因为地下通道很大，我们误打误撞出来的，再进去就很难找到正确的出路。

天渐渐黑了，我们弄了一盏煤油灯，放在帐篷外的空地上，火焰轻轻跳动着，没有人说话，大家都看着暗淡的星空，想着心事。我心里一片迷茫，越来越绝望。

这时，远处突然传来一阵电流声，接着竟然传来一股亮光。我们吓了一跳，全都站了起来。

天涯兴奋地叫道：“有人！”

他“嗖”地爬上一块大岩石，仔细看了看，说远处好像有一户人家，灯火辉明，像是打开了电灯。我们都觉得有些不可思议，因为我们之前沿着湖边走了很久，都没有看到任何建筑物，不过……这灯光的的确确是真的！

远处的亮光越来越强，在这个荒凉又孤独的河滩上，有一种恍惚的魔幻感。过了好久，天涯才咬咬牙说了声：“也许是孙少他们找到了柴油发电机什么的，在给我们发信号。我们过去看看吧！”

队员有些紧张，试探地说：“会不会……是什么东西在作怪？”

天涯说：“你听说过有鬼会使电灯的吗？”

想想也是，大家看鬼片，最多也就把电灯弄得忽闪忽闪的，然后就跳闸了，还真没听过有鬼主动打开电灯，搞得很明亮的！看来这不是鬼，是有人在装神弄鬼！

我们互相安慰，然后打着手电，向光源处走去。

太湖上雾气弥漫，好在有灯光指引，能看得很远，而且走得越近就越清晰，前面的确有一座开着灯的建筑物。

我们走了很久，终于到达了光源处，那竟然是一栋孤零零的小楼。

小楼是西洋建筑风格，有一个个尖顶，有点儿老上海的感觉，但在这个时刻，真是让人有些毛骨悚然。

队伍里一个做翻译的姑娘惊呼一声：“这是斯大林式的建筑！”

我们有些搞不懂，问她什么是斯大林式风格。

她说她是专业的俄语翻译，虽没有留过学，不过平时学习的都是俄国文化，对俄罗斯建筑也很了解，这小洋楼就是典型的斯大林式的建筑风格。

第二次世界大战后，苏联开始和美国争霸。斯大林觉得，莫斯科作为全世界无产阶级朝圣的圣地，建筑也要和美国的摩天大楼有所区分，于是让建筑师设计了风格独特的建筑，就是这种阶梯状建筑群。建筑有高高的尖顶，而且是中间最高，两边逐渐下落，众星捧月般衬托起主楼的高大辉煌，就像一个巨型生日蛋糕。

莫斯科修建了七座斯大林建筑，号称“七姐妹”，我国北京长安街附近的好多部委办公大楼，军事博物馆、上海展览中心等，也都参考了这种建筑风格。

她犹豫了一下说：“这种建筑风格造价成本极高，被称为‘独裁者的背影’，这里怎么会有？”

而且更诡异的是，这座俄式建筑还散发着明亮的灯光，仿佛有什么东西在里面等着我们。

第十七章　外面的……是人类吗?

大家在夜幕中看到突然出现这样一座怪异的俄式建筑，也有些惊慌。有些人建议干脆上去看看，只要那边有电源，应该就有通信设备，可以联系到外界救援，也有人觉得太诡异，还是先退回营地再说。

天涯苦劝大家：“切勿着急！切勿着急！让我们等到天亮后，从长计议！”

大屁怒道：“直娘贼！孙子才等呢，老子这次就要看看，到底是谁在装神弄鬼！”

我们也是一肚子火，想干脆上去看看。

我们让秋裤哥带着宋教授以及姑娘们在外面等着，我们几个慢慢摸上去，看到底是什么情况。

大家小心翼翼走进去，发现一楼灯火通明，大厅里古老奢华的水晶吊灯全开着，照得大厅亮如白昼。客厅挂着许多油画，全是田园牧歌情调的，有些少女图，也多是俄罗斯民族风情的。

客厅中央是一个巨大的钢琴，上面蒙着防尘布。旁边的长桌子上摆满了高脚酒杯，还有几瓶空着的洋酒瓶子，不知是什么年代的。

我们越看越觉得怪异，如果说这是上海外滩，小洋楼里举办过酒会，后来被查封了，变成了这样，可以理解，但这里可是一个荒废了几十年的小村子，怎么会有这样奢华的建筑，还举办过酒会？

作为一个荒废了几十年的小村子，这里的电又是哪里来的呢？

这时，天涯突然说了一句："这里不对！"

我赶紧问："怎么了？"

他用手摸了一下钢琴上的防尘布，上面落了厚厚一层灰，用指头一按，就陷了进去。但是他用狼眼手电照了照脚下："你们看，这地板上没有灰！"

我们仔细观察，甚至抬起鞋底看了看，干干净净的，的确没有灰尘。

领队老驴也蹲下摸了摸地板："这地板刚打过蜡没多久，这里面有人住！"

事情越来越怪异了，先是一个闹鬼的村子，接着是好多人神秘失踪，现在又出现了一个莫名其妙的俄式建筑，而且还住过人！

天涯给我们打气，说装神弄鬼最好，总比真有鬼强。回头让我们抓到了，非打死他不可！

大家想想，也是这个理儿，我们这么多人在这里，就算来只老虎我们也没什么好怕的。这么想着，大家心里也轻松了许多，要继续往上走。

领队老驴却摇摇头，说大家还是谨慎点儿，这个村子几十年前就荒废了。几十年前，枪支这方面的管理还不严，尤其是山区，家家户户都有几杆猎枪，平时种地，闲时打猎。咱们最好还是先礼后兵，别到时候吃了黑枪，就完蛋了！

想想也有道理，大家就让领队喊话，领队喊得也朴实，扯着喉咙喊："老乡，恁家里有人吗？俺们不是坏人啊！"

大家听着想笑，又拼命忍着。

大屁故意使坏："大点儿声！大点儿声！听不见！"

领队运足了中气，继续喊着："喂！恁家里有啥人吗？"

我们几个再也忍不住，"扑哧"一声笑了起来，有的笑得蹲在了地上。

这时，就听见"啪嗒"一声，像谁按了开关，大厅的灯光猛然被关掉了，我们眼前顿时漆黑一片。

领队正喊得开心，被吓了一跳，便改了口："鳖孙！恁咋把灯灭了啊？"

天涯低喝一声："都别说话！不要命了！"

大家蹲在地上，小心挪动着身体，靠在墙根，生怕上面射出子弹什么的，要找个掩体保护一下。

周围漆黑一片，只有楼上传来的电流声。过了一会儿，也没什么动静，大屁有些沉不住气："会不会是跳闸了？"

天涯说："早不跳，晚不跳，偏偏这时候跳闸！"

刚说完，那电流声也猛然停了，周围陷入彻底的安静中。

大家迅速商量了一番，决定还是主动一些。我们开亮了头灯、手电筒，也亮了家伙，让领队继续喊，就说我们是路过的，有队员失踪了，上来找人的，并没有什么恶意。没有人说话，整个大楼死气沉沉的，没有一丝声音。

天涯说：“往上走！”我们几个顺着盘旋的楼梯，慢慢走了上去。

我们都做好了准备，想象着楼上的场景，也许上面有几个穿着黑西装的男人，我们一上去，他们就用枪指着我们；也许上面是一个诡异的实验室，里面有巨大的玻璃容器，里面用福尔马林浸泡着各种人体器官……但我们怎么都想不到，上面竟然是这种情况。

天涯第一个来到了三楼，他用手电筒迅速照了一下，然后忍不住了说了句：“怎么这样？”

我和大屁看着不对，也一口气冲了上来，终于看到了上面的场景，也不由倒吸了一口冷气，明白了他为什么吃惊。在我们面前，并不是什么诡异的实验室，也不是富丽堂皇的大厅，而是一个巨大荒凉的墓地。

是的，墓地。整整一层，足足有足球场那么大，全部打通了，中间有几根巨大的柱子支撑着，下面是大片的土地，荒草丛生，里面密麻麻的全是一座座的小坟丘。

谁在这里建了一个空中大坟场？

说实话，在这种情况下，不怕是假的，在这样一个现代西式建筑的别墅里，竟然有人用整整一层建造了个大坟地，这是要做什么？

我们几个头发都竖起来了，觉得周围冷飕飕的，仿佛能感受到飘浮在空气中的冤鬼的气息。

天涯说了声：“先下去吧。”

领队点点头：“都别慌，一个个往下走。”

大屁在最下面，慌忙往下走，结果身子一个踉跄，在最后几格摔了下去，狼狈地骂了几句，但没人再笑话他了。

大家想先去外面和大家汇合，反正他们也跑不了，还是等天亮了再说。刚下到一楼大厅和他们汇合，头顶上突然又响起了“刺啦”的电流声，接着传来几声呼呼的吹气声，这是有人在摆弄话筒。

大家马上站住，竖起耳朵细听，这是别墅里的人要对我们说话了吗？喇叭很快传来了一个声音。那声音很怪异，伴随着电流的声音，有点儿像蛇吐信子的声音，嘟嘟囔囔的，听不太清楚，连男女都分辨不出来，而且就说了一句，像是一句试探的话。

这时，那个做过俄语翻译的姑娘说了一句：“是俄语。”

秋裤哥问她：“说的什么？”

翻译姑娘说：“听不清楚，声音太乱了。”

秋裤哥说：“别急，再等等！他肯定还会说！”

过了一会儿，那声音再次响起来了。翻译姑娘皱着眉头听了几遍，有些迟疑地说：“他说的，好像是……好像是……”

我们赶紧问：“是什么？”

翻译姑娘说：“他这句话很奇怪，语法不对，声音也断断续续的，像是在问什么，又不太像，我也不敢肯定。”

我们急得要命，说现在又不是搞商务，差不多就得了，不用那么准确，你就直接说吧。

她犹豫了一下说：“那句话是在问‘外面的……是人

类吗？’”

我们一下子愣住了。外面的……是人类吗？为什么会这么问？不是人类，难道是野兽，或者——竟是鬼？外星人？

大家小声商量了一下，还是觉得这地方太怪异，要不然还是先别过去了，我们先去湖边驻扎一晚，有什么情况，等天亮了再说。

结果大家刚商量好，大屁回头看了一眼，突然大叫了一声，接着就钻进大厅，顺着楼梯往上跑。我们不知道这小子中了什么邪，又怕他出事，赶紧追了上去。

大屁一口气跑到了二楼，然后缩在了墓地一角。我跑得最快，想拉他，却被他一下子拉得趴在了地上，刚想骂他，就听他压低声音说：“老鱼，有人！”

我吓了一跳，赶紧趴下身子，低声问：“在哪里？”

他往前指了指，借着月光，我们就发现坟地里蹲着一个人，那人穿着一件白袍子，好像在盯着我们。天涯他们这时候也过来了，在那喊着我们。

我回头说：“闭嘴！这里有人！”

天涯说：“有人？那是好事啊，赶紧抓住，看看到底是谁在装神弄鬼。”

结果一回头，发现那个白袍子不见了，大屁也不见了。

天涯用狼眼手电照了照说：“在前面！”他上前走了几步，突然停下了，“不对！”

我正紧跟着他，他猛然停下，我一下撞在了他身上，差点儿摔倒，便骂他发什么癔症。

天涯说："嘘！你看看大屁！"

我用手电照照，就发现大屁双手举着石头，像是要往下砸什么东西，但身体却一动也不动，像是被冻住了。

我有些拿不准："怎么回事？"

天涯说："我去看看！"

他小心翼翼地走过去，伸手要去拍他的肩膀。就在他的手刚伸出去、悬在空中时，大屁身体一动不动，但脑袋却缓缓地转了过来。他那种姿势特别怪异，就是身体完全静止不动，身子还是挺直，甚至两只手还举着石头，只有一个脑袋缓缓地转了过来，转了足足有一百八十度，然后一脸平静地盯着天涯。

天涯也一动不动，估计是被吓傻了，也直勾勾地看着他。在那个诡异的墓地里，两个人就这么静静地看着对方，看起来邪性极了。

就在我们忍不住要上去把他们俩全部踹倒的时候，大屁突然说话了，他用一种怪异的声调说了句："你，看我美不美？"

这句话特别怪异，完全不像他平时那种大大咧咧的声音，也不像任何一种人类的声音，那声音僵硬、干涩，就像有人舌头不会绕弯，硬要说话一样。

天涯也绷不住了，他们两个人离得很近，几乎是头顶头、脸贴脸，随着大屁的脸慢慢往上压，他就慢慢往后仰，最后大屁突然伸出舌头，舔了天涯的耳朵一下。

我一阵恶寒。

领队在后面低声吼了一句："你美个屁啊！"

大屁身体明显抖动了一下，然后他又做了一个动作，慢慢缩回头，朝天涯诡异地笑了一下，然后极快地伸出舌头，迅速地舔了一下自己鼻尖，又缩回去了，接着身子就消失在了黑暗中。

这下我彻底相信了，这大屁还真是被什么怪物附身了，我活了三十多年，就没见过有人能舔到自己鼻尖的人。

天涯一屁股坐在地上，我赶紧冲过去想把他拖回来。天涯却拼命挣扎："不对，不对，快抓住他！"

我吼着："先别管他，你先回来！"

天涯却拼命推开我们："不对，不对，他不是那个大屁！他不是那个大屁！"

我明白他的意思："我知道，他被大长虫附身了嘛！"

天涯拼命摇头："不不不，他不是大屁，是另外一个人！"

天涯使劲儿喘着粗气，给我们解释了一下，说大屁刚才抱着他，我们这里看着像是舔他，但他却在那瞬间说了一句话，他说的是："你们封不住我，我要出来了。"

我浑身的汗毛都竖起来了，这怎么觉得那么恐怖，像是什么大妖要出来灭世了。我觉得太邪乎了，就说要不然还是先下去，到楼下从长计议。

领队原本就有些纠结，是怕我们耻笑，才跟上来的，这时候更加害怕，嚷嚷着赶紧下去，哪个龟孙不下去，他就是个信球！

天涯有点儿恼火，因为这个领队是他找的，说以前合作过好多次，是过命的交情。他赶紧过去把领队拉到了一边，小声跟他说了几句什么，但领队可劲儿地摇头，说命都莫有哩，还操心恁些了！

两个人就吵吵起来，几乎要动手，领队也在那里耍无赖，擎着脸凑在天涯身前，让他打，不打就是个鳖孙！

我见两个人又呛起来，赶紧过去劝架，先拉开了天涯，又拖着领队往下走。

领队还在撒泼打诨，赖着不肯走，后来被天涯狠狠踹了两下，才踉跄着往前走，还恨恨地说“打他爹哩”“儿子打亲爹哩”。

我也有点儿讨厌这个人，不过想想，人家说得也没错，他拿那点儿辛苦钱，是带我们来玩的，不是玩命的，的确不至于。

领队边走边骂骂咧咧的，有时候还要冲上去几步，要跟天涯拼命，我好容易才把他拉下来。

没想到，走到楼梯拐角处，领队突然停下身子，转头看着我，盯了我足足有十几秒钟，看得我有些发毛。然后他低声问我：“你……到底是哪边的人？”

我不明白了：“什么？”

他冷笑着：“装？还跟我装？从一开始我就知道，你肯定有问题。说实话吧，你到底是哪边的人。”

我彻底不明白了：“这是什么情况？”

要知道，领队老驴一直是个颠三倒四的人，胆小还爱吹牛，还是段位特别低的那种。他的普通话也很不标准，时不时冒出来几句河南话，让我们一直都没把他当回事。但他这时候分明像变了一个人，不仅神态变了，连声音也变了，犀利得像一把剑，寒光闪闪，逼视着我。而且他的话没有任何口音，是很标准的普通话，清晰有力，毫不拖泥带水。

我脑子迅速转了一圈，决定诈一下他，就冷笑着问：“你是从哪里看出来的？”

他轻蔑地笑了：“其实你已经隐藏得很好了，你的履历全是真的，也的确是个作家，还在互联网公司工作过。但是，你做错了一点。”

我装成毫不在意地问：“错了哪点？”

他冷笑着：“你不应该带孙少。”

我心想，这和孙少有什么关系？继续用轻蔑的态度问：“那又怎么样？”

“所有人都知道孙少之前在这里发生过的事，他不会帮你的。”他一个字一个字地说完，脸上浮现出了神秘的笑容，仿佛阴谋终于要得逞了，对着挣扎的猎物说出了全盘计划，等着看猎物一脸绝望的表情。

可我的确啥也不知道啊！难道我要告诉他，对不起，先生，你弄错了，孙少和我真的没啥关系。我只能继续装，还装成那种满不在乎的表情，淡淡地说：“哦，那又怎样？”

他脸上的表情突然变了，古怪地看着我，然后肯定地说了一句：“原来你什么都不知道！”

我赶紧说：“不，我都知道！”

他恶狠狠地说：“你知道个屁！”他一把拽住我的领口，几乎单手把我提了起来，勒得我根本喘不过气来。我拼命挣扎，但他的手却像铁钳一样，根本掰不动。

他的眼神有些迷茫，也有些恐惧，不断自己念叨着：“你到底是谁？是谁……”

我拼命地挣扎，想起以前一个老警察跟我说过，要是有人勒住你的脖子，你就使劲扣他的指甲，指甲一扣，会连着血肉下来，没人能忍得住。

我摸到他的指甲，用大拇指使劲儿一扣，指甲应声而起，我觉得手上黏糊糊的，估计是他的鲜血。但他还是喃喃自语，像是根本感觉不到痛苦。

我也有些害怕了，这人看着像被什么鬼东西附身了，还是死死掐住我，我的意识越来越模糊，眼看就要死在这里了。

这时，我身后突然传来一股热辣辣的感觉，这感觉很微妙，有点儿像你在睡觉，一只猫跑过来，歪着头朝你脸上凑，胡子都扎到了你的脸上，还能听到它呼哧呼哧喘气的声音。

但我的脑袋被他死死卡住，根本动弹不了，只能任由那种感觉越来越近。这时候，领队终于看到我身后的东西，他大叫一声，猛然抛下了我，然后连滚带爬地往下跑，边跑边拼命吼叫，仿佛后面有一个恶鬼在追他。

我终于松了一口气，瘫倒在楼梯上，使劲儿揉着喉咙，大口呼吸着新鲜空气，感觉喉咙一阵刺痛，又有点儿恶心，拼命咳嗽了起来。

好容易缓过来一口气，我猛然想起一件事：在我身后吓跑了领队的，到底是什么东西？我慢慢转过身去，然后就看到了极其恐怖的一幕。在我身后，突然出现了一个老太太苍白的僵硬面孔，冷冷地盯着我。

我吓得往后连退几步，一下子摔倒在楼梯上，连续往下滚了几格，才堪堪停住。我的动静很大，惊动了下面的人。

秋裤哥他们赶紧上来，问我："怎么了？怎么了？"

我顾不上其他，紧紧抓住他的手问："领队呢？"

秋裤哥一脸迷茫："他不是跟你们在一起吗？"

我叫道："他刚才跑下去了！你们没看见吗？"

秋裤哥更加茫然了："这……不可能啊！我刚才一直守在楼梯口，别说一个大活人，就是只耗子，它也跑不过去啊！"

我不相信："这不可能，这段楼梯就那么长，我亲眼看着他跑下去的！"

秋裤哥见我不相信他，也有些恼火，问其他人："你们看见领队下去了吗？"

几个姑娘也是连连摇头："没有，没有！绝对没有！"

看着他们一个个坚毅的表情，我也有些恍惚……刚才到底是怎么回事？领队明明发疯般地往下冲，就这几级台阶，他几秒钟就能冲下去，那他到底去了哪里？

我又问他们："那你们听见有人喊叫了吗？"

他们还是一起摇头："没有。"

秋裤哥没好气地说："老子就听见你惨叫了一声，然后赶紧上来，就看见你连滚带爬地在那里乱叫！"

看了看周围，这个怪异的楼房静悄悄的，周围的一切都显得特别怪异和恐怖，让我更加害怕。

第十八章　阴谋！以及阴谋背后的阴谋！

我坐在楼梯上，有些恍惚，到底是怎么回事？莫非……我刚才出现了幻觉？还是说他们全都出现了幻觉？越想越觉得不对劲儿，我掏出一支烟，使劲儿抽了几口，拼命压制心中的恐惧。

秋裤哥等我稍微安稳了些，问："刚才到底怎么回事？"

我刚想说领队的事情，话到嘴边，想着还是留一手吧，就问他："刚才你看到我的时候，发生了什么？"

秋裤哥说："你当时趴在楼梯上，张牙舞爪的，像是在跟什么东西打架，吓了我一跳，以为你魔怔了。"

我骂一声"扯淡"，扔掉烟头，转身就走，其实心里也是七上八下的。

秋裤哥问我："你干啥去？"

"看看天涯他们干吗呢？"

我其实是想问问天涯，领队到底是怎么回事，那几句扑克牌代号又是什么意思？

之所以没和秋裤哥说这件事，说实话，是因为他说没看到领队，让我有些不敢相信。也许是我多心了，但在这种情况下，还是谨慎点儿吧。

我一步步走上去，想不管怎么样，只要我走上去，就会知道真相了，如果上面没有领队，就说明秋裤哥他们在骗我。还有……我心里突然冒出一个恐怖想法：会不会所有人都在骗我？

虽然这种可能非常渺茫，但之前小公主跟我说过，这里所有人都不可信，孙少明显也有事情瞒着我，他之前肯定来过这里，却没有告诉我。

那天涯呢？其实想想，我也不太了解天涯。越想，心里越冷，每走一步，都觉得距离真相更近了一步，心里也更冰冷。

上完最后一阶楼梯，再次进入了那个巨大阴森的空中坟墓，就看见天涯站在那里，直勾勾地看着我。

他说："老鱼，我和你说一件事，你可别害怕哈。"

我说："嗯。"

他犹豫了一下，说："算了，还是你自己看吧！"

他带我去了一处墓碑，给我指了指，又拍了拍我的肩膀，想说些什么，但终究没有开口。

我蹲下身子，用手电照了照，脑子"嗡"一下炸了。那个断了一角的墓碑上，贴着一张发黄的黑白照片，上面那个笑靥如花的姑娘分明就是失踪的小公主！

我之前有过很多设想，比如她被神秘势力抓走了，或者她自己就是神秘势力，甚至她可能一直在秘密监视着我们，但我怎么也想不到，她竟然……已经死了！这……怎么可能呢？

抬起头，天涯也是一脸的沮丧，说了声"节哀"，想了想又安慰我说"大丈夫何患无妻"。

我瘫坐在地上，麻木地从口袋掏出一根烟，含在嘴里，也忘了点，就拼命吸，脑子里各种纷杂的东西全闯了进来。

小公主……这么一个骄傲的姑娘，就这么香消玉殒了？或者说，她早就香消玉殒了，只是一直在这里默默等待着一个人？

我是相信前世的，莫非是某一世和她有缘，所以才有了这一次的相逢？

说实话，我们认识的时间很短，还说不上有很深的感情，不过我的确很喜欢这种姑娘，她身上萦绕的神秘感，她骄傲的样子，她讲述的母亲的故事，她的一颦一笑，都让我深深着迷。

小公主，我低声呼唤着。突然想到，我还不知道她的过去、她的童年、她的家庭、她的感情，甚至她的名字。

天涯也很感慨，在那吸着鼻子，无措地转悠着，用手电筒到处照着，他突然惊叫着："还有大屁！"接着又喊起来，"老鱼，还有你！"

我懵懵懂懂地看了一眼，就这一眼，仿佛浑身的血液都凝固了，结结巴巴地说："这……这是怎么回事？"

原来在横七竖八的墓碑上，赫然挂着我们几个人的照片，有天涯，有秋裤哥，有我，还有其他好多人。

这是怎么回事？我吓了一跳，这事情越来越诡异了，简直到了匪夷所思的地步！

我问天涯："怎么办？"连问了几句，都没什么回应，再回头看看，却发现天涯已经失踪了！

天涯，也失踪了！我彻底乱了阵脚，开始顺着楼梯往下跑！跑了没几步，就从楼梯上摔了下去，连滚带爬地爬到一楼客厅，又跌跌撞撞地跑到门口，看到秋裤哥和林老师在那里。

我喊起来："天涯？你们有没有看到天涯？"

秋裤哥摇摇头："没有啊，他不是和你在楼上吗？"

我不相信他，一把抓住林老师的手，问她："刚才有没有人下来？你说实话！"

林老师有些紧张，她拼命挣脱了我的手，后退了一步，用那个笔记本保护着身体，说："你……你要干什么？"

我红着眼睛说："人呢？他们那些人呢？所有的人呢？"

林老师不敢面对我，抱着日记本一步步往后退。

秋裤哥一把抱住我，喊着："老鱼！你是不是疯了？你疯了吗？"

林老师尖叫着跑了出去。看着林老师仿佛躲避恶鬼的样子，我也有些恍惚，我到底怎么了？莫非我真疯了吗？可刚才领队明明说了那么多匪夷所思的话？他明明就是从楼梯上下来了？还有，那个墓碑是怎么回事？

对，墓碑！我一把拉着秋裤哥，就要带他上去看！他死活不信，还质疑我疯了，我拼命拉着他往上走，说只要他看到墓碑，就知道我没有说谎，就知道这里的确有问题了！

我当时吓得手电都掉了，我们顺着手电光很容易找到了墓碑，秋裤哥用手电一照，也是倒吸了一口冷气。

我说："是不是？是不是很邪门？"

秋裤哥点点头："是挺邪门的，这人怎么长得像个猴子！"

我一愣，赶紧捡起手电照了照，不由一阵头皮发麻！在那个墓碑上，贴着一张发黄的老照片，那个老头子长了一张马脸，是一张典型的冥照。

这不对啊！我记得清清楚楚的，这原本贴着小空姐的照片啊！我赶紧继续照其他地方，却发现墓碑上全是老头、老太太的那种冥照，并没有任何问题！

秋裤哥犹豫了一下说：“老鱼，咱们还是先下去吧！”

我哆哆嗦嗦地说：“不对！不对！肯定是哪里出问题了，我当时看到的不是这样的，当时有小空姐，有天涯，有大屁，还有我！真的有，我马上就能找到，马上……”

秋裤哥从后面抱着我，我拼命挣脱，让他放开我，说马上就找到了。他狠狠把我摔倒在地，我的头磕到了墓碑，疼得厉害，我捂着头站起来，又继续找。

秋裤哥狠狠给了我一个嘴巴，把我给打蒙了。他狠狠摇晃着我的肩膀说：“老鱼！你清醒一些啊！清醒一些！这里没有你们的冥照！没有！你是不是疯了啊？”

我的脸火辣辣的，脑子仿佛要炸开了，我再也忍不住了，蹲在地上紧紧抱着头，后来就瘫倒在了地上。

秋裤哥点了一根烟，又递给我一支：“没啥，这个鬼地方，什么好人都要发疯的！”

我僵硬地接过烟，狠狠吸了两口，拼命压住心里的慌张，终于觉得好了一些。

秋裤哥说：“老鱼，我估计这次咱们是没法活着出去了。我们可真是倒了八辈子血霉了，来这个鬼地方！真衰！”

我使劲抽着烟，没说话。

秋裤哥问我：“老鱼，你为啥要来荒村？”

我一愣：为啥要来？开始是为了调查时间加速的秘密，后来？后来我也搞不懂了，反正就这样掺和进来了。

我抽了根烟，苦笑了一下：“这事情怎么说呢？还真是不好说！”

秋裤哥说：“现在想想，这事还真挺邪门的！我原本在北京好好开着淘宝店，线下线上都能卖货，偏偏就来了这个鬼地方，还真是命中注定！要是能回去，得赶紧去庙里烧烧香！”他狠狠一拳打在地上，“那也得能活着回去才行呀！”

我没有理他。

他又问我：“老鱼，你有什么秘密吗？都到这个时候了，有啥就说啥吧，还有啥不好意思的。”

我还是没说话。

他自言自语道：“中年男人，谁还没点儿秘密呢？不可能的！你知道的，我开淘宝店，卖山寨货，拼命挣钱，什么钱都挣！我挣钱，是想娶一个女人！那个女人，也是我的初恋，后来我们家条件不好，她嫁给了其他人。那个男人对她不好，打她！擀面杖都打断了好几根！后来我有一次回去，就跟她好上了！我想好了，只要在北京买了房子，就把她接过来，哪怕是延庆、密云都行！

“我现在好后悔啊，老鱼！其实房子不房子的，并不重要，重要的是两个人在一起就好了，你说是不是？”

我勉强“嗯”了一声。

秋裤哥使劲儿弹了下烟头，眯着眼问：“老鱼，你有啥秘密吗？”

我不明白他的意思，就摇了摇头。

他说：“人这一辈子，哪个没有啥秘密呢？比如说，你为啥来荒村？这估计就是秘密。”

我不想理他，也不想说话，就摇摇头。

他凑过来说：“都这个时候了，还不一定能不能活着出去呢，你就说说呗！”

我还是摇摇头。

他最后凑过来，眼睁睁地看着我，一字一字地问：“你说，要是明天就是世界末日了，你最后悔的是什么？”

我说：“我最后悔的，就是没有找到小公主！”

秋裤哥一下子愣住了，他直勾勾地看着我，看了好久。接着他突然哈哈大笑，笑得头仰后合的。然后，他抄起一块板砖，狠狠砸在了我头上，剧痛无比，一股血水顺着我的脸颊流了下来。我被打蒙了，一脸不可置信地看着他。

他恶狠狠地说：“都什么时候了，你竟然还想着那个臭婊子！”

他一把揪住我的头发，把我的头狠狠撞在地上：“快说！快说！你的秘密到底是什么？”

他掐住我的脖子，疯狂地把我的头撞在墙上，我拼命挣扎，却被他压得死死的。我徒劳地想抓住一些东西，手电、石头、刀子，或者其他东西，地上却什么也没有，我的胸膛像着了火，鼻腔里火辣辣的，应该是流血了，我拼尽全挣扎，却怎么也挣脱不掉。

秋裤哥死死掐着我的脖子，一脸狞笑：“早就看你这个小白脸不顺眼了，那个婊子还不让我对付你！哼，老子这次送你下地狱！”

我眼前越来越黑，几乎要晕过去了，这时就听见“咚”一声响，接着他就像一摊烂泥摔倒在我身上，接着一个纤细的身影隐入了黑暗中。

我拼命推开秋裤哥，大口地喘着粗气，感觉新鲜冷冽的空气涌入我的肺泡，整个人重新活了过来。回头看看，发现他头上破了一个洞，正往外淌血。

我用手揉着脖子，火辣辣地疼，鼻子也在流血。浑身瘫软的我爬都爬不起来，向四周看看，到底是谁救了我？我回忆起那个模糊的影子，大声喊着：“小公主！小公主！”周围空荡荡的，什么都没有。

我捂着鼻子四处寻找，但整个大楼空荡荡的，连个鬼影子都没有，我甚至回到秋裤哥打伤我的地方，可发现他也失踪了。

所有人都神秘失踪了。

我拖着疲惫的身子，失魂落魄地回到了一楼，看着外面黑压压的天空，抱着腿坐在台阶上，等待着天亮。

突然，别墅里那诡异的声音猛然又响起来了，仿佛什么东西开启了，接着一个鬼脸冲我扑了过来，紧紧抱住了我！

我再也忍不住了，拼命挣扎，大声呼救。这时，就听见“咔”的一声，接着有人说了声：“OK，非常好！”然后，整个别墅的灯光重新亮起。

我吃惊地看到，抱住我的竟然是戴着鬼脸面具的天涯，他摘下面具，冲我傻笑着。他给我指了指，周围有几个隐蔽的摄影机，以及摄影机后面消失的摄影师！在他们身后，站着失踪的林老师、大屁、宋教授、小希，还有一群人。

这到底是怎么回事?

接着，小网红和编导一起推出来一个大蛋糕，朝着大家挥手。编导说：“大家庆祝一下吧，我们终于创造了一个记录：23个人连续48小时全方位实拍的真人探险拍摄记录！”他带头鼓掌，“感谢大家完成了这次全景实地真人秀表演，这应该也是迄今为止规模最大、效果最好的真人秀表演了。我们已经全程记录下来，后面会申请吉尼斯世界纪录。在这里，我代表整个剧组感谢大家给我们带来的最真实的演出，后续我会剪辑出来，送给大家！”

全场沸腾了，有人在后面撒花，有人在吹口哨，天涯拿着一瓶香槟使劲儿摇着，朝我们喷洒，说终于可以不用节省食物了，这次大家好好撮一顿，明天回市里请我们吃松鼠鳜鱼！

我终于明白了，原来这是一场真人秀，所谓的时间加速什么的，都是他们制造的烟幕弹，其实都是假的，就是为了要创造一个吉尼斯世界纪录。

天涯他们都知道，就把我们蒙在了鼓里，好拍摄出真实效果，那个老是发出怪声的收音机，那个在地里干活的老人，那些鬼脸面具，包括失踪的人，都是他们设计好的！

我终于松了一口气，瘫倒在地上，整个人都松弛了。

小网红脱了鞋子追打天涯，说这个老王八蛋差点儿把她吓出神经病来，简直禽兽不如！小希也笑了，说她当时要吓死了，以为真失踪了，没想到是凳子底下有个机关，她直接掉下去了，接着就看见编导他们了。

编导说：“没想到荒村底下被挖空了，所以机关设计得特别容易，简直就是天时地利人和。这次真是辛苦大家了，大家先休息休息。待会儿就有车来接我们，送我们出去。”

我看着一个个熟悉的面孔，想着这两天经历的事情，确实有些感慨，也和大家一一拥抱，感谢一路的陪伴。

编导过来跟我道歉：“真是不好意思，让您受惊了。我们这次也是想做个尝试嘛，就是想研究一下在极端情况下人的反应是什么？所以您受累了，就当是为科研献身嘛！”

“没事，没事，都能理解嘛！”我哈哈一笑，摆摆手问他，“对了，您刚才说什么？”

“就是您深明大义，为了科研献身。”

“哦，对！”然后我暗暗运足气力，一个嘴巴子狠狠地扇在了他脸上，疼得我手心都热辣辣。他没想到我会突然出手，捂着脸不可思议地看着我。

我说：“哎呀！好像出手有点儿重了。我啊，也想研究一下极端情况下人的反应是什么样的？您也受累，为科研献身一下吧。”

他讪讪地笑着，尴尬极了。

我问摄影：“您是不是也喜欢研究极端情况下的人体反应？”

摄影拼命摇头：“没有，没有！哪个正经人会没事研究这个？”

我说：“有道理！”

摄影说：“不过鱼叔啊，我其实也挺想采访您的！”

我打了那个杀千刀的编导一嘴巴子后，心情大好，问他：“你想采访什么？”

“我就想采访一下，您当时真以为时间加速了 7 天，后来是怎么分析的？有没有想过自己真有什么特殊身份或超能力之类的？”

我摇摇头：“没有。”

他笑了：“你看，咱们看美国电影，多是小人物拯救世界的那种剧情，我就不信您没有过这种想法，比如小时候被外星人劫持过啊，或者梦中有人传法之类的，我看您的公众号不经常写这类故事嘛！”

“那都是别人讲的，反正我自己从没遇到过！”

他继续笑着问：“那您就没经历过这种超自然事件吧？”

我想了想：“还真有！”

他兴奋了：“什么？”

我说：“我特别喜欢吃巧克力，一次能吃一大盒，算吗？”

他的笑瞬间就尴尬了：“鱼叔真爱开玩笑！那您真没觉得自己有什么特殊之处吗？”

“真没有，要是有的话，我早就吹出去了。”

他的笑容渐渐冷了：“要是 7 天加速的事情是真的呢？”

“那大家就一起死喽！”

说完，我突然发现，队伍里没有小公主和孙少，也没有领队和秋裤哥。我摸了摸脖子，现在还火辣辣地疼，心里也有三分懊恼，想着演个戏而已，犯得着那么用力吗？差点儿把老子勒死！

我问天涯："小空姐去哪儿了？她也是你们请来的演员吧？还挺厉害，以前练过武术吗？"

天涯支支吾吾地说不出来，他问编导："这个人是你们临时找的吗？演得很好嘛！"

编导也愣了："不对啊，她说是你找的啊！"

天涯说："没有啊！她当时来的时候悄声对我说，是你们安排她临时进来的，不然我怎么可能让她来！"

编导赶紧问摄影，摄影也说从没见过这个人。编导也有些着急了，赶紧向众人了解她的情况，知道她被人掳走后，更是吃惊不已，并赌咒发誓说他从没设计过这个剧情，而且把山路炸掉也不是他们安排的。

他说："你想啊，我们拍个节目而已，哪能真炸山！破坏环境是违法的，我们要进去的！"

天涯也觉得不对："那屋子里的线索，缂丝之类的，也是你们设计的吗？"

编导摇摇头："缂丝？什么缂丝？"

宋教授跟他解释了一下，我们一路上找到了好多线索。编导摇摇头："我们就看到一间老房子里有幅古画，后面写了几个字，就放了一幅蜡笔小新的画，后面也加了那几个字，想做点儿喜剧效果，其他的都没有。"

我的脑子里乱糟糟的，没想到最后是个局中局，看来我们一路上找到的线索根本不是节目组设计的，那又是谁设计的呢？孙少、小公主又去了哪里？

我又确认了一下，没想到领队和秋裤哥的异常表现都不是剧组安排的，编导甚至对我诅咒发誓，不知道两个人去了哪里。他说：“现在想想，领队其实是自己跑过来的，我当时在群里发布了征集领队的消息，他二话没说就自己买票来了苏州。现在来看，他积极的态度就很可疑。秋裤哥更不用说了，他本来是个很抠门儿的人，但这次如此大方，肯定有问题！”

编导也觉得问题很严重，感觉事件脱离了自己的掌控，他决定不再等到天亮，现在马上离开，出去后立刻报警。他告诉我们，已经安排好了一艘船，就在外面等着，随时可以离开。我们也不想在这个鬼地方多待，大家一致决定，赶紧坐船走。

走到湖边，发现果然停着一艘渔船，有个老渔民坐在驾驶室抽烟。

编导大声喊着：“老吴，老吴，开船了！”

老吴不说话，编导过去拍了拍，却见他头一歪，摔倒在了船板上，露出一张惊恐苍白的面孔。众人吓得立刻尖叫起来。

天涯原以为是节目组开玩笑，过去摸了摸，自己也哆嗦了：“真……真死了！”

编导也吓得浑身发抖，摄影机掉在了地上，坐在地上哀号起来。

第十九章　荒村是“活”的

事情再次出现了变故，我决定独自出走，去找小空姐和孙少。天涯他们劝我不要独自冒险，但我已铁了心，他们便想留下来陪我，但被我拒绝了，这是我的私事，不应该麻烦大家。最后，我再次拥抱了每个人，然后大踏步走进了荒村。

临行前，林老师给了我一张照片，说她这次来是找未婚夫的，他 10 年前消失在了一个荒村，她之前记录的都与未婚夫留下的资料相关。

我看了看照片，年轻的林老师一脸幸福地依偎在一个男人怀里，那个男人一脸阳光，鼻子左侧有一颗黑痣。

我转身走了，天涯追了出来。但我不知道的是，在我一步步离他们远去时，他们还保持着那个姿势，冷冷地看着我。

之后有人说：“他可能发现了我们的秘密，要不要清除他？”

有人摇摇头：“不行，他是唯一的线索。”

一个声音低声说：“启动二号行动。”

我甩掉了天涯，孤独地走在路上，最黑暗的时刻已经过去了，天空呈现出一片古怪的墨绿色，天马上要亮了，湖面上升起一层薄薄的雾气。

我随便选了个方向，茫然地走着，突然发现雾气里有一个粉色影子，像是小公主！

我赶紧呼唤："小公主！小公主！"没想到，她却转身跑了！我赶紧追了过去！雾气越来越大，很容易失去目标，但庆幸的是她就在我的视线范围内忽隐忽现，像是在故意引我前行。

我在雾气里跌跌撞撞地走着，突然脚下一绊，险些跌倒。我索性坐下，想抽支烟，但摸了半天什么也没有，这时背后突然伸出一只手，递了支烟过来。

我吓了一跳，差点儿蹦起来，回头一看，却是孙少。他穿着一身粉色衣服，背着那个巨大的匣子，似笑非笑地看着我。这分明就是我在雾气里看到的那个女人，竟然又是他假扮的！

我惊讶地问："你……你……你怎么在这里？"

他做了一个噤声的手势，拉着我避开了影子里的几个人，然后才松了口气："总算摆脱他们了。"

我赶紧问："他们是谁？"

"还不是你那个史上第一的探险天团！你这个探险天团都是高手啊！还真是名副其实！"

我有些不好意思："估计天涯那边没找好人！"

孙少摇摇头："这是有预谋的！他们应该早就安排好了，一步步地把你套进去！我当时提醒了你几次，你都不在意！我也想看看他们到底想干什么，于是就假装失踪，偷偷跟在你们身后。我发现，他们并不想伤害你，应该就是单纯想取得你的信任，然后套出时间加速的秘密。不过他们没想到，你自己啥也不知道。”

“时间加速不是节目组安排的假象吗？”

孙少又揉乱了我的头发：“你还真是傻得可爱！你自己想想，你是怎么去的北京？又遇到了谁？这种级别的人怎么可能配合他们做节目！”

想想也对，我自己怎么疏忽了这些，被他们一步步引进这个巨大的骗局，完全丧失了分辨能力。

孙少安慰我：“没事儿！他们很专业，都是专家级的，一环扣一环，简直像催眠一样。对待你这种小白，简直就是牛刀杀鸡了！我要不是经过专业训练，提前跑掉，也会被他们算计进来。”

“他们到底是谁？”

“你不是听说过影子机构吗？这应该也是类似的组织，或者是他们的敌对方，也想知道时间的秘密。”

“没想到自己还成了竞相争抢的一块肥肉。”我苦笑着问孙少，“对了，小公主呢？”

孙少摇摇头：“我也在找她。她身上有很多秘密。”

“她还安全吗？”

“放心吧，她很安全。她可是一个深不可测的人啊！”

我想了想，发现每个人都藏着秘密，看来真的谁都不可信。

孙少看了看我，明白了我的意思，苦笑着说：“我是骗过你，不过我还是自己人，你可以相信我的。”

我摇摇头：“我现在谁也不信。”

“我的确隐瞒了一些事实，不过并不想骗你。”

我站起来："算了，我不想和一个骗子在一起。"

孙少急了，猛地站起来，狠狠吸了几口烟，咬了咬牙说："算了，我实话告诉你吧，我来荒村的真实原因！"

我犹豫了一下，坐下了。

他说："这个村子我10年前来过，当时来了好多人，只有我活着出去了。"

我惊讶地坐了起来："你来过这里？"也明白了小公主那张照片的由来了。

孙少点点头，继续说："我爷爷在档案里提到过这个村子，说这里非常怪异，是他所见过的最怪异的村子。这个村子是'活'的。"

"村子是活的？这是什么意思？"

孙少没理我："自从我知道这个神秘的荒村后，就开始寻找这里，直到10年前终于找到了。那一次我找了一帮狐朋狗友，来这里进行探险，结果就出了事。"

我问："出什么事了？"

"我们来的地方，根本不是这个荒村。这件事非常古怪，很难说明白，所以我只能说这个村子是活的。"

我听不明白了："村子怎么可能是活的？"

"你不明白，这个村子每次出现时都和前面不一样。我这次来看到的情况，就和10年前完全不同。"

"这个村子还能变化？"

"这个问题我想了很久。我觉得，这里可能类似一个魔方，或者说是一个拼图，这个拼图会随意变化，所以每次来都不一样。”

我问：“到底是什么力量才能驱动这样恐怖的拼图？”

孙少笑了：“不管是什么力量，它一定非常可怕，甚至可以让整个村子消失得无影无踪。你可别忘了，10 年来我一直追查这个村子，但一直查不到，可如今它又突然出现了。”

我问他：“那怎么出去？”

孙少说：“那就要打破这个村子的诅咒了。”

“什么诅咒？”

“解开这个村子的密码。”

“如何解开？”

“如果这个荒村是被人设计出来的一个拼图或魔方，那它一定会有一个地方是始终不变的。我想了好久，这里唯一不变的就是这座建筑了。”他指着那座巨大的俄式建筑，“就是那里。”

我想到一个问题：“10 年前，你是如何出来的呢？”

孙少淡淡地说：“10 年前我们被困在荒村里，食物和水不够了，大家开始互相抢夺，后来我打败了所有人，带着一个女人来到了湖边。我们把抢来的所有物资都用来造船。不过船太小了，只够一个人乘坐。那个女人打晕了我，把我绑在了船上。等我醒来后，发现自己已被风浪吹得很远了。后来，路过的一艘渔船救了我。之后我发疯般地寻找她，却发现这个村子，包括这个小岛，都神秘消失了。

“我花费了很多力量去寻找这个荒村，但发现其背后的势力深不可测，其中就包括你说的‘影子’机构。我知道‘影子’一定会跟着你进来，所以利用了你，希望通过他们找到那个女人。后来我发现，那个探险队混进去好多身份可疑的人，所以就偷偷溜走了，暗暗跟着你。

“不过，我没想到你真的什么都不知道，我们全都落空了。其实，我并不在乎什么时间加速、世界末日之类的，我就想找到她。都 10 年了，那个女人一定很孤独吧。”

孙少面无表情，仿佛在喃喃自语：“我出生在江南大族，九代单传，自出生之日就决定了我可能会是个纨绔子弟。父亲对我说过，我这辈子什么都不用做，就是给家族多留一些后人就好了。

“五陵年少争缠头，一曲红绡不知数。我这种人，怎么会被一个女人困住呢？我平生从不欠别人的，即便一杯酒、一根烟，都要百倍千倍奉还，我孙少犹如太阳，只是给予，从不索还。可 10 年前在这里，在这个荒村，我却欠了那个女人一条命，她只问我要了半支烟。”

一朝风月，万古长空。

他把剩下的半支烟插在地上，说了声：“傻女人，我欠了你一条命，却还不知道你的名字。”他大踏步走向俄式建筑，“这条命，我现在还给你。”

我问他：“你要干吗？”

“要想破坏一个拼图，最简单的方法就是毁掉拼图里最核心的版块。这个核心板块是不会变的，上一次，我们也看到了这座建筑。”他眯着眼，打开背后的匣子，里面密密麻麻的全是军用雷管，“我要炸掉它！”

我心里一惊，赶紧跟了上去。孙少很快到了第二层，他坐在墓地中间，开始边喝酒边在地下布雷管，明显是想殉情的前奏。

我冲过去，使劲儿摇晃着他，让他振作起来，他却丝毫不为所动。

我在他耳边吼道：“她也许还没死！还在等着你去找她！”

“不会了，已经10年了，没人能在这个鬼地方活10年的。”

我又吼道：“也许她藏在某个地方，给你留下了什么话，你难道不想知道她临死前给你留下什么话吗？”

孙少猛然愣住了，他慢慢转动着酒瓶，终于缓缓站了起来：“她应该猜到我肯定会来找她，应该给我留了遗言。”

我赶紧说：“是啊，是啊！你一定要找到她啊！”

孙少站起来，环绕了一下四周：“那她会放在哪里呢？”他想了一下，肯定地说，“她这样聪明的女人，一定破解了荒村的秘密，然后在里面等着我。”

我说：“是啊，是啊！”

“闭嘴！”然后他开始研究整座建筑的布局。

他用手电一寸一寸地照过，过了好半天才说：“这座建筑不对！这里是香山工匠修建的，也就是传统的苏工，但你仔细看，它并不是砖混结构，都是木质的！苏工讲究榫卯结构，就是在两个木构件上用凹凸连接，号称不用一钉一铆，讲的就是苏工这个技术。”他指着某一处，“但这一处用了大铆钉，明显不对！”

孙少拿起长枪，朝那里猛然一刺，那里的木壳子应声而破，露出了一个很大的通道。我们两个顺着通道钻了进去，发现这里是一个盘旋的楼梯，楼梯外全是巨大的齿轮，一个个咬合在一起，密密麻麻的，从楼上延伸下去，仿佛某个巨大的机器。

这是干什么的？我突然想起喇叭里说的那句话：你们是人类吗？便觉得有些恐怖。

顺着齿轮找了一圈，终于发现了机关，那是一块很大的黄铜牌，一圈圈的，看着像一个很复杂的罗盘，上面雕刻着密密麻麻的花纹，只是中间缺了一小块。

我用手摸着花纹，有种熟悉的感觉……童年的记忆猛然涌上心头，就像我当年抚摸着吴爷爷布满古怪烙印的后背……是的，这个花纹和吴爷爷身后的烙印几乎一模一样！

孙少看了看这个罗盘，“咦”了一声，从脖子上摘下他那个非石非铁的牌子，对着试了试，结果正好契合进去。

我不由地问：“你爷爷当年来的荒村，不会就是这里吧？”

孙少苦笑着：“这鬼地方那么邪乎，还真不好说，不过他当时遇到的是一个江南大院。”

“当年那个年轻人说欠你一个人情，到底是什么人情？”

“谁知道呢？莫非说的就是这次，总之可是遭了大罪喽！”他轻轻转动罗盘，里外都开始动了，最后从中间分开，露出一个老式的密码锁。

这个密码锁我以前在民俗文化展上见过，很像一个老式的铜锁，呈口字形，下面是一个转轴，分成四部分，每部分都可单独转动，轴承上雕刻着一排文字。

我说：“这是密码锁，转动转轴，上面的字就是密码，把四个转轴上的字都对应准确了，就能打开了。

孙少问：“都是哪些字，要不然挨个试试？”

我摇摇头：“古人早就考虑到这种方法了。这个密码锁内部有机关，比如灌满了硫酸之类的，如果试错几次后，硫酸就会溢出，将整个锁熔成一块青铜器，就再也打不开了。”

“能否用炸药炸开？”

“肯定不行。要是用炸药炸开的话，下面的机关肯定开启不了。”

“那怎么办？”

“让我想想。”

我猛然想起在荒村经历的冒险，第一关的木雕，第二关的缂丝，第三关的年画，第四关的核雕，正好是四条线索，会不会这四次隐藏着整个密码？

那么这四关又代表了什么汉字呢？我回忆了一下，第一张图画的是一棵树。我找了找，第一截锁轴上没有“树”这个字，再找找“木”，也没有。

孙少问：“那棵树是画在哪里的？”我翻开手机照片看了看，在一个天井里。但是天井里其实没树。

孙少说：“树是‘木’，天井是个‘口’字，木在口里，就是一个‘困’字！这是字谜！”我看了看，果然有一个“困”字，看来第一个密码找到了。

第二关是缂丝，几个人带着一只狗在田野里踏青，还有一只蝴蝶什么的。

孙少问：“仔细想想，一共有几个人？”

我找出照片仔细查看，一共 7 个人。我说：“这个我知道，我前女友分手时给我寄了一张这种画。‘一家有 7 口，种田种一亩，自己吃不够，还养一条狗。’这是一个‘兽’字。”

果然，密码锁第二栏里有个“兽”字。

孙少拍拍我的肩膀：“她骂你是一只兽？”

我摇摇头：“她骂我还不如一只兽！”

孙少点点头：“回去好好感谢感谢她。”

我们继续第三关。那张蜡笔小新年画上写着一句话，虽然是被调包的画，但字没有错，我记得很清楚，是“管乐四重奏，村头第一间”。

孙少用一根木棍在地上演算，他算了一遍又一遍，终于确认了：“‘管乐四重奏’，是一个‘欲’字，没错的！”

还剩下最后一个字。最后是核雕，这个核雕不好猜，因为核雕上雕刻的是那个老屋，好在我当时拍了照，但仔细看了半天，好像也没什么不同。

孙少说：“核雕要放大，这个要看细节的。”

我们放大后果然发现了端倪，看到上面那个老太太在绣花。再放大一些，发现她绣的场景还能看到，就是像素不够，太模糊了。

我们两个翻来覆去地揣摩那个场景到底是什么，看着像一叶扁舟在峡谷里穿行，外面是重重叠叠的高山。

“这是什么意思？”

孙少说：“莫非是‘两岸猿声啼不住，轻舟已过万重山’？”

我说：“找找有没有‘舟’‘万’？”

我们找了半天，却没有这两个字。

孙少说："莫非是'猿''啼'？"

我看了看："也不是。"

"那都有什么？"

"有梦、风、雨、山、石、天、出，都是繁体字，有些我不认识。"

我们把每个字都往上凑，觉得有些牵强，后来试到"出"，我们觉得比较有意思了，毕竟这样 4 个字加起来，好歹能拼凑出一句话——困兽欲出。看起来也像句人话。其他的像"困兽欲梦""困兽欲石""困兽欲女"，实在不像阳间的东西。

孙少说："肯定是'困兽欲出'了。你想想，核雕上雕了两层山，双山为'出'，应该是这个意思。"

我把这个字调整到"出"，然后试着拧了一下铜锁，就听见"咔嚓"一声响，铜锁竟然真被我们打开了！

铜锁打开后，像是什么紧绷的东西猛然松弛了，随着一声长长的"吱呀"声，生锈的齿轮缓缓启动，到处都是让人牙酸的刺耳声，接着整个房子剧烈颤抖起来，有些隐藏的部件升上来，有些缩了下去，整座大楼竟像变形金刚一样开始变形。

孙少拉着我往下跑，短短的一段路，不时被各种突然出现的部件撞到，我还差点儿掉进去，关键时刻被孙少拉了上来。

跑出去后才发现外面浓烟滚滚，到处是扑面而来的灰尘，原来变形的不仅仅是这座大楼，而是整个荒村，甚至说整个小岛都在变化，像发生了大地震，脚下仿佛涌过一阵阵滚雷，站都站不住。

我索性坐在地上，看着远处荒村的房屋在各种位移、变形，终于明白了孙少说“荒村是一个拼图”的含义，也明白了为何当时老找不到房子。

我大声冲孙少喊着：“变形荒村，变！”

孙少也扯着喉咙和我说了几句，但周围噪音实在太大，根本听不清楚。

他指着那座俄式建筑给我示意，我发现这座建筑已经大变样，成了一个大号的陀螺，上面细，下面粗，顶上有一个钻头，不，应该说像是一个大号的钻头！

等滚滚烟尘逐渐散开，露出了一个全新的荒村，与之前几十户人家的那个荒村相比，已经完全不同。变化后的荒村没有树木、道路，但布满了各种怪异的建筑，都是细细长长的那种，地面上也凹凸不平，看着不像村子，更像是一堆巨大的机器零件！

这才是真正的荒村吗？孙少眯着眼看着这里，露出了一种古怪的表情，然后缓缓地朝荒地走了过去。

我浑身一震，猛然想到了一种可能，莫非这就是孙少10年前来过的那个荒村？

孙少沿着荒村慢慢走着，像是在回忆着什么，又像在寻找着什么。我没敢喊他，只是不远不近地跟着他。

最后，他终于找到了。在荒村一角，有一个小小的墓碑，上面用刀子刻着——孙少女人之墓。

孙少跪在地上，抚摸着小小的墓碑，低声说：“傻女人，我回来接你了！”

我站在后面，心里也不是滋味，想安慰他，又不知说些什么，就见墓碑后面也刻了一行小字，我示意孙少看看，上面雕刻着一段字：

姓孙的，我知道你会回来，可惜你来晚了。老娘就是要你欠我一辈子，这样你才会永远记得我，永远不会忘记我！毕竟老娘就是这样独一无二、光芒万丈啊！哈哈哈哈！

孙少用手摸索着这行字，忍不住笑了，笑得眼泪都流下来了。他最后抽了一支烟，把剩下的半支插在坟前，说了声："傻女人，还你半支烟……"然后转头对我说，"你走吧，我已经到终点了。"

我答应着，突然觉得这句话有些不对，赶紧问："你不走了？"

孙少点点头，说他一辈子只是给予，从未欠过别人的，他现在要把这条命还给这个傻女人。

我劝了他半天，气得一把揪住了他的衣领："蠢货！一个人活在世上，并不是为了给予和所求，而是要出去看看，这个世界有多么美好，以及遇到更美好的人！"

他只是失神地看着墓碑，我手一松，他的身体就滑落在了地上。我恨恨地走开了。

荒村变形后，我发现它和包裹的群山割裂了，这里原本像一个盆地，外面是群山，里面是盆地，现在相当于盆地的底掉了，不时发出“咔嚓咔嚓”的断裂声，听起来很吓人，让人担心它会不会掉进湖里。

笼罩在村子外的群山也裂开了许多口子，尤其是俄式建筑旁的一座小山山壁，整个塌陷滑落了，巨大的裂口直通向太湖，就像一条导火索。

我冲到太湖旁，大声号叫了几声，又捡了几块拳头大的石头用尽力气狠狠扔到湖里。想到孙少那个傻瓜，又想到生死未卜的小公主，也不知天涯他们有没有走出荒村，越想越委屈，最后眼泪都流下来了。

过了不知道多久，有人拍了拍我的肩膀，说：“想我想得都流泪了啊！” 我回头看看，是孙少。这个混蛋又恢复了那种嘻嘻哈哈的样子，对我说：“本来我已想好死在这里了，不过想到你以后孤零零的，估计也遇不到更好的人了，还是过来陪你吧。”

我骂了几句，其实心里高兴得要命。

孙少说，10 年前他走出荒村后，让渔船掉头找过那姑娘，但遗憾的是没有找到，他依靠自家的财力对太湖进行了拉网式搜索，找了许多专业的户外搜救队，但都没有结果，因为那个荒村神秘消失了。

这 10 年来，他一直寻找荒村，也在寻找那个姑娘。他甚至不知道这个姑娘的名字，只知道她喜欢古琴。这一次，他终于找到了荒村，也找到了姑娘，算是放下了心结，也要感谢我刚才对他的一阵喝骂。

我点点头，鼓励他：“你其实不用内疚，10 年前你是一个花花公子，现在依然是。”

孙少说：“不不不，我其实很专一的，只是没有遇到真正喜欢的人罢了。”

“是啊，渣男都这么说。”我打趣地回他。然后，我又问他：“这次你应该带了一个大点儿的充气筏子吧？”孙少摇了摇头。

我大怒：“你明知道这里的情况，也不背个筏子？”

“我原本就没打算活着回去，带那些东西干吗？”

我刚想骂他，就听见旁边“轰隆”一声爆响，接着又是一连串炸响。孙少脸色大变，拉着我就往前跑，没跑几步，就被一股巨大的气浪掀翻在地。好不容易爬起来，回头就发现那座俄式建筑被炸飞了，底下露出一个巨大的深坑。

我不知出了什么事，浑身疼得要命，尤其是左肋骨，像是断了一样。我使劲儿干呕了几口，吐了几口血水，以为自己受了重伤，后来才发现是嘴唇磕破了。我朝孙少喊了几声，发现自己什么都听不见，估计是被爆炸声震得暂时失聪了。

孙少指了指耳朵，又对我比画着，我也看不明白。过了一会儿，听力终于恢复了，才知孙少说的是放在俄式建筑里的雷管爆炸了。

第二十章　太湖里升起了一个太阳

正在这时，离我们不远的太湖里突然“咕嘟咕嘟”响了起来，底下不断泛出巨大的浪花，像是有什么东西要出来了。

我大叫一声：“有水怪！”想学着电影里来个鲤鱼打挺，结果使劲儿挺了一下，差点儿把老腰折断。

孙少眯着眼说：“底下有东西要出来了！”

水花越来越大，最后竟然从湖底渐渐升出一座巨大的建筑，上面像瀑布一样，往外喷着巨大的水流，什么也看不清楚。

我叫道：“这是什么？哥斯拉吗？”

等那座巨大建筑上的水流得差不多了，我们才发现那竟是一座古庙！是的，从太湖里钻出来一座古庙。

孙少却很冷静，他饶有兴趣地看着这座古庙，甚至表情有些惊喜，还有些回味，总之非常丰富。

我结结巴巴地说：“这个世界玄幻了，不光荒村是活的，这古庙看来也是活的！”

孙少感慨地说：“没想到它竟然又回到水下了！你应该很熟悉才对呀？”

“我熟悉？我怎么会熟悉它？”

孙少笑了：“鱼宝，看来你真的什么都不记得了！”

他从钱包里掏出一张老照片，照片上是3个孩子：其中一个一脸坏笑，竟然是我。旁边那个叼着草棍子，一脸嚣张表情的，分明就是年少时孙少。最后，还有一个穿着连衣裙的小女孩。3个孩子背后是一座宫庙，和眼前的这座一模一样。

我的记忆仿佛潮水般侵袭过来，瞬间淹没了我。一时间，童年的记忆涌上心头……一群神秘人找到我们家，说要修复一座太湖里的古庙……孙伯伯带着我们3个孩子在基地外搭建了一个四脚凉棚……我们3个孩子在岛上无忧无虑地钓鱼、放风筝……

原来孙少就是孙伯伯当年带过去的那个孩子，那小姑娘又是谁呢？孙少看着我的表情，感慨地说："看来你真是忘记了许多事。不过，能忘掉那些记忆，也不失为一件好事。"

我呆呆地看着那座突然出现的古庙，突然有些感慨，原来一切的根源在30年前就注定了。

又想起那个找我们家修建古庙的神秘组织，想着因为修建这座古庙我们家发生了天翻地覆的变化，没想到当年和我一起玩耍的孙少家竟然成了江南首富，不知那个小女孩又去了哪里……

我苦笑着，难怪后来怎么也找不到关于这座古庙的信息，原来它又一次沉入了湖底,那它为什么现在又突然浮起来了呢?

孙少耸耸肩，表示他也不知道，不过他觉得，这应该和荒村的变化有关，应该是启动了什么机关，导致这座古庙又出现了，或者说古庙和荒村原本就是一体的。

我们两个很清楚，当年修复古庙时周围全是空荡荡的湖水，没有任何建筑，难道当年除了修复这座古庙，又在旁边修建了一个村子？而且还是一个能变形的村子！那可真是大手笔！

孙少说：“好像看着有点儿邪门，要小心点儿！”刚说完，在我们前方不远处又涌出一个水花，接着冲出来一个怪物，还是一个绿毛水怪！

那怪物从水里钻上岸，便气势汹汹地直奔我们而来。我和孙少使了个眼神，他飞起一脚，就把那怪物踢倒在地。我大喊一声跳上去，挥起拳头就是没头没脑地一阵毒打。

打了没几下，就听见那怪物喊着：“切勿动手！切勿动手！”

我听着声音不对，说：“这怪物成精了！还会模仿人说话！”

那怪物继续喊着：“切勿动手！是我啊！是我啊！”

我赶紧把他身上黏糊糊的绿毛扒开，发现竟然是天涯！

天涯吃了我几拳，被打得浑身酸疼，身上还披了一层厚厚的绿毛，往下流着水。他使劲儿抹了一把脸，心酸地说：“我说老鱼啊！我早就批评过你，你这人啊，啥都好，就是火气太大！你看，我都说了‘切勿动手’，你还是朝我身上乱打一通王八拳！”

我让他赶紧闭嘴，不然会忍不住再给他几拳，让他当场重伤不治，而后问他怎么从水里钻出来了。

天涯说：“我当时见你走了，不放心，也跟着来了，结果走着走着就地震了，也不知道咋回事就掉水里了，好不容易才游到岸上！”他又喘了两口气，“真是撞邪了！这村子底下不对劲儿啊！下面是个锥子。”

我们不明白什么意思，他继续哆哆嗦嗦地说：“这个荒村是悬空的，像一枚钻石，底下是个锥形，悬挂在太湖上！”

天涯说的简直天书一般，一个荒村，或者说一个荒岛，怎么可能漂浮在湖里？

天涯指着一个地方说：“真的是，它是用铁链吊起来的！”

我们过去看了看，果然发现荒村那边有手臂粗的铁链子。有些铁链延伸到外面，应该是另外一端锁在了群山上，将它吊了起来。还有一些铁链延伸到湖底，不知道是做什么的。

一股冷气从脚底袭来，瞬间传遍了全身。很难想象，整个小岛都是被巨型铁链锁住，吊在了太湖上。这到底是怎么回事？

孙少脸色也变了：“你钓过鱼吗？”

我问：“什么意思？”

“我们都错了，整个荒村，包括我们，都是架在太湖上的鱼饵，要钓太湖底下的东西？”

我头皮一阵发麻，我一直觉得古人布局那么大，应该图谋甚大，但怎么也想不到他们竟然把整个荒岛做成了饵料，这是要钓什么呢？

我猛然想起之前吴爷爷讲过，太湖底下还出现过一个太阳，以及湖底下传来了好多人的说话声，莫非这是要钓另外一个世界的东西？

但是，荒村能钓什么呢？莫非是钓太湖底下的太阳，这他娘的也说不过去啊！

我们几个迅速核对了一下，觉得这个荒村肯定有问题，但是现在的关键是如何逃出去。

我想了想，荒村肯定是出不去的，印象中那座宫庙底下有地宫，说不定那里会有一些机会。

天涯让我们把裤子在水里泡湿，然后充满空气，再把裤脚、裤腰系紧了，就是一个简易的救生袋，然后用塑料袋包裹住手机，塞在裤兜里。

我们三个人用绳子绑在一起，然后抱着救生袋，就往宫庙上游，不知道游了多久，总算登上了古庙，他们两个一起把我拽了上去，我已经累得像一条死鱼了。

简单休息了一下，我们赶紧往里走。

我小时候虽然参与过古庙修复，其实古庙很早就被上级接管了，我从未进去过，这次进去以后，我才发现里面还挺大的。

寺院里全是水，我们蹚水往里走，好多鱼虾来不及逃走，还在水里蹦跶着。

看着这座久违的古庙，我心里满是感慨，童年的好多生活浮上心头，同时心里也暗暗惊奇，这座古庙不知在水里浸泡了多久，墙壁上满是密密麻麻的田螺，都还完好无损，看来我父亲他们当年的修复技术还是很好的。

古庙里空荡荡的，什么都没有，不过我们很快找到了一个机关，在大殿后面有一个非常严密的充气阀门。我们转开阀门，终于打开了地宫。

地宫很深，盘旋向下，下面有一层是个祭坛，旁边有一口巨大的棺材，祭坛上放着一块黑乎乎的巨大海螺，差不多有暖水壶那么大。

我印象中没见过这个祭坛，不过我们当时还小，是跟着孙伯伯偷偷进去的，说不准错过去了。走近看看，发现这枚海螺是用陨铁雕刻的，放在这里显得非常怪异。

看着这枚海螺，我突然有些恶心，脑子里一阵抽痛，耳边像是有什么人在拼命喊叫，我徒劳地挥挥手，蹲在地上大口干呕着。好不容易压制住恶心，我回头看看，发现孙少和天涯也满脸痛苦地蹲在地上。

我怀疑这个海螺有放射性物质，赶紧脱下衣服盖住了它。果然，脑子里的声音渐渐轻了。我大喊一声，让天涯、孙少一起打开那个石棺，我把海螺丢在了里面，又盖紧了棺口，那尖锐的声音也终于彻底消失了。我们 3 人松了一口气，一屁股坐在地上。

我突然想起一件事，赶紧从塑料袋里掏出手机，看了看时间！果然，时间快了几个小时！我让天涯、孙少也拿出手机、手表等，挨个核对，也是这样。看来，让时间加快的秘密就出在这里。

难怪那么多线索都指向了荒村，原来这里隐藏了时间加速的秘密！不过，这座古庙到底是做什么的呢？这个荒村和它有着怎样千丝万缕的联系呢？

我们分析了一番，觉得荒村估计是一个机关，是开启这座古庙的一个装置，但没想到被孙少的炸药给炸出来了。

这时，外面传来了一个声音：“荒村的确是古庙的启动装置，不过它还有其他使命。”

我们几个惊讶地回过头，发现是影子机构的云起时。

“其他使命？什么使命？”天涯问。

云起时说：“这个荒村会每隔10年自动开启一次，像是一个筛选装置，在筛选它选中的人。”

孙少皱着眉头问：“它想筛选什么人？这又是谁设计的？”

云起时摇摇头：“那就不知道了。不过我们分析了这个荒村的装置，非常古老，甚至有上千年了，而且属于开山造城这种规模，不是有钱就能做到的。”

孙少问：“这是谁做的？”

云起时摇摇头：“不知道，反正官方资料上没有留下关于它的任何记载。不过你爷爷应该告诉过你，这份绝密档案只是记载了部分资料，更多的资料是不能留下文字的。而且太湖在绝密档案里的级别也是最高的。”

孙少点点头，没有说话。

云起时走过来，紧紧握住我的手：“我代表组织、代表全人类感谢你，感谢你们所有人。也请原谅我们。我们当时分析了所有的可能性后，发现要破解这个问题，根本不是人类智慧所能达到的，只能归功于运气了。

“所以，我们就赌了一把大的，把全人类的希望寄托在你身上，完全不干涉你的任何行为，就跟着你走。好在你终究没有让我们失望，看来破解时间的秘密，就在这个黑色海螺陨石上了。只要带走这块陨石，就能破解时间加速的秘密了。”

话音刚落，外面又传来一个声音：“小云啊，你们影子机构就是太看重算计了，可惜，你们是智者千虑，必有一失啊！”

云起时面色一变，说了声：“C先生，你们火山组也参与进来了？”

那个人说：“时间隐藏的力量啊，这种超越了世界的力量，谁不想沾沾光啊？”

从外面走进来一行人，领头的是领队老驴，还有秋裤哥，他们手里都拿着枪。

天涯吃了一惊，问：“老驴？是你？”老驴朝他脚下开了一枪，吓得天涯抱着腿跳了起来。他欠了欠身，“抱歉，重新认识一下，火山组C先生。”

旁边秋裤哥也跟着说：“我也是火山组成员。”

老驴轻蔑地看了他一眼，补充说：“是预备人员。”

秋裤哥连连点头：“预备，预备！”

老驴用眼神示意了他一下，秋裤哥颠颠地跑过去，把那个海螺装在了特制的皮箱里，拿了过去。

老驴拍拍手说：“好了，感谢大家帮我们找到了这个海螺。请放心，我们保证会照顾好它！”然后，他命令我们跟在他们身后，不准耍花样。

云起时一直不动声色，这时说了句：“你们走不了！”

外面传来了直升机的声音，接着是舒克懒洋洋的声音：“全都不许动！”

我看到舒克扛着一挺重机枪，而他旁边站着的，竟然是小公主！

老驴面不改色：“是吗？”

这时，小公主出手如电，一掌劈在云起时脖子上，将他制服了。

老驴拍拍手，说：“给大家介绍一下，我们火山组新加入的天才成员小公主。”

小公主冷冷地说：“希望你能遵守承诺。”

老驴说：“放心吧，你父亲的行踪我们已经掌握得一清二楚，他其实一直就在这座古庙里。待会儿等我走了，就会给你详细地址。”

云起时叹了一口说：“原来是这个原因。我不怪你。”

秋裤哥打了云起时一拳，让他老实一点儿，被小公主冷冷地制止了。

老驴命令舒克用飞机把他们送走，小公主和一个马仔在古庙看押我们。

我看着那个马仔，总觉得有些熟悉，后来看到他鼻子左侧的黑痣，突然想起来了。我冲他吼着：“你的未婚妻是不是叫林坚？她来找你了！”

他一愣，痴痴地问我：“林坚，还在等我吗？”

我点点头：“她不仅在等你，还亲自到了荒村，她是拿着你的笔记来的，发誓一定要找到你！”

马仔大哭着说：“兄弟，麻烦你对她说，不要等我了，让她找个好人嫁了吧！是我对不起她！我出不去了！”

我问他：“为什么出不去？”

他说：“那个村子底下有东西，半夜会出来拖人，我们开始以为是怪物，后来才知道是之前困进去的人！那里的人已经不算是人了，人不人，鬼不鬼的。当时我们……还愿意做人的都死了，像我们这种活下来的，已经不算是人了！”

孙少费劲儿地扭动着身子，冲过来说：“那个女人……那个女人是怎么死的？”

马仔看了看他：“我认识你！你是10年前和我们一起进来的那个公子哥！”

孙少吼道：“你快说！那个女人最后是怎么死的？”

马仔嘿嘿笑着：“那个女人倒是个刚烈女子，她把你推走后，等了几天看你不来，就自杀了，死前还给自己留下了墓志铭！现在想想，她才是真正的聪明人，死了好过变成恶鬼！要不是后来火山组把我带出来，我估计现在还在里面当地老鼠呢！”

我问他：“你们为啥不留在湖边，非要去荒村？”

他感慨：“湖边？湖边有怪物吃人啊！”

我再问，他却什么都不肯说了，只是感慨自己命不好，当年要是不来这里就好了。

飞机很快飞走了，小公主走了回来。我低声喊她：“小公主？”

小公主捏了捏我的脸：“小傻瓜，我都是骗你的。”

我说：“我知道。”

她摇摇头：“小傻瓜，告诉过你，不要轻易爱上我！”然后一刀砍断了我身上绑的绳子，“走吧！”

旁边的马仔发现我挣脱了，说：“这不行，不能放他走！”刚冲上来，就被小公主一脚踹到了太湖里。

她说：“想知道我的秘密吗？那就跟我来吧。”说完拉着我走进了地宫。

地宫里有很多通道，她拿着一个地址仔细辨认，最后带我进入了一个很宽敞的房间。进入大门时，她明显有些紧张："我没有骗你，之前负了我母亲的那个人，就在这里，我一定要当面问问他，为什么要抛弃我母亲？"然后她用力推开了大门。

这个房间有点儿像船舱，门窗都是密封的，上面镶嵌着很小的圆形防水玻璃，在这个密封得很严实的房间里，密密麻麻地贴着很多东西。我回过头去，却发现小公主呆呆地看着墙壁。

原来，屋子的墙上贴满了照片，照片上还有便笺，上面手写着一行行小字。仔细看看，照片上都是同一个人，就是——小公主。

是的，这面墙上全是小公主的照片，确切地说，是从她出生到成年的照片，每张照片上都标着日期、她的年纪，以及她在做什么。

在照片中间挂着一套戏服，戏服上别着一张放大的照片，是一家三口，照片上一个是穿着军装的英俊男人，一个是纤细的姑娘，以及扎着蝴蝶结的小公主。

小公主细细地看着这些照片，最后拿起那套戏服，端端正正穿戴好，她仔细系好每一个扣子，戴好凤冠，才认真唱了起来：

我当时若肯将身去抵搪，未必他直犯君王。

纵然犯了又何妨？泉台上，倒博得永成双。

她说，这一段出自《长生殿·哭像》。马嵬坡后，杨贵妃被缢死，唐玄宗被软禁在成都，他用檀香木雕成了杨贵妃的生像，每天对着它“哭像”，是昆曲里最悲伤的曲目之一。

她说，苏州昆曲六百年来从未改变过。苏州人看着柔软，其实骨子里是极倔的，戏一折，水袖起落，唱悲欢唱离合，无关我。我爱你，与你何干？苏州人，自古就是这样骄傲，又是这么卑微！

她说：“小时候母亲很喜欢这一句，每次听到都要落泪。我那时候还小，也很不理解，唐玄宗终究还是放弃了杨贵妃，再悲伤又有什么用呢？”

“她还对我说，我还小，不懂这些。等遇到了一个可以奋不顾身去爱的人，就明白这折戏了。”

她大笑起来，咳了半口血。我才发现，她已经受伤了，不知道在哪里受的伤。她坚持点起一支烟，倚在朱红色的柱子上，大口大口吸着，鲜血滴在戏服上，有种触目惊心的美。

她轻轻吐出一个烟圈，慢慢抚摸着我的脸，笑靥如花：“现在，这只蝴蝶要飞过沧海了，你要记得在湖面给我铺满花哦！”

我脑子里“嗡”一声响，猛然想起20年前在太湖的那个小岛上，小女孩忧伤地看着太湖说：“蝴蝶再美，飞不过沧海。”

我一字一字地对那个小女孩说：“等我把沧海铺满花瓣，蝴蝶就能飞过沧海了！”

我呆呆地看着她，没想到她竟然就是当年那个小姑娘，难怪我看到她，总觉得有些似曾相识！

她打开了房间书柜里的一个暗门，里面是一道纵横的深渊，就是我小时候掉进去的深渊。她扭过头，最后朝我嫣然一笑，在我还没反应过来前，便纵身跳了下去。

她的声音断断续续地从深渊下传来："小作家，忘了我，好好生活！"

我趴在深渊旁，拼命喊她，哭得像二十多年前的那个孩子。

孙少他们也赶过来了，看到了最后一幕，也不知道说什么好。

天涯跟过来，想安慰我，但开了个头，就又闭上了嘴。

突然，脚下传来一阵剧烈的震动，把我们掀翻在地，屋顶上往下簌簌掉灰，墙壁上的照片也啪啪往下掉。

孙少一把拽起我："快走，这里要塌了！"

我还在挣扎，他一掌砍在我脖颈上，我瘫软在地，被他背在身上，冲了出去。冲出地宫后，才发现整个小岛都在剧烈晃动。

天涯叫道："这座古庙要沉下去了！"

天涯找到了老驴他们的小船，大家上了船，拼命往荒村划去。

我还想赶回去，看看小公主有没有出来，被孙少狠狠一个耳光打在脸上："她回不来了！她和当年那个姑娘一样，把生的机会让给了你，你不要让她失望！"

我被他打蒙了，脸上火辣辣的，脑子里不断回荡着他的话，终于接受了事实，跪在船舱里痛哭起来。

我抽泣着对孙少说："她就是……就是二十多年前和我们一起在岛上的那个……那个小姑娘……"

孙少沉默了，他点起一支烟，一口没吸，就丢在了湖里，像在祭奠小公主，也像在祭奠那个女人。

好不容易登上荒村，却发现那里也在颤抖，好像地震一般。

天涯说：“不会这里也要沉了吧？”他仔细看了看，脸色大变，“不好，下面的铁链好像断了！”

天涯说得没错，牵引荒村的铁链在一根根断掉，每根铁链都绷紧了，狠狠砸进太湖，掀起了一阵巨浪，村子越来越不稳，眼看着就要沉入湖底。

随着铁链一根根断掉，巨大的山石被抛进湖里，激起了惊天巨浪，狠狠扑向荒村，把我冲倒在地。

这时，有人喊我：“喂？喂？外面有人吗？”我一愣，这个声音怎么那么耳熟？

天涯说：“这不是城堡里那个喇叭里的声音吗？”

我才想起来，在那座俄式建筑里听到过这个声音，当时她问的是“外面的……是人类吗”。

我左右看看，发现地上掀开了一个盖子，钻出来一个老太太，还有一个小女孩！这个小女孩我也认识，在地下通道里救过我们的命。那这个老太太又是谁呢？

我猛然想起，当时秋裤哥说过，他找我们的时候，遇到过一个老太太带着一个小女孩，躺在藤椅上听电台，该不会就是她们两个吧？

老太太带着小女孩走过来，朝我们拱了拱手，说希望看在帮助过我们的份上，把小女孩带走吧！

我吃惊地问她是什么人，来自哪里。

老太太指了指底下，意思是来自地下城，说自己也是从前被困在村子里的人。她是俄语翻译，建筑里的那些俄语，就是她以前录制的。

天涯也很吃惊，问她怎么在这个鬼地方活下来的。

老太太说：“年轻人，不要问了。有些事情哪怕只是回忆一下，都是罪恶。我这次出来，就是希望你们能把这个孩子带出去。”

我心里一紧，问她：“那您呢？”

老太太说：“我手里沾过污血，出不去了。”

我还想说什么，老太太已经转身往回走了，边走边挥手说：“带她走吧。不要告诉她这里的一切。”

我还想去救她，孙少摇摇头，说我们不明白当年发生的事情，理解不了的。我们带小女孩走吧，要不然老太太也不安心。

我有些担心小女孩会不会跟我们走，蹲下身，问了问她。没想到她却说：“我见过你的照片。”她指了指老太太消失的地方，“在那里，一个小姐姐给我看过。”

我不明白她的意思，刚想仔细问她，脚下却猛然一震，把我们摔倒在地。

孙少叫了声：“没时间了！快走！”说完拉着我就往山坡上跑。

我想拉着小女孩，没想到她轻轻一下就挣脱了，比我们跑得还快，倒是让我放心不少。我们几个拼命往高处跑，又一次次被浪潮冲倒在地。

我看见远处飞来一架飞机，在天空盘旋着，但风浪太大，飞机始终无法靠近我们。

随着巨大的浪花漫进村子，突然在村子里闪过许多绿莹莹的光点，接着光点汇聚成团，越来越大，浮在荒村上空的山上，仿佛一个古怪的图案。

我说："我终于明白为什么家家户户都要存水窖了！"

天涯问："为什么？"

我指了指漫天飞舞的萤火虫："大家囤水窖，是为了吸引萤火虫！这些萤火虫估计是特殊品种，它们是生活在水里的，所以遇到大雨就会出来！"

大家看着我，不明白什么意思。

我跟孙少说："你爷爷当年讲的那个故事，是真的！他当年来的，就是这个荒村！"

孙少眼前一亮："你是说，那一条萤火虫组成的天路？！"

我点点头："对，萤火虫组成的天路，就是荒村的出口！"

天涯使劲儿抹了一把脸上的湖水，喊着："管它什么出口，只要能出去，我们就冲啊！大家切勿耽搁时间。"

我们 3 个人跟着萤火虫拼命往山上爬，脚下是蔓延上来的大水，荒村不断往湖里滑去，那些涌上来的湖水几乎追着我们脚脖子赶。

登上山顶，终于找到了来时的那条小路，我们才松了一口气。回头看看，咆哮的湖水将充满各种机关和阴谋的村子彻底吞噬，将所有肮脏和秘密，都深深埋在了湖底。

小女孩回头望着荒村，没有一丝表情，但眼泪却大颗大颗地滚落下来。我有些感慨，想安慰安慰她，又不知该说什么，就轻轻拍了拍她的肩膀。

整个荒村慢慢沉入湖底，漫天的湖水几乎淹到了半山腰，太湖里波浪滔天，如巨兽肆虐，仿佛整个世界末日来临一般。

孙少拿出银质烟盒，想抽支烟，但手抖得厉害，他狠狠把烟盒扔进了水里，眯着眼看着苍茫的大水，突然问我："你信命吗？"

我一愣，这已经是他第三次问我这个问题了。

第一次问我的时候，是在上海最高的酒吧里，身旁美女如云，纸醉金迷，那时候我还是个信心满满的作家，想着拉到投资后好好做一番事业，孙少还是上市公司的高管，踌躇满志，肆意妄为。而现在，我们两个浑身是伤，甚至连掏出一支烟的力气都没有。

看着茫茫的湖水，想着小公主浑身披挂，唱着昆曲从容赴死，眼泪忍不住流了下来。

这时，湖边传来一阵轰鸣声，有人驾驶着快艇朝我们冲了过来。我看了看，是影子机构的云起时！

我不知道他是如何逃出来，又是如何找到我们的，不过这些无关紧要了，甚至连时间加速的秘密我都没兴趣了，老子连自己都拯救不了，还能拯救世界？

云起时很快顺着山路爬了上来，坐在了我们身边。他点了一支烟，对我说："对不起，我也没想过会是这样。"

我一把揪住他的衣领，狠狠给了他一拳："你们这些畜生，随便就能牺牲掉一条人命吗？"

他没有还手，甚至表情连波动都没有，只是淡淡地说：“我们从未想过牺牲她，我们原本是想牺牲掉你的，毕竟你小时候掉进过深渊，也许这一次也会出现奇迹。一路上我们都在派人保护你，不然你早被各种势力劫走了，甚至死了多次了。你要感谢小公主，她在最后关头替你跳下了深渊。”

我的手一抖，放开了他，瘫坐在地上。

他望着太湖深处说：“我们当时调出了你所有的资料，从出生到上学，从退学到工作，从你的家人、亲戚到恋人、朋友，以及一切和你有关的人，所有资料显示，你是一个极其普通，或者说极其平庸的人。你这一生，只有一件事存在疑点，就是你小时候掉进过一座古庙的地宫，失踪了 3 天。

“没有人知道你在古庙里遇到了什么，总之你 3 天后自己回到了家，无论是身体和精神都没有任何变化，只是完全丧失了那 3 天的记忆。你当时经历的这起事件也被秘密存档了，后来我在翻阅这些资料时发现了一个细节，当时所有人都忽略了。

“这个细节可能微乎其微，无关紧要，但现在来看这个细节又太重要了。那就是报告单上写了一句话，说你手上电子表的时间没有变化。当时所有人以为你的电子表坏了，或者受到了古庙的磁场影响，但我们却认为你当时一定在宫庙里遇到了什么，导致你不会被时间加速所影响。换句话说，这座宫庙底下一定有关于时光加速的秘密。

“我们马上展开了对那所宫庙的调查。但后来才发现这座宫庙背后隐藏的势力实在太深了，连我们这种机构都没办法完全查清楚，而且这股势力已经布局了几百年，甚至上千年，触角无处不在，根本没法下手。所以我们只好将你放走，秘密跟踪你，看能不能获得意外之喜。

“没想到孙少也没受到影响，且做了一些布局。当然了，现在我们明白了，他没有受到影响是因为当年他也是进入古庙的人之一。而当时进入古庙的共有3个，另外一个就是小公主，所以我们就派她来到了荒村。后来的事情，你们就知道了。”

天涯问：“这个荒村到底是怎么回事？那些屋子咋还能消失呢？”

云起时说：“这个荒村你们猜测得很对，它的确是‘活’的，不过这个‘活’和你们理解的不一样。它被巨大的铁链吊在水面上，看起来像个荒岛，偶尔浮出水面，更多的时候沉在水下，这也是岛上没有任何活物的原因，也是村子里的人一夜消失的原因。

“荒村背后隐藏着极其复杂的机关，连我们的机关专家都破解不了，这应该是一个锁死的定时机关，要等到特定的人过来才能打开，否则任何情况下的暴力破解，都会引发这个机关的自爆。我们发现，每隔一段时间它就会自动开启一次，吸引一批人进去，像是在筛选，也像是在寻找能打开它的人。所有进入荒村的人，都没能破解机关，好多人死掉了，没有死掉的，就变成了老鼠。”

“老鼠？”天涯不明白了。

云起时点点头：“就是老鼠！藏在荒村的地底下，在黑暗中行动，什么都吃，包括人。”

小女孩的肩膀猛然抖动了一下，不过没有说话。

孙少不耐烦地做了一个手势，让云起时长话短说。

云起时继续道：“一直到今天，你们才终于破解了荒村的机关，我们也终于了解了它的秘密及用处——这个荒村其实是一个瓶塞。”

我们不明白了，瓶塞？什么瓶塞？

云起时解释说：“大家都知道，太湖是因为陨石撞击地球形成的巨坑，所以最深处有上百米，甚至几百米，而且在最深处所有探索仪器都会失灵，就像一个黑洞。关于太湖的超自然事件也有很多，国家很早就开始监控它了，甚至它的级别也是最高的，这点孙少应该知道。”孙少无声地点了点头。“所以我们有理由相信，这次的时光加速，也是因为太湖底下的黑洞。”

“黑洞？”我疑惑了，“你是说古庙底下的那个深渊？”

云起时点点头：“就是那里。你可以叫它深渊，不过我们更愿意叫它黑洞。我们调查后发现，黑洞里有一股极其强大的能量，它甚至可以扭转时光，导致时光加速。而且这种加速在古代应该也发生过。所以，这个荒村就是古人对付它的武器。”

我们瞪大了眼睛：“古人对付黑洞的武器？”

云起时点点头：“是的，不要小看古人的智慧！你们仔细看，这个荒村的形状很像一个塞子。它存在的意义，就是在黑洞发动时，把黑洞堵得严严实实的。”

我问他：“这也太儿戏了吧，用一个塞子就能堵住黑洞？”

“堵住的不是黑洞，而是阻隔里面的力量。我们对荒村做过测试，它的土壤很奇怪，所谓的小山都是放射性矿石堆积出来的。”

我想起荒村底下被挖空的巨大空间，以及里面堆得满满的辐射矿石，这东西应该就是一个强辐射的塞子，想以毒攻毒，堵住那个黑洞。

天涯问他：“那它作为瓶塞子，要怎么塞住瓶子呢？”

云起时说：“我之前也不明白，直到今天我才知道。”他问我，“你知道‘困兽欲出’是什么意思吗？”我摇摇头。

他说：“所谓‘困兽’，就是古人在太湖秘密驯养了一头巨兽，在关键时刻让它拉着荒村这个瓶塞子钻进黑洞，然后堵死黑洞。”

我问他：“那如何召唤出来困兽呢？”

“召唤困兽的方法应该在深渊里，或者说那个黑洞里。”他有些抱歉地耸耸肩，“在最初的计划里，我们是想牺牲掉你的。很抱歉，为了全人类的利益，我们只能这样做，毕竟只有你才是真正进入过黑洞的人。但我没有想到，小公主自愿牺牲了自己，保护了你。”他使劲儿吸着烟，烟灰簌簌往下掉，“不知道她会不会成功。”

他看了看时间：“现在距离下一次时光加速只剩下 3 分钟了。”

这时，天涯突然叫道：“快看！荒村出来了！”

果然，太湖里掀起一个巨大的水花，湖水“咕嘟咕嘟”往外冒着，接着浮上来一个巨大的岛屿，就是那个荒村！

天涯说：“这个村子底下被挖空了，所以估计能漂起来了，不过它咋能跑起来呢？”

孙少站了起来，说：“是困兽！”

这时，湖面突然泛起了巨大的漩涡，我们坐在山头上，发现湖水里升起一个浑身仿佛喷着火的巨兽。这只巨兽拉着那巨大的荒岛，朝太湖深处缓缓走去，巨兽身上萦绕着不计其数的萤火虫，仿佛一只冒火的火炬朝着水下缓缓沉了下去。

我猛然明白，吴爷爷当时说的那句话了：“太湖里升起了一个太阳！”

这哪是太阳啊？分明是这些生活在水下的萤火虫附在巨兽身上组成的巨大光球！这些萤火虫应该比较特殊，可以在水下生存，它们密密麻麻趴在巨兽身上，远远看去，还真像在湖里升起的太阳。

云起时掏出望远镜看了看，身体抖了一下，又默默将望远镜递给我。我接过来看了一下，忍不住浑身战栗起来。因为在那只巨兽头上坐着一个人，朝我们缓缓挥手，仿佛在告别，笑得绝望而美艳。

那是小公主！

小公主骑在巨兽身上，朝我们做了一个古怪的手势，就随着巨兽消失在了湖水里，再也看不见了。巨兽掀起的巨大浪花，朝我们铺天盖地地打来，仿佛下起了倾盆大雨。一瞬间，所有的萤火虫飞了出来，在荒村上萦绕成一个巨大的光圈，璀璨又夺目，仿佛一曲终了，最后的谢幕，随着荒村缓缓沉入水底。

我喃喃地说：“太湖里并不是升起了一个太阳，而是沉下去一个太阳。”

云起时看着手表，低声倒计时：“10……5……1。”

所有人都闭上了眼，过了一会儿，大家睁开眼，发现这个世界并没有变化。

“小公主成功了。”天涯泪流满面地说。

天空传来巨大的轰鸣声，舒克架着飞机在太湖上一圈圈地绝望飞着。

孙少在山崖上站得笔直。

云起时朝她端端正正地敬了一个军礼。

我牵着小女孩的手，失魂落魄地看着她。

天涯在旁边死死抓着我，怕我跳下去。

我闭上眼，感觉整个世界陷入了彻底的黑暗中，那一瞬间仿佛太湖所有的水浪浇在了我头上，让我无法呼吸、无法思考，脑子反复闪现着小公主最后那个怪异的祈祷手势。

这个姿势，就是她失踪时在帐篷门帘上用鲜血留下的古怪图形，以及留下的两个字——快跑！！！

《姑苏密码》第一季（完）